长白故乡情

上海知青在吉林

周培兴 肖俊锋 主编

延边人民出版社

图书在版编目（CIP）数据

长白故乡情 : 上海知青在吉林 / 周培兴，
肖俊锋主编 . -- 延吉 : 延边人民出版社，2025. 1.
ISBN 978-7-5750-0758-0

Ⅰ . I267

中国国家版本馆 CIP 数据核字第 2024LK1248 号

长白故乡情：上海知青在吉林

CHANGBAI GUXIANG QING : SHANGHAI ZHIQING ZAI JILIN

责任编辑 朴景华
责任校对 朴书瑶
封面设计 朴正勋
版式设计 郑善淑
出版发行 延边人民出版社
地　　址 吉林省延吉市长白山东路 98 号
邮　　编 133001
网　　址 http://www.ybcbs.com
电　　话 0433-2902107
印　　刷 吉林省吉广国际广告股份有限公司
版　　次 2025 年 1 月第 1 版
印　　次 2025 年 1 月第 1 次印刷
幅面尺寸 170mm×240mm
印　　张 27.25
字　　数 320 千字
ISBN 978-7-5750-0758-0
定　　价 68.00 元

本书编委会

主　编：周培兴　肖俊锋

编　委：朱大方　刘建初　何永根　吴绍釚　陈发奎
林敏慧　夏良怀　徐善桢　张雪珍　张理敬

忆知青故事
品时代风华

扫码阅读

芳华相册
定格青春岁月

青春记忆
重温历史影像

读者交流
分享阅读感悟

前 言

在长期的社会实践中，吉林省内汉族、满族、朝鲜族、蒙古族等各族人民共同创造了一系列独具特色的地域文化。随着历史的演变和时代的发展，吉林大地上汇聚了丰富的地域文化资源，形成了深厚的历史文化底蕴和浓郁的边陲文化特色，生动展现了中华民族多元一体发展的历史轨迹。

20 世纪六七十年代，23769 名上海初高中生到吉林省延边地区及四平地区插队落户，为吉林省的地域文化注入了一股新鲜血液。他们以稚嫩的肩膀和吉林省各族人民一起扛起艰难岁月的重担，风雨同舟，流泪流汗，演绎了一幕幕精彩，抒发了一代代情怀，书写了一页页历史。由于他们的积极参与，吉林农村的开荒造田更加热火朝天；由于他们的传承创新，吉林农民兄弟逐渐接触到都市文化。在那段激情岁月里，广大上海知青与吉林的广大农民群众凝结的深厚情谊，就像一条穿越时空的纽带，至今紧紧地连接在一起；就像一坛窖藏的老酒，清冽而醇厚，历久而弥香。

游子千里梦，依依故乡情。历史的尘烟，掩盖不住上海知青五十几年走过的足迹。本书收录了67位知青作者的插队故事，讲述了他们当年辞别亲人，远赴边陲，在吉林大地耕耘劳作的青春岁月。如今，双鬓斑白、步履蹒跚的老知青们依旧将吉林当成自己的第二故乡，时刻关注吉林各项事业的发展壮大，为上海和吉林的友谊长存奔波辛劳。在新的历史时期，回顾并纪念我们曾经走过的路，收集并整理知青历史文化，是一代老知青的心愿和责任。这其中饱含着他们对吉林大地深沉的爱，也彰显了他们存史鉴今、启迪后人的责任感。

如今，吉林省已经历了旧貌换新颜的巨变。一代知青与吉林省各族人民用青春与汗水共同谱写的华章必将载入史册，成为永恒纪念。相信在今后的吉林发展之路上，沪吉两地千百万各族人民心连心、手牵手，定能演绎出更加辉煌灿烂的未来！

目 录

第一章 芳华岁月

第二章 文化融合

第三章 情深意长

第四章 广阔天地

第五章
砥砺前行

第六章 存史鉴今

第一章 芳华岁月

五十五年前，一批十六岁至二十岁的上海初高中生，分批乘坐“工农兵”号轮船和知青专列，来到吉林省四平地区和延边地区，接受贫下中农再教育，投身边疆农村建设，开启了不一样的人生征程，书写了那个特殊历史时期令人难以忘怀的篇章。

时光流逝，隔不断当年知青的情怀，岁月沧桑，抹不掉芳华岁月的记忆。那些年，那些事，那些经历，那种过往……那不曾忘记的知青岁月！

上船那天

肖俊锋

1969 年 3 月 27 日是上海市黄浦区到吉林延边安图县插队落户的第二批知青离沪出发的日子。凡是这次下乡的学生，都要自行携带随身物品，前往各自学校告知的指定集中点等候。

我父亲拿着我的下乡离沪出发通知书，得到他所在单位领导批准，请了半天公假为我送行。我与父亲拎着装满各种物品的旅行袋，从浦东的家里走到陆家嘴过江轮渡码头，坐船来到浦西延安东路外滩，又走到汉口路坐上 49 路公交车，前往威海路成都路附近的上海市第六十二中学。这是我们几个学校的知青集合点。

可惜天公不作美，春雨是那样无情，已经淅淅沥沥地下了好几天了。拎着一个大旅行袋还要打着雨伞行走，这对我们远在浦东居住的人来说确实是蛮辛苦的。你别说上海冬春之交不冷，那天的天气，把手都给冻麻木了。

在六十二中学校门口找不到任何人问询，只得挤进一间有与自己一样穿着军绿色棉大衣学生的教室，以求得到些暖意。一早离家，一路上穿着厚重的棉大衣挤在满是上班人群的公交车上，我身上有些出汗了，此时也只好忍着，毕竟是“出门一里，不如家里”嘛！

父亲不断提醒我各种事项，我只能是机械地点点头，“嗯，嗯”地予以回应。

过了快一个小时，学校的广播响了，告知知青们开始上车，这时大家纷纷从家人手里接过鼓鼓囊囊的旅行袋。这是踏上社会的第一步啊！

我与众多穿着军绿色棉大衣的学生挤上停在校门外的专车。这几辆车子不一会儿就到人民大道上停住了。此时才知道，今天去下乡的知青从不同的学校坐车到这里会合，然后一起去码头上船。阴冷的天，雨下得越来越大，车子逐渐多起来。从各地赶来的家属更是越来越多，总是想与自己的子女或兄弟姐妹再见上一面，人民广场的广播里一遍又一遍地重复着当年的各种口号和语录，可此时谁能顾得上听一句呢？

大概十点半，车子再次启动了，缓慢地沿着南京东路开到外滩，驶过外白渡桥后顺着杨树浦路很快开到了军工路码头。只见码头上也有数不清的送行的家人。后来才知道，有不少人事先得知今天知青将从军工路码头上船出发的消息，所以冒雨赶来送行。混乱的人群中各种呼唤声、叫喊声此起彼伏，还有人在不停地擦拭着眼泪。

码头上的工作人员不断催促着知青们赶快上船。离别的最后时刻到来了，握在一起的双手久久不肯放开，号啕大哭的声音伴随着雨声响成一片。

知青们与家人道别，登上北上的轮船

登上轮船的知青在船员的指引下很快进入各自的舱室。不一会儿，船上广播通知大家可以到船上食堂去吃饭了。此时此刻，大多数人那股伤心劲儿根本还没缓过来，毫无心思去吃这顿饭，有的可能还在回味着自己家饭菜的味道，有的则拉开自己的旅行袋去翻找家人给塞进去的食品，许多女学生还在不停地哭泣。

大雨中，轮船开出不一会儿就停了，谁也不知道是怎么一回事。过了一阵，躺在床上的我好像听到广播里在叫我的名字，再仔细一听，是叫我到船上食堂去开会。到食堂后，我看见已有十几个知青坐在那里，还有五六个戴着“工宣队”袖章的中年人。从会议中得知，他们这几位工宣队队员是护送我们去下乡的工作组。这天我们所乘坐的这艘船是“工农兵 2 号轮”，一共载有下乡知青八百零四名。我们这些参加会议的知青均是各排的排长、各连的连长，会议中明确要求每个排长、连长要负责哪些事情。会后，一位年纪稍大点的“工宣队”师傅给我们几个参会者透露了一个消息：因为近期上海天气很不好，海上风力很大，原本想把出发的日子改期，但考虑到如更改出发时间可能来不及，再则，知青家人改期送行会有很多麻烦出现，而知青集合后不出发，又无法安顿这一天的食宿……最后，工作组决定还是按照原计划出发，待轮船启航后在江面上抛锚，等待风力减小后再开船。

天色渐黑，可海面上的大风不见减弱，这艘四五千吨级的客轮在海面上好像一只摇篮，不停地前后左右晃动着。

知青中绝大多数人是第一次坐海轮出行，哪能受得了这么折腾。晚上，我们几个人摇摇晃晃地走到食堂去吃饭，只见近两米长的餐桌上摆着的饭菜随着轮船的晃动左右摇摆，一下子滑过去，还没滑到边，又紧随着船体的摇晃滑到桌子的另一边，我也是第一次看到这番景象。

巨轮开足马力航行，在第三天中午到达了大连港，据说比原定时间晚了近八个小时。记得下船时大连的天气也是那么阴冷，知青们拎着自己的行李走下舷梯，在安图县知青接收工作组成员的带领下走向不远处的大连工学院，准备在这里休整一天，明天登上火车继续北上。

我到了下乡的生产队后就立即给家里写信报平安，不久收到父亲的来信。父亲在信中告诉我：那天他赶到人民广场欲再送我，准备再给我几十块钱，可在浩瀚的人海中不仅没碰到我，钱夹子还被小偷偷走了。唉，真无奈啊。

人生由此启航

朱大方

1969 年 3 月 1 日，一千多名赴吉林省延边州各公社插队落户的知青在军工路码头乘坐“工农兵 14 号轮”离开上海，下午 5 点多钟一声汽笛响，一千多名知青的人生由此启航。时隔半个多世纪，往事仍历历在目，那一声汽笛仍在耳边回响。

我们家兄弟三个都是 1967 届毕业生，大哥是高中生，我和二哥都是初中生，我因为小学上了民办小学，所以早一年开始读书，而二哥比我大两岁，因为是小月生，所以也是 1967 届。当年，1967 届毕业生面临的是“四个面向”，有留城进工矿的，有去上海郊区农场或插队务农的，还有待分配的也就是即将去外地务农的，其中也包括去军垦农场、国营农场或林场的，大部分是去农村插队落户，接受贫下中农再教育。之所以选择吉林省延边州，是听说延边种水稻有大米饭吃，有电灯用，更重要的还是当年热传的流行歌曲《延边人民热爱毛主席》的作用，我们几个满怀激情地将憧憬寄托于遥远的东北边疆。

父母听说我报名去了几千里外的东北边疆，心疼得很，赶紧帮我准备行装，按配给购置箱子、旅行袋，还有其他物品。我们还统一分发了军绿色棉袄、棉裤和棉帽子，穿戴后看起来就像是即将入伍的新兵。

3 月 1 日，天气阴沉沉的，父母们都到军工路码头来送别。我们都不足十七岁，是没有出过远门、不谙世故的小孩，还不知道即将到来的离别意味着什么。码头上，“文攻武卫”戴着藤帽维持秩序，笑声、哭声和口号声混杂一片。临上船了，汽笛响起，我看到爸爸妈妈都忍不住哭了，我也一时没憋住，眼泪唰唰地掉了下来，好像真的是生死离别似的。

一路轮船换火车，再换汽车，3 月 6 日，我们来到延吉县勇新公社朝阳五队，在这个深山沟里的朝鲜族小村庄，开始了我们的知青生涯。我们学习如何在农村生活和从事农业劳动，经受着艰难的考验。

朝鲜族社员们纯朴善良，勤劳聪慧，又能歌善舞，爱护、关心我们，助力我们成长。五年后，我被选送进财贸学校学习，毕业后成为一名国家干部，并立志要成为社会的栋梁之材。多年来我坚持努力学习朝鲜语，做到了能听、能看、能读、能写，最后被上海市人才市场作为韩国语翻译引进，市人事局为特殊人才开了政策口子，我的户口都被转回了上海，终于叶落归根回到了故乡。

如今我退休近十年了，已年过七十的我回忆人生所经历的一幕幕场景，涌上心头的不仅仅是感慨、酸楚、甘甜，更多的是对父母的深情与感恩，对社会给予的温暖和培育的感激，以及对朝鲜族文化的热爱。这些真挚的情感将陪伴我终生。

车站送别

赵莉菊

临别留影

1969 年 3 月 7 日在彭浦火车站，开车前一刻，我同集体户知青桂国英和她父亲与哥哥在车厢旁合影留念。每当看着这张照片，我就会回忆起青葱岁月的点滴，不禁心潮澎湃、感慨万千。老照片记录着我们在广阔天地里流泪流汗的场景，让我再一次回想起知青生活的酸甜苦辣。

那时年仅十六岁的我，以为这只是一次把户口迁到吉林珲春的远游，根本不知晓前方的路途是何等的漫长、崎岖与艰难。当火车伴随着一阵震耳欲聋的轰鸣声开向远方时，当送行人不舍的哭声夹杂在火车汽笛声中时，当送行的亲人们满含眼泪追逐着火车奔跑挥手告别时，我似乎知晓了些什么。那景，如此难忘，至今仍历历在目。

到所在生产队一个多月以后，刚来时的热情减少了，新奇变淡了，想家的念头却更浓了。大家围坐在炕上，说现在，说爸爸妈妈，说在家里的温暖的日子，你一句我一句，情到深处，也记不清是谁先哭了，随之，你哭、他哭、我也哭，大家哭成了一团，哭得“惊天动地”。事隔几十年，大家聚会时说起“哭”的事件，那场景依然在心头挥之不去。我们在知青这张生命旅程的长卷中填写了多少泪眼蒙眬的往事啊！

春种，夏锄，秋收，知青们从刚开始的新鲜、好奇，转变为脚踏实地地过日子。记得有一年冬天，生产队一头母牛生了一个小牛犊，小牛犊刚出生就死了。当地人不吃没开牙的牛[1)]，因此生产队准备扔掉小牛犊，但有个老乡说给集体户知青吧，这些上海娃子多日未尝荤腥了。于是，集体户的大铁锅总算飘出了肉香。我还清晰地记得，几个男生围着大铁锅，有的手拿大勺，有的手捧大碗，夸赞着牛肉的鲜香，讨论着如何以最快的速度抢到最美味的肥肉。现在回想起来，日子虽艰难，倒也有苦中作乐的精神。

1) 即生下来没吃过奶，没吃过草的小牛犊。

在艰难困苦的日子里，繁重的劳作锻炼着我们每个人的意志，我们在慢慢地成长。不久，我们集体户的知青担任了会计、妇女队长、团总支书记等职务。

有一年夏天，屯子里三队的牛棚着火了，冲在最前面扑火的都是知青。可见岁月使我们变得成熟坚强有担当了！

冬天是东北猫冬的日子，集体户的男知青随老乡一起到深山老林里伐木，扛木材，从不熟悉活计到成为生产队的主力，他们的肩膀不知被磨破了多少次。最危险的是下到煤矿采煤。他们在异常简陋的煤窑里采煤，在经历了多次风险后，干起活来不亚于当地老乡。真的想不到短短一两年的时间，当时那些稚嫩的姑娘小伙已经是干活的一把好手了。

一个特别的时代，给了我们这代人一段特别的经历。我考上了工农兵大学，1980 年回上海后一直在上海市属机关工作直到退休。桂国英从 1979 年起顶替母亲在国营企业工作到退休，她爱人也是我们大队的知青。这个刻骨铭心的知青时代结束了。

蓦然回首，五十五年过去了。上海的冬日有点阴冷，北风萧瑟，老知青们坐在沙发上翻看老照片，回忆曾经的芳华岁月，从前到后，又从后到前，回忆绵绵，感慨不已。将时间倒回，将时钟拨回到那个特殊的年代，尽管艰苦，尽管茫然，尽管一无所有，然而，对知青的影响却是一生一世的。那就是我们曾经在广阔天地里度过的芳华岁月，那就是知青情怀。那是一道深深的轨迹，永远不会被磨灭，因为那是一段难忘的岁月。

乘风破浪向北方

施建平

3 月 1 日中午，我们在军工路码头告别前来送行的父母亲朋，大轮船满载着赴延边插队落户的上海知青向大连港进发。第一天，船上的知青战友们还有说有笑，因为绝大多数人是第一次乘坐大轮船，而且轮船还将航行很久，由东海进入到黄海，海上风景无限好，大家还都有着新鲜感。第二天海上起了风浪，我们走出船舱，上至甲板见到的是天苍苍，水茫茫。风浪之中，船身摇摇晃晃，轮船在渤海海面乘风破浪，而轮船前行的方向还是一眼望不到头。有人晕船了，随行的吉林迎亲团干部们看到此番情景，便分赴各自知青团体里进行思想教育和安抚工作。延吉县迎亲团干部吴起洪为了稳定知青们的不安情绪，特地将我们集体户十几名知青都聚集到轮船的甲板上，向我们知青战

知青们围坐在轮船甲板上

友介绍所去农村的具体情况，并和我们谈理想，谈志向。

经过两天两夜乘风破浪的航行后，我们所乘坐的轮船终于在第三天的上午抵达大连港。当我们走下轮船时，受到了大连市民的夹道欢迎和热情款待。当晚，我们在大连歇住一晚，一场很精彩的歌舞晚会在大剧场上演。第二天下午，我们又踏上北去的专列，在铁路线上奔驰了一天一夜，终于抵达我们插队落户的延吉县。走出火车站口，欢迎人群真可谓是人山人海。当地朝鲜族群众特别是妇女同志很热情地把我们的随身旅行包顶在头上，并将我们领至家中住下来，把我们当亲人一样款待，给予我们无微不至的关怀。第二天下午，我们乘坐一辆解放牌大卡车来到了距城区十几公里处的延吉县太阳公社，然后又坐上牛车来到距公社所在地一公里开外的横道大队第十生产队。这儿就是我们插队落户的地方。在这里，我们的上山下乡之路正式铺展开了。

专列上的歌声

王正龙

1969 年 3 月 1 日，时值春季细雨绵绵，彭浦火车站的月台上人头攒动，到处是来送别的亲友们。开车时间到了，一列满载着下乡到延边州珲春县的上海知青的绿皮火车，正冒着下个不停的春雨缓缓启动，一路北上去那遥远的边疆。列车一路飞驰，它跨过波涛滚滚的长江，越过一泻千里的黄河，直奔那雄伟壮观的天下第一关。天气变得寒冷，我们离上海越来越远了，看着窗外还有积雪的原野和那缭绕的炊烟，我突然意识到，这不是学校老师布置安排的“三夏”“三秋”下农村学农劳动的旅途，而是不知归期的新的人生旅途。

3 月 3 日，火车进入了吉林省，下午 6 点左右到达长春站，站台上一群穿着华丽民族服装的朝鲜族姑娘，正载歌载舞列队欢迎我们。

知青们在列车上放声歌唱

随着悦耳的歌声，一位身背药箱的朝鲜族女医生和一位带着照相机的延边日报社记者来到了第十一节车厢，原来是延边州慰问人员提前到达长春站等候知青。美丽端庄的女医生对知青们嘘寒问暖、看病施药，知青们一下子欢腾起来。大家请求女医生唱一首歌，女医生一展歌喉，知青们情不自禁地跟着唱起来。于是，一首《敬爱的毛主席，我们心中的红太阳》顿时响彻第十一节车厢。延边日报社记者适时抓拍了这一激动人心的历史画面。不知什么时候，火车载着那歌声的余音已徐徐离开长春站，开向延边。

那年 7 月 4 日，一位在第十一节车厢与大家一起唱歌的上海知青，在《延边日报》上发现了记者抓拍的我们的照片。因此，我向延边日报社的工作人员领取了这张珍贵且具有历史意义的照片。五十多年过去了，我凝视着这张老照片，仿佛从照片中看到了敬信公社二道泡、回龙峰、朝阳等地的众多上海知青，和社员们一起拿着锄头弯着腰顶着烈日在广袤的田野中松土除草，在中苏边界的山顶上打防火线，在大肚川原始森林中救火……

知青是一个特殊时代的产物，我们把美丽的青春献给了祖国的边疆。光阴在流逝，岁月的年轮改变了我们的容颜，带走了我们的青春，却改变不了我们对第二故乡那曾经战天斗地的山山水水的深深怀念！这张老照片我已经珍藏了五十五年。在纪念我们赴吉林农村五十五周年之际，谨以此献给当年奔赴吉林战天斗地的知青朋友和那位美丽的朝鲜族女医生，并感谢延边日报社记者给我们留下的珍贵纪念。

初到安图

陈君华

我是上海市第六中学1972届初中生。1972年11月25日，上海最后一批六十九名应届毕业生踏上了前往祖国东北边疆吉林省延边朝鲜族自治州安图县插队落户的路程。安图县领导非常重视上海知青的到来，特意派分管知青工作的领导和县知青办的领导到车站迎接。在县里，上海慰问团建议县领导和我们知青合拍一张照片，留下初到安图难以忘怀的一幕，我一直珍藏着这张记录历史的老照片。

之后，县领导安排我们在县招待所休息，第二天还陪同我们参观安图县历史博物馆和老头沟万人坑，对我们进行了革命传统教育。我们上海市第六中学一行九人被安排到县委书记张保田所在的万宝公社兴农大队。在张书记的关怀下，兴农大队为我们知青安排得非常周到，特别是在生活上给予了无微不至的照顾。队里盖了新房，专门派了热情能干的大嫂来帮我们做饭，还给我们准备了过冬的柴火和蔬菜，考虑到我们刚从南方过来，吃不惯粗粮，又为我们储备了许多大米、小米和面粉，把我们集体户的小仓库装得满满的。总之，生活上的物品都安排得妥帖，大嫂还手把手教我们如何生火做饭，如何发面做馒头和大饼子。我们虽然初到安图万宝公社兴农大队，却感觉仿佛回到了家里。虽然安图进入了严冬，可我们的内心是热乎乎的，一下子就消除了许多担心顾虑。

县委书记张保田每次来到大队，都会抽空来看望我们，关心我们的政治思想教育情况，关心我们的生活。后来，张书记在我们大队搞

安图县领导与下乡知青

知青试点，把来自上海、长春的以及本地的新老知青都集中起来，不仅盖了新的知青楼，还开设了食堂，解决了知青烧柴做饭难等问题。

虽然已经过去了半个世纪，但我们仍对刚下乡时发生的许多事情难以忘怀，吉林安图已成为我们魂牵梦萦的第二故乡。

金塘姐妹

周芝芬

1969年3月，我们从上海来到珲春县敬信公社金塘一队插队落户。我们集体户成员都是上海市凤城中学1968届初高中学生。

敬信公社地处吉林省珲春市东南部，中苏朝三国交界处，公社总面积为327.33平方公里，距市区42公里。敬信平原是珲春第二大平原，平原上分布着九个自然泡子，号称“莲塘九曲”。一条奇特的河流将这九个自然泡子串联起来，因其拥有九九八十一个弯，所以被叫作“圈河”。圈河发源于头道泡西北角的三角山北麓，围绕敬信平原，流经二道泡、金塘、四道泡、六道泡、圈河等五个村庄，最终在莲花洞北侧流入图们江。别看河流的直线距离是8公里，可那八十一个弯却让它蜿蜒曲折地延伸了21公里。

晴日登山远眺，圈河串联的九个泡子如九星串珠，光彩夺目，蜿蜒的圈河似银带飘舞。每逢夏季，碧波荡漾的泡子中荷菱争艳，鲫鱼嬉戏，蚌珠生辉，这般景象令人惊叹不已，敬信山水如此多娇！

金塘大队位于敬信公社东南边，全村人口一千三百余人，分为七个生产队，一队至六队是朝鲜族队，驻在金塘村内，七队是汉族队，驻在离金塘村北边三里地远的黑顶子山脚下。农业生产以小队为单位，而民兵训练和活动以大队为单位。我们金塘一队有二十八户一百三十人，驻在金塘村的东北角。

三道泡位于金塘一队东边几百米处，站在金塘一队集体户边上可以看见波光粼粼的三道泡。三道泡水面有 10 平方公里，水质肥，水草茂盛，泡子周边水面上长着茂密的荷花，水下菱角丛生，岸边野鸭成群。

金塘大队在三道泡西南侧修建了一座抽水站，将三道泡的水抽上来，用于开发和灌溉水田 25 公顷。大队知青们都参加了抽水站到水田的渠道土方工程、水田改造工程及水田插秧锄草的劳动。劳动的确很辛苦，但我们就算是累断了腰，也咬牙坚持住了。

当时的我们毕竟还年轻，总想在艰苦中寻找快乐，于是我们房间的四个女生便筹划着一件事儿。一天插秧结束后，队长宣布全体休息一天。如何度过这难得的一天？我们四人决定将平时筹划的事儿付诸行动。我们向队里的朴今生、金松琴等女青年借来了朝鲜族服装，想穿上漂亮的服装照相。俞珠带来了备有一卷 120 胶卷的照相机，我们还请来擅长摄影的王林根为我们照相。于是，我们站在村口，脸上满

金塘一队四姐妹

是喜悦，只听“咔嚓”一声，我们青春的欢乐定格在那个瞬间。

后来，我们将这张照片寄回家，家长看见欢乐的我们，也放心不少。这张照片后来登载于 2020 年 7 月 25 日的《吉林日报》（朝鲜文版）上。

时过境迁，五十多年过去了。照片中中间两人已经离世，为我们摄影的王林根也走了。即便过去这么多年，这张照片及背后的故事一直深深地铭刻在我们的心灵深处。

风华正茂

程 瑛

1969年3月10日，那天是我终生难忘的日子。我们这一批知青乘坐在一列专门为我们安排的绿皮火车上，火车停靠在真如车站，车站内红旗飘飘，人山人海，哭声一片，广播里播放着《大海航行靠舵手》这首革命歌曲。我当时的心情五味杂陈，看着前来送行的家人、同学和朋友，两行热泪不停地流淌着，直至火车缓缓地驶离上海真如火车站，驶向那遥远的边疆。

火车行驶了四天三夜，终于到达吉林省延边朝鲜族自治州和龙县，县城里礼炮齐鸣，场面非常震撼。礼炮声停止以后我才注意到县城广场上彩旗飘飘，广播里播放着朝鲜语版的歌曲《延边人民热爱毛主席》，穿着朝鲜族民族服装的妇女们伴随着优美的旋律翩翩起舞。这场景深深地吸引着我。在和龙县欢迎仪式结束的当晚，我们就被大解放牌卡车翻山越岭地送到和龙县西城公社南古城大队第三生产小队。到达时已是深夜，好在大队离第三小队不远，我们上海知青一行八人，在漆黑的夜里借着月光深一脚浅一脚地来到了南古城大队妇女主任金珍笔家，也就是我后来的房东家。从这一晚开始，我成了金珍笔家中的一分子。

3 月份的东北大地还没有解冻，远看还是有白雪覆盖在大片的农田上。一切都令我非常新奇，想尽快接受贫下中农再教育。1969 年春节前夕，吉林省延边朝鲜族自治州代表团来到上海南市区[1]进行宣传和演讲，他们介绍了来自长白山脚下、海兰江边的一个能歌善舞的民族——朝鲜族，并现场表演了歌舞《延边人民热爱毛主席》，悠扬的歌声，委婉动听的旋律，翩翩的舞姿，无不吸引着我稚嫩的心灵。尤其是介绍到东北有辽阔肥沃的土地，去后可以开着拖拉机进行机械化耕地，女同学也能当一名拖拉机手时，我更是心动不已。

我的脑海中闪现出了电影《我们村里的年轻人》中的美丽画面。我梦想着要像电影中的年轻人一样，去到长白山脚下，在海兰江边上唱歌跳舞，头戴草帽、脖子上挂条毛巾，英姿飒爽地开着拖拉机。可是我在房东家住了一周，也没能有机会参与户外劳动，而是每天都在学唱朝鲜语歌曲，我很认真地用汉语拼音将朝鲜语的发音标注出来。第二周的某天，金珍笔姐姐和她妈妈带我去赶集，这是我下乡后第一次出远门。3 月份的海兰江江面还没有开化，我跟着她们，踩着吱吱

1) 今上海黄浦区。

作响的冰面，提心吊胆地过了江。顺着牛车道要走上三四公里才能到八家子镇，牛车道两边都是被白雪覆盖的冻地。我们在八家子镇饭店吃了午饭。金珍笔姐姐端过来一碗黄白相间的米饭，当我看到晶莹剔透的大米粒间透出的金黄时，心中不禁有些激动起来，想着有蛋炒饭吃了，可姐姐说这是二米饭，就是小米和大米一起煮的饭。我之前从来没吃过小米，因为失望，我基本没怎么吃就跟着她们往家赶路了。回家时走的是旱路，我们走过一个火车岔道后向右拐，就到了海兰江大坝。我们沿着大坝一直前行，左边是大片农田，右边就是未解冻的海兰江。这一路，我无心欣赏沿路风景，只关心能否看见拖拉机。回家的路程有七八公里，我也不知具体走到了哪里，我实在忍不住了就问姐姐，为什么这一路走来只见牛车不见拖拉机？姐姐奇怪地看着我，笑着对我说："我们这里是没有拖拉机的，只有牛车。"听到这话，我半天都没回过神来，明明说好我们来了可以当拖拉机手的呀——我当时的失望之情可想而知。

到了 5 月份我们才正式开始下地干活，拔秧苗、送秧苗和插秧全程都是人工操作。插秧工作结束后，紧接着就开始在稻田里除草，一直到 8 月份才放假。放假期间生产队的社员们可以走亲访友、赶集市、开运动会，因此我去了长春姨家，我姨父是长春空军预校领导，我自然就住进了部队大院。因为我的到来，姨父十分高兴，立即就计划了星期日去市里拍全家福照片。终于等到星期日这天，一大早起床，我就发现有一辆吉普车停在姨家门口，保姆阿姨也早早做好了早饭。我们一家吃过早饭，姨父穿上一套新军装，我和弟弟妹妹也都换上了

知青芳华

干净整洁的衣服。我们来到了位于长春市重庆路第五百货商场附近的时光照相馆门口。照相馆并不大，但非常干净整洁，我们很快就拍好了全家福照片。即将离开照相馆的时候，我突然抬头看见照相馆墙上挂着一顶草帽，一下子想起了头戴草帽、脖子上挂着一条毛巾的拖拉机手。我随口问了摄像师有没有毛巾，师傅说有，我很兴奋，和姨父说我要拍一张具有现代知青农民特征的照片，姨父听后表示非常赞同。就这样，摄像师帮我拍了一张芳华年代的珍贵照片，这也成为我一生的珍藏。

如今我已年过七十，真是“白头方知青春美，珍惜时光醉余晖，岁月如梭飞逝去，风华正茂再难回”。

水利工地的锤炼

寿林娣

我是上海市朝晖中学1968届初中生。1969年春天，为响应国家“知识青年上山下乡”的号召，我来到离家千里以外的吉林省延吉县细鳞河公社细鳞河大队第五生产队插队落户。这里是一个在地图上都难以找到的小山沟，老头沟镇内有3条河流，分别是布尔哈通河、细鳞河以及天宝山河。细鳞河公社因坐落在细鳞河边上而得名，位于延吉县西部。

当时的我才十七岁，刚到这个人生地不熟的地方，什么人都不认识，他们说的朝鲜语一句都听不懂。对从未见过的朝鲜族火炕、厨房、菜窖等，我感到既神秘又好奇。我用惯了大城市的水冲厕所，看到当地人用泥巴和草抹起来的臭气熏天的旱厕，特别不习惯。每次上厕所就是遭一次罪，不去又不行，去了又是提心吊胆，生怕掉进去，别提有多难受了。像沙子一样的小米饭、高粱米饭和玉米楂子饭，吃下去就会卡在嗓子眼，难以下咽。

到了晚上，屋里没有灯，漆黑一片，伸手不见五指，即使大家聚在一起，也难以排解内心的寂寞和苦闷。但这一切并没有成为我们前进的障碍，我很快就适应了艰苦的环境。一开始，我连谷子和狗尾巴草都分不清，经过一段时间的磨炼，不仅能把地铲得很好了，也能熟练地用朝鲜语和社员交流了。我喜欢和朝鲜族社员打交道，朝鲜族社员也特别喜欢我。朝鲜族社员用汉语说“寿林娣”这个名字特别费劲，因为我和本队朝鲜族姑娘美玉长得很像，所以他们给我起了一个名字叫“上海美玉”。

我和其他知青一样，都希望自己能在农村接受锻炼后，早日被招工回到城里，所以每天都满怀希望积极投入生产劳动中。几个月后，我担任了大队民兵副连长。

1969 年 7 月，公社决定建设细鳞河水库。水利是农业的命脉，因此，我们决定大干一场。我带领“铁姑娘”战斗队参与到建设细鳞河水库的劳动中。

在水利工地上我总是冲锋在前，敢于挑重担。我能歌善舞，在工地上带领年轻人组织文艺宣传队和演讲队，充实了艰苦劳动生活中的精神文化生活。水利工地的锤炼让我大有进步，我的体力和劳动能力都大大提高了，为今后从事艰苦的农业劳动打下了良好的基础。由于在建水库时表现突出，我光荣地加入了共青团，我带领的民兵连连年被评为先进集体。

在水利工地的锤炼成为我知青生涯的起点，也为我的漫漫人生拉开了帷幕。

我带领“铁姑娘”战斗队在水利工地劳动

三九寒天去刨粪

肖俊锋

20 世纪六七十年代，东北的农民每年秋收后空闲在家，就过起了猫冬的生活。自“农业学大寨”运动开展后，吉林省长白山下的农村开始改变农民冬天不出门干农活的传统，首先是组织社员挨家挨户去茅厕、猪圈刨粪，然后把它送到被皑皑白雪覆盖的大地上。

1970 年初，是我下乡后第一次在农村过冬天。集体户大部分知青回上海过年去了，剩下我们四五个知青，就去平时和我们关系好的老乡家过节，如今回想起来，那个春节过得实在是寒酸、凄凉。春节过后，生产队组织社员出工了，那时候确实没什么农活可干，只能组织社员去刨粪。

这天上午，我们几个知青跟着老乡扛着队里的洋镐和土篮子开始了刨粪劳动。零下二三十摄氏度的天气里，脚踩到雪地里也不知哪是粪堆、哪是土堆，得用铁锹拨去积雪才能辨认，发现粪堆后大伙儿就要开始动手了。

洋镐是当时唯一的刨粪工具，因为我们生产队大多数农户家底薄，没有钱置备推车等劳动用具。全队也只有三四把洋镐，只好几个人共用一把。

粪堆犹如一块花岗岩石，在严寒中被冻得坚如磐石，几个老乡轮番举起洋镐，狠狠地砸了无数次，只在那粪堆上留下一个小白点。我

知青们运送粪肥

们知青当然不能做看客。我们脱去身上的大棉袄，学着老乡的动作干活，但毕竟是生手，我们举镐砸下，每一下都落在了不同的地方。砸了十几下，粪堆仍然纹丝不动，迸溅的粪屑却让每个人都沾了光，粪屑不断迸溅到身上、脸上，眼睛、鼻孔、嘴唇都未能幸免，那气味实在是难以言喻。

一阵劳动下来，身上热出汗了，不得不把棉帽子摘下来，棉手套也脱掉。此时此刻在凛冽的寒风中，只有多干活少休息才能不被冻着。怎奈，身上是热了，头部、耳朵却忍受不了那严寒的侵袭，只能一会儿脱下，一会儿戴上。最遭罪的是双手，戴着手套抡洋镐时，抓不紧洋镐把，砸下的镐尖就不在准心上，作用不大；脱掉手套后，手心是热了，可手背暴露在严寒中会冻得麻木，而且赤手抡洋镐，没一会儿两只手的虎口就裂开出血了，疼痛难忍！

我们跟着社员干了一天，好不容易刨到十几篮子的粪肥，每个人都视之为巨大的收获，大家扒开周围的积雪寻找迸溅到雪地里的粪块，一一拣出来装进土篮子里。东北的冬天下午三点多钟太阳就要落山了，我们两人一组抬着 20 多斤重的土篮子，在 20 多厘米深的雪地里吃力地走到山坡上的大地，把刨到的粪块倒在田垄间，期望开春后给土地施以营养。

一天的劳动使身上出了不少的汗，在那时，我们只能把外面的积雪挖回来放在大锅里烧热后融化为水，用来擦擦身。谁知看上去是那么洁白的雪，融化后并不干净，只能将就了。

我们那天的劳动得了 10 个工分，可是当年生产队年终的分红，

10 个工分还不到 3 角钱啊！

我经常回想起三九寒天去刨粪的那段经历，每当想起，就更觉得应珍惜现在的好生活。

稻米飘香深山坞

王宝发

1971年秋，天气晴朗，阳光灿烂，在吉林省延边朝鲜族自治州珲春县敬信公社小盘岭大队新开的稻田里，金灿灿、沉甸甸的稻穗弯下了腰，呈现出一派丰收的景象。有位被称作老高的农民戴着草帽站在稻田里，左手握着一束稻穗，右手比量着稻穗长度，讲述着水稻的长势，在旁聚精会神听他讲解的是集体户户长朴万吉和上海知青黄德勤、祝亚男、王绮媛。他们目不转睛地注视着扬花结穗的水稻，分享着丰收的喜悦。

这张珍藏的历史照片，是祝亚男在一次翻阅影集时，不经意间发现的。这张照片揭开了尘封半个世纪的往事，引发了她和其他上海知青的回忆，仿佛时光倒流，我们又回到了那青春焕发、激情燃烧的岁月。

集体户成员们在稻田里分享丰收的喜悦

那是 1969 年 3 月，初春的吉林农村，广袤的大地上银装素裹，白雪皑皑。十七名上海知青乘火车、坐汽车，四天三夜，日夜兼程，风尘仆仆地来到小盘岭大队插队落户。

这里地处祖国东北边陲，高山峻岭，森林密布，野兽出没，人迹稀少，且是高寒山区，一年中大半时间都是冰天雪地，气温常常达到零下 20 多摄氏度。小盘岭大队种的都是山坡地和石头地，四周高山林立。当地农民祖祖辈辈在这种植玉米、大豆，从来没有种过水稻，大米是稀罕的粮食。东北天气寒冷，日照少，无霜期短，不像南方一年可栽种两季水稻，即使是旱田也只能种一季，当地人民多年来养成了猫冬的习惯。上海知青下乡到这儿吃不惯杂粮，再说看到在附近的朝阳大队插队的同是控江中学的校友们能吃到大米饭很是羡慕，不由萌发了要种水稻吃大米饭的念头。不少庄稼汉得知后，感到不可思议，他们说："撸锄杆的难道不如拿笔杆的？""修地球还得靠泥腿子啊！"但是，上海知青提出试种水稻的建议得到了大队党支部的支持。他们认为，虽说小盘岭大队从来没有种过水稻，但是不能靠天吃饭，墨守成规，要打破常规，大胆试，勇敢闯，这是改天换地的创举，破天荒的头一回，说啥也要蹚出一条新路来。

第二年开春，河面薄冰刚刚开始融化的时候，大队选择了一块靠近小盘岭公路旁山脚下的水泡地作为种植水稻的试验田。这是一块面积不大，积水不少，比较潮湿的山坡地，它本来是块适宜种植稗子的庄稼地。这块地石头多、土层薄，若想改种水稻，急需捡出石头，填补腐殖土，然而当时春寒料峭，乍暖还寒，这块水泡地表面还积有一层薄冰，人一踩上去就会碎成不少冰碴儿。上海知青下乡不久，还没带雨鞋，大多光着脚下去捡石头，一阵寒意袭来，顿感脚底透凉，寒彻心扉。时间长了，扛不住啊！可是，上海知青们咬牙坚持着。不少女知青还像朝鲜族阿妈妮那样，将捡出的石头放到头上顶着的箩筐里，然后用手扶住箩筐，一步一步地运了出去，干得还像模像样！男知青们则赶着牛车不停地从山脚边拉来黑色的腐殖土铺在水泡地里，改良土壤，为种水稻作铺垫。然而，由于大队老农初次种植水稻，缺乏经验，加上没有育苗，成筐的稻谷浸泡在水里，没几天就发了芽。他们立即把发了芽的稻谷放到平整过的水泡子稻田里，但是由于铺在石头地里的腐殖土太少，水顺着石头缝隙流掉了，结果水稻只长苗，不结穗，最后几乎是颗粒无收，闹了个竹篮打水一场空。

虽然第一次小面积试种水稻失败，但是失败是成功之母，大队党支部没有失去信心，而是认真吸取了没有培育秧苗和水泡地渗水的教训，并登门邀请县水利局、县科技局的技术员到现场指导。通过调研，大队商定开挖引水渠，创办秧苗试验田，解决了培育秧苗过程中出现的水源不足、水温较低等问题，并在此基础上，再次试种水稻。

1970年秋收后，县水利局专门派来了技术员到东沟开展现场测绘，制定了挖引水渠的工程规划。大队根据规划动工，兴起了“开挖引水渠，引水下山”的农田基本建设的热潮。集体户的知青们唱着《延边人民热爱毛主席》一起出工。瘦高个子蔡安石不甘人后，黄德勤、黄德健兄弟俩来了，王富根、王绮媛兄妹俩也来了，年仅十六岁的小妹妹俞维珠跟着姐姐俞维珍一块来了。正如集体户知青陈菊兰描述的那样：“当时，女知青们都不愿留在后方，不愿意留在集体户里做饭，抢着要上前线，到水利工地上挖渠，甚至有的女知青来了例假也不请假，照样到水利工地上干活。”字里行间洋溢着女知青们忘我劳动的精神。常言道“巾帼不让须眉”，女知青张振东在开挖引水渠时也带头挥起了铁镐。当时天寒地冻，寒气逼人，山上的石头又尖又硬，非常难挖。张振东刨地时一不小心将镐头碰到了石头，小石粒竟弹起来打在了自己的额头上，瞬时头破血流，女知青们见了忙用手帕擦血并劝她回去休息，张振东说啥也不肯，说：“这点伤不算啥，轻伤不下火线嘛！”好在她是大队卫生员，随身携带了医药箱。她从箱里拿出红药水擦在额头上，接着又在工地上开干了。在她的带动下，女知青们干得更起劲了。不少女知青初次拿镐头，娇嫩的手一会儿就磨起泡或开裂，但她们仍坚持到收工，回到集体户后，互相用针挑泡或包扎。公社还特地派来干部参加小盘岭大队的挖引水渠劳动，工地上分了几个组，大家你追我赶，开展了“比学赶帮超”的劳动竞赛。短短一个多月，大家一起挖了一条二三里长的引水渠，还将它命名为“小盘岭翻身渠”。

冬去春来，春暖花开。1971 年春天，小盘岭大队专程请来了县里的科技人员上门指导，精心育苗。他们在山坡地里选了一块试验田，在垄沟里立起了牌子，分别在牌子上写上试验田一号、二号、三号，还搭起了塑料棚，选拔了五个农民配合科技人员进行育苗试验，集体户女知青王绮媛是其中一位。从此，她每天起早贪黑，钻进塑料棚里观察秧苗长势，记录日照时间、塑料棚里外温度和地里水温，仔细观察，日积月累，寻找适应秧苗生长的温度和水温。别以为这是一项简单、枯燥的农活，实际上，它是一项比绣花还要细致的工作，要坚持不懈，持之以恒。塑料棚里面比较闷热，里外温差又大，使人觉得不适，但王绮媛依然坚持着，并在科技人员的言传身教下学到了技术，培育了秧苗。令人意想不到的是，她至今还保留着当年育苗时写下的观察记录。她一丝不苟、兢兢业业的精神令人钦佩。

后来，水稻秧苗从试验田成功移栽到大田。上海知青，尤其是女知青们，几乎每天都要到地里查看秧苗生长的情况。看着秧苗一天天长大，最终在大家的期盼中扬花、结穗、灌浆，绿油油的秧苗十分惹人喜爱，大家心里有说不出的高兴。人心齐，泰山移，大家共同努力，采取了多采光、用黄黏土堵塞石头地的缝隙防止漏水、在引水渠上铺设塑料薄膜，以及保持水温等措施，从而较好地解决了小盘岭地区面临的无霜期短、日照少（年日照仅 120 天），地里石头多、易渗水，以及水温低等难题，确保了水稻能顺利生长。

然而天有不测风云，眼看水稻丰收在望，谁知灾情突如其来。1971 年 10 月 18 日，天空突然下起了鹅毛大雪，老天爷仿佛要考验小盘岭大队的农民和上海知青，狂风暴雪一下把挺立的稻穗刮得东倒西歪，一片片倒伏着，把将要到手的粮食即将化为乌有。灾情就是命令，抢收就是责任。说时迟那时快，大伙儿穿上雨披冲了出去，开始在雪中抢粮。大家迎风冒雪，挥舞着手中的镰刀，很快便割下了一亩半的水稻，从雪地里将丰硕的成果抢收到手。

当大队将收获的大米分到家家户户时，每户农民，包括集体户的上海知青立即烧火做饭，二三十户人家的烟囱上空顿时炊烟袅袅，稻米飘香深山坞中。人们兴高采烈，奔走相告："试种水稻终于成功了，我们吃到大米饭了！"知青们沉浸在丰收的喜悦之中。俞维珠激动地说："越是天冷的地方，种出的大米越好，这是我从来没有吃到过的好吃的大米饭啊！"她的话语道出了大家的心声。这不是做梦，也不是神话，而是小盘岭大队农民和上海知青一起创造的奇迹，石头地里竟然长出了水稻，还结出了硕果。尽管那年水稻成熟时遭遇了雪灾，导致水稻产量不高，但总算填补了高寒山区成功种植水稻的空白。为此，县里有关部门还特地奖励小盘岭大队一台手扶拖拉机，王绮媛的哥哥王富根还成了小盘岭大队史上首位手扶拖拉机手。上海知青张振东还到县里登台介绍了小盘岭大队集体户试种水稻成功的事迹。1972年，《延边日报》《吉林日报》先后报道了他们的事迹。

光阴似箭，日月如梭，一晃五十多年过去了，但是当年上海知青试种水稻的情景仍历历在目。这一切来之不易，“宝剑锋从磨砺出，梅花香自苦寒来”，这其中的酸甜苦辣，唯有经历过的上海知青才知晓。一张照片触动了小盘岭大队集体户众多上海知青心灵深处的记忆。在这张弥足珍贵的照片背后，有着人们难以想象、跌宕起伏、生动感人的故事。虽然这张照片随着时光的流逝变得有些模糊了，但是上海知青勇于实践、大有作为的尝试，在深山沟里这块贫瘠的土地上留下了独特的时代印记和历史回响。这张照片值得我们珍藏、纪念，这段往事，我们永生难忘。

本文作者采访了当年小盘岭大队妇女主任郑京来和集体户上海知青陈伟国、黄德勤、俞维珍、张振东、陈菊兰、祝亚男、王绮媛、俞维珠，借此机会一并表示感谢。

在丰收的稻田里

严大申

1976年金秋十月的一天，风和日丽，我约当地照相馆的朋友，兴致勃勃地来到凉水公社医院前面的一片水稻田地。这是我和生产队社员一起并肩耕作的水稻高产试验田，其中有我辛勤劳动时洒下的汗水。

秋天的田野一派丰收的景象，稻田像金色的海洋，一阵风吹来，稻浪在翻滚着，一层追赶着一层。我走进稻田，看着那一株株水稻被沉甸甸的稻穗压弯了腰，就像一个个可爱的小孩鞠着躬对农民伯伯表示感谢。我伸出手轻轻地抚摸那粒粒赛金的稻谷，心中满是丰收的喜悦，体会到了一年辛勤劳作后得到的甘甜。

我们刚从上海下乡到吉林珲春凉水公社插队落户时，在水稻田里

我在稻田中享受丰收喜悦

干活，根本分不清稻苗与稗草，生产队社员们就热心地指导我们如何辨别和清除杂草。特别是生产队里负责管理我们集体户的户长和妇女队长，细致入微地教我们怎么培育稻种和秧苗。插秧时节，阴雨连绵，在水稻田里，社员们不顾天冷水凉手把手地教我们插秧苗，教我们施肥、除草，还教我们水稻田管理的相关知识。

在赤日炎炎的夏天，我用手推除草机在垄沟里来回除草，随着除草机滚轮向前翻动泥土。垄沟里的杂草没了，稻秧就能茁壮成长起来。

到了秋收割稻时节，老户长教我们割稻子时稻根茬不要留得太高，割好的水稻要摆放整齐，以备捆扎、码堆，车拉稻穗归仓时不要遗弃一株稻穗，做到颗粒归仓。

在和社员朝夕相处的日子里，我逐步掌握了一些农活的基本要领，也切身体验到农民的辛苦。正如我的姥姥曾经对我说过的一句话："一粒米，含七斤四两力。"就是说一粒米粮，来之不易，里面包含了农民多少辛劳的汗水啊。

在一次回上海探亲时，我家附近的一所小学请我去给小学生们讲讲农村生活的体会。我给他们讲述了生产稻米的过程，告诉小学生们摆上餐桌的大米饭都来之不易，粒粒皆辛苦，要珍惜粮食，不要浪费一粒米饭。

这张照片展示了我的青春，记录了我在农村这个广阔天地里战天斗地的情景。那里有使我难以忘怀的丰收的喜悦，有劳动的繁重辛苦，更有生活的酸甜苦辣，值得我纪念和珍藏。

难忘的医护经历

马慧芹

1969 年 3 月 1 日，我踏上了北去的火车，来到了吉林省珲春县敬信公社大肚川一队插队落户，开始了接受贫下中农再教育和务农生活。

这个生产队有二十多户人家，全部都是朝鲜族。生产队坐落在三面环山一面靠江（图们江）的边境线上，集体户的房舍坐落在山坳里，边上有一个泉眼，泉水取之不尽，用之不竭，而且非常甘甜。我们每天日出而作，日落而息，以甘洒热血的激情过着每一天。

一个偶然的机会，生产队推荐我当“赤脚医生”。有一天，听到我们小队原来的赤脚医生要去外地的消息后，我就积极争取接替他的工作。刚拿到药箱的那一天，我兴奋得一夜都没睡觉，双手反复抚摸着药箱，药箱上一条长长的背带似乎在告诉我重任在肩，不要辜负贫下中农的期望，而药箱外面的红十字标又似乎在说“要有爱心，努力做好这项工作”。我一遍又一遍地抚摸着药箱，也一遍又一遍地告诫自己要全心全意为贫下中农服务。从那以后，社员有点儿头疼脑热都会来找我，我会认真地按照病情对症下药。社员在劳动中经常会擦伤碰伤，我也会及时为他们包扎伤口。

刚接任赤脚医生的工作时，我一天医学也没有学过，一天培训也没有参加，还不了解医学常识。为了做好这项工作，我让上海的家人给我邮寄了医学书籍、针灸书和针灸针。我每天白天参加队里的农活，晚上按针灸书上的讲解，在自己身上扎针，一针一针找感觉，就这样一边学一边为大家服务。

那年夏天铲二遍地的时候，有一天收工后，大家回来洗漱干净，正准备吃晚饭时，男社员小金找到我并告诉我他拉肚子了，一天拉好几遍，全是稀便，而且肚子很疼。当时我认为这是吃了不洁食物引起的腹泻，于是拿起药箱翻找，结果发现药箱里没有黄连素，只有磺胺嘧啶，平时遇到这种情况常用安痛定和黄连素配伍肌注。我心想既然黄连素能和安痛定配伍，那磺胺嘧啶应该也能和安痛定配伍。我拿起一支安痛定和一支磺胺嘧啶，先抽出安痛定注入磺胺嘧啶里，顿时两种药融合变成了乳白色。当时我也未及细想，直接将混合后的药液全部注射到小金的臀大肌内。注射完，小金没说什么就回家了。可是，第二天早上小金又来集体户找我，说他虽然止住了腹泻，但昨天打针的地方又热又疼，不知是怎么回事。我看了一下臀部注射的部位又红又热、又肿又硬，足足有一个手掌大，病人还有发热症状。我从来没

1973 年，我跟随敦化县官地卫生院院长林昌万在社员家进行教学实践

遇到过这种情况，真把我吓坏了。我马上打电话向公社卫生院咨询，得到的答复是安痛定不能和磺胺嘧啶配伍，它俩是配伍禁忌，绝对不能放在一起注射。现在病人是局部发炎，需要用热毛巾热敷帮助吸收，注意观察，如果没有好转，需要及时来院就诊。我当时吓坏了，一方面按照公社卫生院的要求医治病人，另一方面用白糖作为补偿积极安抚病人，同时又深深地埋怨自己给病人带来了痛苦，真是对不起贫下中农，对不起这份责任。可是小金一直没有埋怨我，反而安慰我说："没关系，没关系，我还年轻，过几天就会好的。"果然，一周后小金臀部的硬结红块消失了，不发热了，疼痛感也消失了，压在我心上的

石头终于落地了。从那以后，我觉得光有为人民服务的热情是不够的，还必须要有为人民服务的本领。

我如饥似渴地学习，一刻也不敢忘记缺乏知识带来的可怕后果。毕业后走上了工作岗位，脑海中还时常会想起给小金打错针的这件往事。这件事常常警示我工作时要认真细致，严格遵守护理技术操作规范，绝不能有半点马虎，病人的生命重于泰山。在护理或抢救病人时，我总是会把注射过的安瓿瓶单独放在一边，等到医治完病人后，仔细查对无误再扔掉。就这样，我在规范执行三查七对操作规程的基础上多加了一个“第八对”，保证无差误。我在三十多年的临床护理生涯中一直坚持着这一习惯，从没有发生过事故。后来我当上了护士长、护理部主任、护理院院长，不断地把三查七对再加一对的经验传授给年轻护士。这段特殊的经历，成为我职业生涯中永不磨灭的印记，时刻提醒着我要以严谨的态度对待护理工作。

赤脚医生

黄惠英

苏联小说《钢铁是怎样炼成的》中的主人公保尔·柯察金说过："人的一生应当这样度过，当回首往事时，他不会因为虚度年华而悔恨，也不会因为碌碌无为而羞愧。"这一段话让我记忆犹新，更让我觉得我的韶华虽然是在动荡不安的年代中度过的，可我没有悔恨，更没有羞愧的感觉。因为上山下乡去边疆既铸实了我的筋骨，又让我的人生在艰难困苦之中得到了升华。

1969 年 4 月 9 日，十八岁的我背上行囊，挥手告别前来码头送行的家人，与众多知青战友一道登上由上海开往大连的"工农兵 5 号轮"。经过近一周时间的船车旅途，我们终于抵达了位于祖国东北边陲的吉林省延边朝鲜族自治州境内一个由汉族和朝鲜族混居的小山村——延吉县德兴公社英东大队第八生产队。我在这里插队落户，开始了接受贫下中农再教育的崭新生活。

1972 年春，在下乡插队的第三个年头，我有幸被推选为一名“赤脚医生”。赤脚医生是特定时代的产物，顾名思义，就是亦农亦医的农村医护人员。当年我所插队落户的延吉县德新公社英东大队是个规模较大，共有十二个生产队的大队。当时，大队医务所由一名朝鲜族社员、一名汉族社员和我这个上海知青组成，我们的职责就是为全大队十二个生产队的父老乡亲行医送药，以及提供全方位的医疗服务。虽然我上山下乡之前在上海接受过简单的医学培训，但是对于医学知识仅仅处于略知一二的初级阶段。担任赤脚医生初期，由于自身医术水平和临床经验都存在不足，我只能在医护工作中采用边工作、边学习、边实践的方式，努力认真地做好医护工作。同时我还通过函授学习和自学等途径，结合临床经验来逐步提高自己的医疗服务水平。记得有一年秋天，一位知青战友跟随当地农民上山打柴火，在扛运柴火途中不小心踏到了树杈子上，尖尖的枝杈刺进了他的脚心。他被人搀扶着来到大队医务卫生所就诊，当时坐诊的赤脚医生及时为他清洗并包扎了伤口。可两天后，他的病情加重了，伤口不见好转反而更加红肿疼痛。这位知青战友再次来到大队医务卫生所换药的那天正好是我值班，当我用卫生工具检查伤口时，患者的面部表情看起来很是痛苦。这突然让我联想到一年前的一个病例。当时，有一个朝鲜族小女孩不慎砍伤了手指。来此就医时，赤脚医生也只是为她简单清洗包扎了伤口，没有仔细清创就缝合了，这导致她手指中因留有异物而感染，使

有幸成为一名“赤脚医生”

得小女孩后来被截去了一节手指。尽管当时那位资历比我深的赤脚医生也在场，可我还是亲自打开他包扎的伤口，仔细观察并触摸伤口四周，同时询问知青战友被刺伤时自行处理的情况后，我大胆推测伤口内一定还有异物残留。经过我认真且反复地查找，终于在伤口深处拔出了一小片树枝残渣，我这才重新认真清洗和包扎患者的伤口，并施以抗菌消炎治疗。几天后，患者伤口处的红肿逐渐消退，伤口也渐渐愈合，而且没有留下任何的后遗症。虽然这段往事至今已有许多年了，但是每次知青战友聚会时，这位知青还常提起这件陈年往事来，以表达对我的感激之情。

每当翻看这张老照片时，我的心情就会激动起来，想起在农村这个广阔天地里，我当了整整六年的赤脚医生，这段农村从医经历磨砺了我的筋骨，又夯实了我的革命意志。在那个艰难困苦的边疆农村生活环境中，不管是在深夜还是在风雪交加的极端天气里，只要群众有需要，我就会立刻背上药箱前去赴诊。农忙季节我也会背上药箱，走田头串村寨，为社员群众行医送药，为农村孩子们接种疫苗。多年当赤脚医生的人生经历，使我和当地的汉族和朝鲜族父老乡亲结下了深厚的情谊。五十多年来，我与认我为干女儿的老乡一家一直保持着联系。我曾在2009年和2018年两次回到延边地区看望干亲。上海召开世博会期间，我还邀请干亲家人来做客，带他们在上海逛展观光、旅游玩乐。

当年，在我上山下乡的地方有一条玉带似的图们江，日夜奔腾涌入海。如今，我居住在美丽的黄浦江畔，每当我看到黄浦江的江水，就会情不自禁地想起当年我们集体户门前的那条图们江。因为在图们江流经的那片土地上有我当赤脚医生时结识的善良的乡亲，那里更是我青春年华绽放光华的地方。

心目中的小常宝

施建平

我们从小就接受着革命英雄主义的教育，心目中的女英雄就是英姿飒爽的模样。我打小就喜爱学唱革命样板戏，特别是京剧《智取威虎山》中的“小常宝”给我留下了深刻的印象。

小常宝是猎户老常的女儿，父女俩长期居住在深山，以打猎为生。当解放军侦察员来到深山访问他们时，小常宝和她父亲主动要求协助解放军侦察员寻找通往威虎山的道路。后来，小常宝跟着民兵苦练杀敌本领，参加了攻打威虎山的战斗。她在战斗中英勇杀敌，践行着自己“坚决要求上战场，誓把顽匪消灭光”的誓言。其中，小常宝与战士们一起滑雪行军的那一大段舞蹈，给我留下了深刻的印象。

那时正值冬季，生产队里有个社员戴着一顶狗皮帽，显得十分威武，于是我便借戴了那顶帽子，当天步行5公里路去到朝阳川镇照相馆，请摄影师傅给我拍摄了这张模仿革命样板戏中小常宝的照片。那一年我还未满十六周岁。我立即将这张照片寄给远在上海的亲人，以缓解他们的思念之情。

看我像不像小常宝

来到农村之后，在革命英雄主义的感召下，以及在集体户战友们的带动下，我爱上了劳动，坚持出工出力出满勤，每年我挣到的工分在集体户中都名列前茅。我还荣幸地当上了生产队的赤脚医生。我把在上海学到的医疗卫生知识运用到为贫下中农服务中，我经常身背小药箱走家串户，为广大社员群众的身体健康保驾护航。经过八个年头的农村劳动和锻炼，我于1976年被推选招工至延边三峰建材厂工作。现在想想，真心感谢小常宝！

伊泉的金达莱

吕敬佩

1969年3月1日，我们上海市第五女子中学1967届和1968届的十一名学生，在上海乘坐“工农兵5号轮”，奔赴吉林省农村插队落户。延边朝鲜族自治州延吉县勇新公社伊泉大队地处延吉县的边远山区，大队有五个生产队，一百多户、六百多人，都是朝鲜族社员，散居在一条偏僻的山沟里。

我们受到了生产队社员们的热烈欢迎。老乡们对我们可好了，盛情款待，嘘寒问暖，集体户的住房、分给我们的自留地以及为我们准备的柴火、蔬菜，还有我们使用的农具，无不凝聚着社员们的心血。

在这条大山沟里，我们开始了艰苦的知青生涯。好在社员们热情地手把手教我们插秧、种土豆、种黄豆。在劳动中彼此的感情进一步

伊泉大队女知青

加深，我们喜欢上了纯朴的朝鲜族社员。

在春暖花开的季节，漫山遍野盛放着金达莱，我们想在这金达莱的故乡留下我们的青春痕迹。我们选了一个好天气，穿上社员们借给我们的朝鲜族服装，兴高采烈地步行来到龙井照相馆。我们十一名知青来自同一所学校，如今生活在同一个集体户，穿着这么漂亮的朝鲜族服装，就像十一枝盛放在伊泉的金达莱，留下了这终生难忘的青春影像。

如今五十多年过去了，我们也已年过七十，然而当年的情景仍然是那么清晰，那么深刻地留在了我们的内心深处，这可真是一笔不可多得的财富。

洋金沟军训

陆 钧

五十多年前我在珲春县五道沟大队插队时作为民兵参加军训的经历令我至今难忘。

我那时担任民兵排排长，照片中那些枪械，是珍宝岛事件后公社武装部发给我们民兵排的，有半自动步枪、全自动步枪和“转盘机枪”。每年农闲时期，公社武装部都会下拨子弹用于训练。

枪械平时放在我们集体户的枪库里，枪库是由我和其他知青上山拉来木头，再将木头锯成木板后钉成的。这些枪械有严格的管理制度，平时不能随意拿出来，只有训练时才能取出来。边境线上无小事，我们严格执行管理制度，因此从来没有发生过任何事故。

我们每年要到公社武装部进行为期一周的军事训练。马滴达公社在边境线附近，边境线上驻扎着部队的一个连。这一个星期里，我们集体吃住，由部队派一个连长和一个班长组织民兵训练。训练内容有站队、持枪、队列等。比较刺激的是实弹射击，我的成绩还是不错的，5 发子弹，能命中 40 多环。有一次是肩扛火箭筒的实弹射击，由部队的班长对着旧桥墩射击，火箭筒是 40 毫米口径单兵反坦克火箭筒，因在“珍宝岛战斗”中的出色表现而被中国人民熟知。还有手榴弹实弹投掷，民兵排每人进行了一次投掷，虽然危险，但很刺激。

每年一次的集训虽然时间不长，但给我的插队生活增添了新鲜的内容。1970 年秋天，我们民兵排到离边境线不远的洋金沟进行拉练、

青年男女民兵

射击和投弹训练。县城里的专业摄影师跟随我们一起翻山越岭，为我们留下了我们民兵排唯一的集体照，拍下了青年男女民兵的飒爽英姿。那时的我们是那样年轻，充满朝气。

如今我已年过七旬，往事如烟，回味无穷。当我再次欣赏这张珍藏了半个多世纪的老照片时，依旧会想起当时那艰苦的插队生活和紧张的民兵训练。

我的五〇式冲锋枪

耿玉林

下乡五十五周年之际，我不禁回忆起往事。翻看老照片，老照片展示着往昔的模样，唤起了青春的记忆。这是一种真切的回忆与怀念，使我走进时光隧道，寻找年轻时的自己，触摸岁月的痕迹。

1969 年 3 月，我响应国家号召，到农村去接受贫下中农再教育，告别上海，奔赴边疆，来到地处中苏朝三国交界的吉林省珲春县，被分配到马滴达公社马滴达大队第五生产队插队落户。

在奔赴延边的火车上，我们从广播中听到了中苏边境珍宝岛自卫反击战的消息，大家感到震惊，深感我们知青来到边疆的责任重大。我们不仅要接受再教育，在吃苦耐劳中锻炼自己，建设边疆，还要在保卫祖国边疆、巩固边防的斗争中贡献力量。

到达生产队不久，我们集体户十八名知青积极报名参加基干民兵，作为一个班编入了五队民兵排，我担任了副排长。

1971 年元旦是我们知青来到农村的第二个新年。新年伊始，为全面落实毛主席关于民兵工作“三落实”的指示要求，为适应珲春县边防斗争的需要，进一步做好民兵工作，上级武装部门在全县开展了整顿民兵组织、建立武装基干民兵队伍工作。

武装民兵是从基干民兵中选拔的优秀青年，他们配备有枪支，故武装民兵又称持枪民兵。武装民兵队伍利用冬季或农闲季节，脱产进行集中军事训练，主要进行国防教育和形势教育，军事科目有队列、射击、投弹、刺杀、班排战术以及“三打三防”。

我从小在部队大院长大，儿时就喜欢与小伙伴们玩打仗游戏，对武装相关的事物十分感兴趣，所以加入武装民兵这事儿我是当仁不让地积极报名争取。加入民兵组织之后，我十分热爱民兵工作，尤其是在担任大队民兵排副排长和后来担任大队民兵连副连长之后，对民兵工作更是热爱有加，凡是大队党支部和上级人武部交办的任务，我都努力完成并争取做到最好。元旦之后，公社武装部举行了马滴达公社武装民兵营成立暨颁枪大会，并举行了民兵军事会操。我以民兵营一连一排五班班长的身份参加了这次活动，别提有多兴奋了。

当时给我们配发的是苏制 7.62 步骑枪、五〇式冲锋枪和轻机枪。因我是班长，所以领到一支五〇式冲锋枪，虽然是旧枪，但毕竟是真枪呀，我高兴极了。会操结束后，我挎着冲锋枪与其他民兵老乡精神抖擞地回到生产队，正巧遇到来五队巡回照相的公社照相馆郭老师，

手持五〇式冲锋枪值班站岗

他说:“小耿发枪啦，拍一张照片作纪念吧！”因为那天是1971年元旦，意义特殊，所以郭老师就在照片上题写了“边防民兵，七一元旦”。

这支五〇式冲锋枪陪了我不久，我就被调到团县委机关。在县委大院，我很好地完成了本职工作，同时积极参加县机关人武部组织的各项活动，参加了全县民兵干部军事训练队并被评为优秀队员。机关组织干部下乡工作队到乡镇，我被聘请担任教官帮助组织民兵训练。

我离开大队不久后，全县六个中苏边境公社民兵队伍都换发了五六式半自动步枪、五六式冲锋枪以及班用轻机枪。我们马滴达公社还增加了反坦克炮排，并配置了七五和八二反坦克炮，全面提升了边境一线民兵武器装备的档次。

1979 年 3 月，正值上海知青下乡珲春十周年，在本人主动要求并经县人武部领导的批准下，我调回第二故乡，担任了马滴达公社武装部部长。两年后，我又担任公社党委副书记，分管武装、民兵、公安、边防等工作。每当我看见五〇式冲锋枪时，都会感觉特别亲切。

光阴似箭，一转眼，距离我们下乡的日子已过去五十五个春秋，这张“边防民兵”的老照片也度过了五十多个寒暑。看着老照片，仿佛走进记忆深处，重温年轻时那段生活与经历，寄托自己对那段难忘岁月的深深怀念。

小盘岭上的青春岁月

祝亚男

1969 年 3 月 1 日，我们登上知青专列往东北方向疾驰，目的地是小盘岭大队。这片位于祖国东北边陲、中苏边境的土地，将是我们接受再教育的广阔天地。

初到小盘岭，我们被这里的荒凉与寒冷所震撼，高山峻岭，森林密布，人迹稀少，冬季气温更是低至零下 20 多摄氏度。然而，这并没有消磨我们的意志，我们成为大队生产的主力军，同时也是武装民兵战士。

我们边境一线的知青不仅要参加生产队的劳动，还要参加军事训练，值班站岗。民兵连制定了值班站岗制度，因此我们经常需要半夜轮流值班站岗。在寒冷的冬夜，我挎着五六式冲锋枪，站在视野开阔

持枪站岗

的小山包上，眺望远方，心中充满了坚定与自豪。

1973 年，为了加强作战能力，大队武装民兵连加强了军事训练，同时为民兵配发了崭新的五六式冲锋枪。我曾打出 5 发子弹 45 环的优异成绩，也能非常熟练地拆卸和组装枪支。

在艰苦的环境中，我们集体户的成员相互扶持，共同度过了难忘的时光。1970 年我们在这里试种水稻，虽然由于自然环境的原因无法全面推广水田，但也稍微改善了我们的饮食结构。在多年的集体户生活中，我和集体户户友林道苏在极其困难的环境下互相帮助，最终结为夫妻。

我们在小盘岭集体户住到 1974 年年末，然后按照上级要求，合并了集体户。我们小盘岭知青搬到朝阳一队，与朝阳二队、三队知青组成了一个新的集体户。

1976 年是我们下乡到这里的第七年。虽然集体户不少知青被抽调或自行安排出路，但我们还是保持着初心，坚持到底。那年，被抽调到敬信公社照相馆的范文发带着相机来看我们，为我们拍下了一张珍贵的集体照。我们虽然穿着朴素，但笑容满面，十分乐观。

三十年后，我和林道苏一起携子再次回到了集体户旧址，集体户的房子已经快倒塌了，看着破窗残墙的房屋，另有一番滋味在心头。

我与林道苏和集体户户友在朝阳一队集体户茅草屋前

一晃五十多年过去了，我们都已经退休在家过着平常生活，但依然过得很充实。那段在小盘岭上度过的青春岁月，将永远铭刻在我们的心中。这是一段珍贵的记忆，也是我们生命中最宝贵的财富。

五家山上的青春使命

杨人俊

1969年3月6日，上海市杨浦区各学校近千名1968届初高中学生来到珲春县敬信公社金塘大队插队落户，接受贫下中农再教育。

金塘大队地处中苏朝边境一线。大队在我们知青到来后不久便组建了武装民兵排，我是知青中唯一被选上的人。当时我感到既激动又光荣，虽不能参军当兵，但成为一名持枪民兵同样可以保卫祖国！

武装民兵排成立之初只有二十多个人，武器有五〇式冲锋枪两支，莫辛纳甘步骑枪十二支，还有六〇迫击炮一门。

我们大多是在小学校的操场上进行操练，有时也会在大队部和俱乐部之间的空地上进行，通常是先进行简单的队列和持枪训练，接着重点围绕民兵常识、军事法规、军事理论、战备常识、单兵战术基础、卫生与救护等内容开展训练。训练一般安排在农闲和晚间，因为白天大家都要出工劳作。

武器分解和使用常识讲解是在民兵值班室内进行的。值班室只有二十多平方米，其中武器库就占了一半。说是值班室，其实就是一个大土炕，炕上能睡六个人，地上还有张破旧的办公桌。

夜间训练

1969 年 3 月，上级一次又一次下达一级战备令。晚上，大家聚集在值班室和衣抱枪睡觉，时刻待命。

夏天，根据上级要求，武装排要到国境线附近的五家山开展熟悉战位、武装设伏、战备警戒等战术科目的演练。在战备训练过程中，我看见了日本侵略者在五家山修建的堡垒工事残部，还看到了钢筋混凝土结构的竖井式入口。

五家山人迹稀少，林密草深，我们趴卧在简易的老战壕里，遭受着各种叫不出名的爬行动物和小飞虫的骚扰。其中最令人讨厌的还是蚊子和“小咬”，它们总是扑面而来，让人防不胜防。五家山天气变幻莫测，有时阵雨会突然来袭，有时又烈日高悬，我们没有任何防护装备和后勤供应，口渴难耐，无法吸烟，不能随意交谈，甚至大小便也受到限制，这对我们武装民兵来说是一次极大的考验。我们趴卧了四个小时，敌人始终未出现，虽然我们的战斗力下降了，但武装排的战友们硬是凭着“一不怕苦，二不怕死”的革命精神，以坚定的信念坚持到最后，圆满完成了任务，得到了军区首长的称赞。

“手握一杆钢枪，身披万道霞光。”当年那些艰难和惊心动魄的经历，如今早已成了我的人生财富！

咱也扛枪保边疆

朱大方

作为一个男孩子，我从小就喜欢军事，看电影就爱看战争片，在马路上看到解放军就会跟着跑一阵子，也总是爱看《红旗飘飘》《星火燎原》等红色读物以及战争类故事书，对“十大元帅”“十大将”及许世友、刘亚楼等将领如数家珍。我从小就想着长大了要当解放军，梦想着哪天能保家卫国。每当路过上海市山阴路四川北路口的海军司令部或广中路水电路口的东海舰队海军基地时，我都会停下脚步，观察那些持枪站岗的士兵，沉浸在这样的场景中好一阵子。虽然我当时已经到了参军的年纪，但因为政审没过关，未能成功入伍。

1969 年 3 月 7 日早晨，我们千余人从上海出发，坐船到大连后转乘火车，来到了祖国的东北边陲吉林省延边朝鲜族自治州。这里与

扛枪保边疆

苏联、朝鲜接壤，属于边境一线。当穿着统一发放的军绿色大衣的我们在龙井下火车后，看到从火车站到县政府大院的路两边有上万名各族群众夹道欢迎，还有不少维持秩序的部队战士和腰上别着驳壳枪的警察或者纠察队员，这让我们感到既新鲜好奇又惊讶不已，觉得来到了一个能实现理想的地方。

下乡的第一年我们就都成了民兵战士，从第二年开始我还当上了大队民兵连副连长，我们经常参加民兵训练，每年还要进行武装拉练。我们连队跟着军宣队和公社武装部的首长进行训练，除了练队列外，还要练习刺杀、投掷手榴弹、实弹射击等。每当训练的时候我都特别起劲卖力，练得大汗淋漓、四肢疼痛也不在乎。我摸过七九式、三八式等各种步枪，也练过冲锋枪、手枪。我年轻的时候视力好，加上认真练习，每次实弹射击都能达到 3 枪 27 环或 5 枪 45 环的优秀成绩，射中靶心是常态。现在回想起来，我还感到十分自豪。我想要是能有上战场打敌人的机会，我一定会消灭几个敌人的！虽然民兵只是参加站岗、训练、模拟抓特务等活动，但是在我心目中民兵也算预备役士兵。

在边疆农村当民兵的三四年里，我也算是扛枪保卫了边疆，每当想到这，我就热血沸腾。老照片勾起了我种种心绪，让我无比怀念和留恋那段青春岁月和民兵训练的日子。借此机会，我再次向延边送去祝福！祝愿延边不断发展、日益繁荣昌盛！

少年的梦

王安国

我们这一辈是在红旗下长大的。

少年的我们戴着红领巾，唱着《我们是共产主义接班人》，怀揣着共产主义信仰，坐在宽敞明亮的教室里面，朗朗地读着书本里面的启蒙教育内容——为共产主义事业奋斗终生。

从小学到中学，我们是阅读刘胡兰、董存瑞、邱少云、黄继光、江姐，以及《英雄儿女》中王成的故事长大的。我们还听过守卫祖国边陲的将士、威风凛凛的风雪铁骑，还有那雄赳赳、气昂昂跨过鸭绿江的志愿军战士的事迹。我从小就仰慕这些英雄，想做一个屯垦戍边保家卫国的军人。

他们就是我的少年梦。

1968 年末，进军号角响起：“知识青年到农村去，接受贫下中农的再教育。”于是，1969 年 3 月我踏上了北去的知青专列，到珲春县敬信公社圈河大队插队落户。

1969 年 3 月，“珍宝岛事件”让边疆地区的居民人心惶惶。于是，我们加入了民兵队伍，白天从事生产劳动，晚间值班巡逻。

边境的夜晚是不安宁的，时常有敌方的信号弹在夜空升起，我们数着那不定时升起的信号弹，提高警惕执行巡逻任务。

熬过了漫长的夜晚，白天同样要提高警惕。

骑马挎枪在边境线上巡逻

那年我兼任生产队的放牧员，负责将四五十头牛和几十匹马赶往边境地带，一是在那里可以比较清楚地观察敌方，二是那儿的草茂盛且绿嫩，牲口自然会喜欢到那个地方去，牛和马走到哪儿，我也可以跟到哪儿。为了安全起见，队里安排了武装巡逻的任务，并让我兼任放牧员，这样一来，我骑马挎枪走天下的梦想终于实现了。

一天，在我准备将巡逻的信息及时报告到队部和边防哨所时，一位战士瞅准时机按下了快门，为我留下了这张珍贵的照片。

圈河大队水流峰上的 252 高地曾是上海知青的站岗哨所，我们在这里留下了脚印。文天祥曾言："人生自古谁无死？留取丹心照汗青。"知青当时的信念就是这样坚如磐石。

我不是一个兵，却胜似一个兵。

值班分队

陆浩亮

1969 年 3 月 1 日，我和几位上海复旦附中的同学离开故乡上海，来到珲春县敬信公社二道泡大队第三小队插队落户。就在我们离开上海的第二天，珍宝岛爆发了大规模军事冲突，而我们插队的敬信公社地处中苏边境，因此成为反修防修前哨。敬信公社的防川大队是最前哨，要从各集体户中抽调十名上海知青去加强防川大队的集体户，因此，我们于 1969 年 8 月 1 日转入了防川大队的知青集体户。防川大队集体户有来自珲春、长春、辽宁和上海四地的知青共三十七名，这样规模的集体户在当时是非常罕见的，是边防前线军民共建的需要。

我不仅是知青，也是防川大队民兵连的一名基干民兵。1970 年的春末夏初，防川大队领导安排我参加县里组织的民兵培训班。我高兴地接受了任务，加入了“县民兵值班分队”，开始了为期三个月的“军旅生活”。

我年轻时非常渴望参军。中学毕业时，我曾有一次被军队录取的机会，那是我离参军最近的一次，但由于特殊原因，梦想未能成真。然而，在县民兵值班分队期间，我如愿以偿地过上了三个月的军旅生活。

“县民兵值班分队”实际上是县武装部组织的一个基干民兵培训班，我参加的是第三期。参加这个值班分队的人员都是来自各个公社的基干民兵，其中许多人是当地民兵连的连长、排长或基层干部。值班分队的领导是县武装部的专职干部，连长是朝鲜族，指导员是汉族，他们两人都是参加过抗美援朝战争的老兵。

值班分队由三个步兵排和一个机炮排组成，每个排下属四个班，每个班十个人左右，因此，这是一个由一百五六十人组成的加强连。

我所在的步兵班共有十个人，我担任副班长，班长是比我们大五六岁的一个朝鲜族老乡，他既能干又体贴，所以我们都把他看作是自己的老大哥。班里的十个人分别来自各个公社，既有汉族，也有朝鲜族，既有当地的农民，也有回乡知青，还包括我和一个来自甩弯子公社的顾姓上海知青。

值班分队所配备的武器比较陈旧落后。班里配有转盘轻机枪一挺，正、副班长持五〇式冲锋枪，其他战士持带棱刺的7.62口径步枪。连里的机炮排配备两挺重机枪，由我担任重机枪射手，还有两门六〇迫击炮和一门八二迫击炮。有了这些重武器的加持，即便爆发战争，

我（右一）在操作重机枪

我们也能对敌作战。

值班分队的规章制度和生活起居与正规部队既有相似之处又有区别。与部队一样的是，无论是早操、训练、站岗，还是用餐、休息都有严格的作息时刻表。但不同的是，我们的伙食标准跟部队相比有较大差距，而且开饭时，每个班都要围着一张没有凳子的桌子站着吃饭。

在部队里，行军是家常便饭，值班分队也不例外。几十里的行军拉练对我们这些年轻人来说也算不上难事。行军途中，连长走在队伍前面，指导员压阵在后，战士们排成两列纵队，高呼口号，有时快步疾进，有时慢步缓行。

每个战士必须全副武装。如果要改变宿营地，我们还得带上个人的全部行李。虽然自带的被子是五颜六色的，但每个人的背包都打得有模有样，整齐划一，并不显得凌乱。行军途中，持有重武器的战士通常会受到大伙儿的关照，战士们会抢着将机炮排的重机枪、迫击炮等重家伙扛在肩上。

在一次行军途中，我们遇到了山洪暴发。公路上的低凹处，二三十厘米深的溪水漫过了公路路面。连长高呼："不停留，冲过去！"说罢，他带领全连战士跑步冲过了这一段溪水。大家穿着湿透了的解放鞋，走完了后续几十里的行军路。这也算是让我们感受到了实战情况下的急行军。

值班分队的军事训练是实实在在的摸爬滚打，全是干货，很少搞队列训练等短期内无法提高战斗力的项目。我们的连长和指导员身先士卒，和我们一起摸爬滚打，为我们示范正确的动作。射击、投弹和刺杀本是战士的三大基本功，然而由于缺乏投弹用的教练弹，我们的投弹训练并不多，不过射击和刺杀可没少练。我们的营房是珲春第一中学，当时学校早已停课，我们趴在操场上，头顶烈日，即使汗流浃背也坚持认真练习瞄准射击，一练就是几个小时。

在连长和指导员的示范下，我们学会了持枪高姿匍匐前进、贴地低姿匍匐前进和侧身匍匐前进等基本的战术动作。训练场在珲春县城外的后山坡上，我们在那里学习并反复实践各种军事技能。例如，如何利用地形地物、坑洼沟坎隐蔽接敌；如何采用前三角、后三角队形进行相互掩护，交替前进。

除了日常的训练以外，我们有时也会执行特殊任务。有一次，上级派我和另外一名战士去县武装部军火库报到，去完成晚班值守任务。那天晚上我们俩手提冲锋枪，在漆黑的夜晚中穿越一片坟地，来到了县武装部的郊外军火库。负责守卫军火库的是一个五十岁左右的退役老战士，他也参加过抗美援朝战争。他高兴地跟我们聊了几句，然后掏出一支驳壳枪，压上子弹以后放在炕边的桌子上，便躺下睡觉了。我们两个也按照他老人家的吩咐，做好应对突发事件的准备，持枪和衣躺到炕上。当然，那一夜相安无事，第二天早上我们就回到值班分队交差。

在值班分队训练临近结束的某一天，我们的队伍被拉到远离珲春县城的山区，进行了一次名副其实的全连打靶训练。步兵排的战士使用自己的武器进行打靶。

这次打靶，我用自己的五〇式冲锋枪射击，但成绩不是很理想。因为枪的跳动，连发时两发子弹脱靶，当然这也怪自己学艺不精。

值得一提的是，这次打靶训练我们每人都有机会尝试扔一枚手榴弹，这恐怕是其他民兵没有的好机会。但是，我们被要求在扔手榴弹时必须从高坡往下坡扔，不许高抛出手，不许抬头观看。由于我们所扔的手榴弹是县工厂土造的，其质量难以保证，从拉动拉环到发生爆炸的延迟时间长短不一。所以，在扔手榴弹时，右手需先用无名指扣住拉环，扔弹的同时顺势完成拉弦动作，这样能确保手榴弹离手后才开始延时引爆，有效避免手榴弹在手上爆炸。

民兵培训班结束之前，连队还按惯例进行了评选“五好战士”的活动。我们班分到两个名额，在班长的推荐下，我和另外一个战士被评上了“五好战士”。说实话，其实班长要比我们表现得更出色，但他把这个名额让给了我们。现在回想起来，那时的人真是具有“见困难就上，见荣誉就让”的高尚品质。

短短三个月的值班分队生活，不仅使我感受到浓浓的革命大家庭的温暖，也使我学到了不少军事知识。在那里，我努力学习军事技能，我想我有义务把学到的军事本领分享给自己生产大队民兵连的伙伴们。但是各自回到大队以后，大伙儿把更多精力投入了生产劳动中，民兵训练也就慢慢减少了，我的这个分享军事知识的想法也就没能实现，应该说这是值得庆幸的一件事。我在值班分队里面学到的这些基本军事知识，从那之后再也没有用上，这绝对是个好事。我们期盼这个世界能永远和平，人民能永远远离战争，军队和民兵的军事训练最好永远备而不用。

难忘的春节

黄秉鑫

1970 年的春节是我作为上海知青下乡后过的第一个春节。

为了让知青留下来过个好年，生产队的金队长煞费苦心。他召开社员大会，动员群众给知青捐送粮食和蔬菜，哪怕是一碗米、一棵菜；他早早安排人到山坳拉柴火，用牛车来来回回拉了二三十趟，并堆好码好，准备好足够知青过冬用的柴火；他安排人杀猪宰牛，将最好的部位留给知青，并且留够知青过年所需的份额；他安排人给知青做朝鲜族打糕和米肠，教知青腌制酸菜和朝鲜族辣白菜的方法；他将二亩多地圈给了知青，让知青早早种上白菜、萝卜和土豆，亲自带领知青挖菜窖、修茅舍，为过冬做好准备；他安排队里男女青年轮流到集体户去陪伴知青，和知青聊天，为他们排遣寂寞、消解忧愁；他邀请边

知青们和莲花洞边防连战士进行篮球比赛

防连队的解放军来慰问知青，并给知青送去豆油、大米等稀缺物；他还策划了一场篮球比赛，让知青和莲花洞边防连的战士进行比赛……总之，我们的金队长就像交响乐队的指挥一样，娴熟地调动起每个乐手的最大能量，让他们以最好的状态，一起奏响集体户知青的《第一个春节》这支美妙的协奏曲。

除夕夜很快就到来了。金队长一大早就来到集体户，指挥知青进行除夕夜的各项准备。贵宾们陆续到来，有大队金书记、民兵连连长、莲花洞边防连连长和指导员，以及三队的知青代表，等等。一时间高朋满座，喜气洋洋，其乐融融。知青们一扫往日的疲惫，脸上都绽放出灿烂的笑容，个个发出爽朗的笑声。他们在厨房欢快地忙碌着，几个厨艺好的知青拿出看家本事，做出一道道美味佳肴。当两张长条桌上琳琅满目地摆满各种菜肴时，所有参加会餐的人都惊叹不已，都说想不到集体户知青竟会做出如此丰盛的菜肴，与县城饭店的婚宴菜系相比也毫不逊色。

金队长主持了除夕晚宴。他让大家举起倒满米酒的酒碗，声情并茂地说："首先，让我们感谢毛主席、感谢中国共产党，没有他们的领导，就没有我们今天的幸福生活。其次，今年我们受了大灾，如果没有县乡两级政府及时伸出援手，给我们救济粮，揽活让我们生产自救，我们队里的社员群众就过不了年，现在可能都在饿肚子。"大家喊了一声"说得对！"便一仰脖子，将酒一饮而尽。金队长又让大伙儿倒上第二碗酒，接着说："这碗酒要敬边防连的解放军，没有他们日夜守卫国门的安全，就没有我们的安稳生活。"大伙儿大喊一声"对得很！"又将酒一饮而尽。金队长亮了亮嗓子，还想说什么，这时我站起身说道："我建议，第三碗酒敬我们的金队长和三队的全体社员群众。若没有他们如慈父般的关爱、似兄长般的帮护，我们就不可能过这么温馨愉快的春节！"大伙儿都站起来高喊道："说得好！"这时，屋内灯火通明，欢声笑语不断，天空星斗交辉，时光无声地划过。

除夕之夜

夏良怀

中排中间为妇女队长崔仁子，后排中间为生产队长朱龙泉，后排左一是我

1971年的春节，是我第一次在农村过年，也是我们集体户在农村过年人数最多的一次。

大年三十一大早，集体户里充满欢声笑语，热闹非凡，呈现出浓浓的节日氛围。党支部书记崔奎凤带领郑风洛和下放干部老姜、老许、老权，以及生产队朱队长、妇女队长崔仁子来到了集体户，十分关心地询问我们第一次在农村过年准备得怎么样。出乎他们意料的是，我们集体户在腊月二十九杀了一头自己养的猪，并预留了三分之一的猪肉。由集体户的徐扣铃同学担任烹调总指挥，一会儿，锅碗瓢盆交响曲便响了起来，洗菜、切菜、剁肉、劈柴、烧火……我们集体户每一个成员都忙得不亦乐乎。大铁锅里的油“咕嘟，咕嘟”冒着泡，油煎狮子头的香味飘逸在长洞五队的上空，许多朝鲜族老乡被这独特的香味吸引到集体户门口。我记得，除夕午宴有三菜一汤，分别是小圆葱炒猪肝、红烧狮子头、肉丝炒白菜和土豆粉条汤。菜烧好后，我们邀请干部们参加节日宴会，他们每个人喝了一碗“苹果梨”酒，吃了一个红烧狮子头，朱队长吃完后竖起大拇指说：“好啊，你们炒菜的技术好啊！好吃啊！”大队崔书记用朝鲜语发表感言，由妇女队长崔仁子翻译：“我们来到上海知青集体户五队，是来看望你们的，想不到你们准备得这么充分。你们从那么远的上海来到长洞小山沟，一定会有很多的困难，不要紧，我希望你们首先要自力更生，奋发图强；其次，你们以后有什么解决不了的困难，要依靠党支部、依靠小队贫下中农，我们会支持你们。”下放干部老权也悄悄地对我讲：“你们今天晚上没事的话，可以搞联欢，提振精神，否则会想家的。”我听了这话，心里顿时觉得暖洋洋的。

夜幕降临，一天的喧哗结束了。如果在上海的话，就可以听到弄堂里“噼噼啪啪”的鞭炮声，还有孩子们的嬉笑声。可这里除了一望无垠的山峦，就是呼呼作响的凛冽寒风，集体户宿舍里又恢复了往日的寂静。当时我是政治学习主持人，在老权的提示下，同集体户户长商量后，我们决定举办春节文艺联欢晚会。

集体户的春节文艺联欢晚会由主持人唐瑾户长宣布开始，接着，男生拿着洗脸盆一阵乱敲。开场，大家起立合唱革命歌曲“我们有多少贴心的话儿要对您讲，我们有多少热情的歌儿要对您唱……”歌罢，依序每个人都要表演一个节目，第一个表演的当然是我了。我很喜欢听音乐，但是唱歌却五音不准，有点大煞风景，只好朗诵散文诗《贫下中农多奇志，誓叫长洞换新天》，这是延边大学教授、朝鲜族下放干部玄南极辅导我为同名幻灯片写的解说词。斗志昂扬地朗诵完后，有人拍手，有人敲击脸盆，巨大的声响让不少过往行人都驻足观看。第二个节目是独唱《红梅赞》，这首曲子是歌剧《江姐》的主题曲，在当时确实起到了巨大的精神激励作用，歌曲唱出了江姐那种“为革命粉身碎骨也心甘”的光辉形象和革命精神，她永远矗立在我们心中。第三个节目是由朱解康演唱的沪剧《星星之火》中主人公小珍珍的唱段，她以“紫竹调”的腔调演唱，使整个唱段十分动听。还有由纪建清演唱的《智取威虎山》中杨子荣的唱段《打虎上山》，以及由白网英演唱的《红灯记》中李铁梅的唱段《我家的表叔数不清》等节目。

当时大家评审最好的节目是李龙娣的淮剧清唱《田头插起语录牌》，她操着一口浓郁的苏北方言，字正腔圆，乡情乡意油然而生。

时过境迁，弹指一挥间，往昔岁月匆匆而逝。每到除夕，坐在家中的沙发上观看中央电视台春节联欢晚会时，我总是会想起在长洞五队插队的那七年时光和在集体户中度过的唯一一次除夕，那种情感，那个场景，美好的记忆总也挥之不去。希望那个场景再现，又希望那段岁月不要再来，这可能就是我永生难忘的情结吧。

长白山顶遇初恋

卢平生

1969 年 4 月 10 日我被分配到吉林省延边州安图县永庆公社胜利大队插队落户。

下乡后，我们知青便开始进行田间劳作。春播时，男知青穿着大头皮鞋在垄上“踩格子”，女知青跟在后面播撒种子；夏锄时，大家头朝地，背朝天，目不转睛地铲地，我还经常帮动作慢的同学接垄。

1971 年 6 月初，生产队长带领我们六名上海知青和队里十几位青壮年乘坐解放牌大卡车到长白山顶北坡的高山冰场，参与大冰场整修工作。吉林省速滑队的运动员们要加紧上冰场训练，迎战 1972 年 1 月在吉林市召开的全国冰上运动会，因此我们的任务是要在 6 月至 8 月这三个月内完成整修工作。整修好高山冰场后，需要于 9 月底上冻前，将池子灌满水。出发那天傍晚，天色刚刚有点暗，大卡车行驶到海拔 1500 米时突然熄火了，司机立即下车打开引擎盖开始修车。队长让大家把行李留在车上，领着大家摸黑顺着有坡度的公路往高山冰场方向走，行进的队伍中有人唱起了当时大家熟悉的京剧样板戏中的唱段“朔风吹！林涛吼！……”，大家想象着自己身穿杨子荣的一身装束，头戴皮帽，身穿羊皮大衣，仿佛置身于京剧样板戏中的场景。满山满坡的松树林黑幽幽的，疾风像群马奔腾般呼啸着扑面而来。那景色令人震撼。

我们走了将近 1000 米的坡路，到冰场时已近半夜，大伙儿累得躺在热炕上睡着了。早上醒来后，见我铺位旁挨着睡的是在延边州医疗卫生系统工作的金老师，睡在金老师那边的四位听说是坐吉普车上山勘察地势的沈阳军区军官。早饭后，这几位军官把大地图铺在炕上研究工作，我们六名上海知青则跟着金老师参观冰场办公室和乒乓球室。在乒乓球室里，六名上海知青与冰场办公室的朝鲜族领导进行了一场友谊赛。打完乒乓球在休息室休息时，冰场领导弹着脚踏风琴，带领我们学唱朝鲜电影《南江村的妇女》中的插曲。我们上海知青还抽空爬到长白山顶的气象站参观。气象站有一位松江公社的上海知青，他已在气象站工作了半年。他说：“在山上气象站的工作条件既艰苦又危险。”工作时他会佩戴一把“勃朗宁”左轮手枪，他将六颗子弹卸下后，把空枪递给我们欣赏。他说他工作满两年后就可以回到上海气象部门工作，我们听了都非常羡慕。很遗憾当时没有记下他的名字，回沪后，尽管我多次参加延边知青聚会，但都没能看到他的身影。

第三天，我们正式投入高山冰场的整修工程。虽说是6月初，但这里仍可见到长白山温泉热气腾腾的景象。每天晚饭后，我们几位上海同学都会去泡温泉。此处的温泉好神奇，每天只要泡泡温泉，就能缓解一天的劳累。

有一天，带队的金老师给我看他家的全家福照片，照片中，他们夫妇的腿上坐着一个机灵的男孩，他家还有四个女儿，老三老四坐父母两边，老大老二站在父母后面，一看就是一个十分祥和幸福的大家庭。金老师指着他背后的高个子女儿说："这是我的大女儿，今年二十岁，在医科大学读书。"

那天工作结束后，因为出了很多汗，我和祖诒就拿着毛巾和香皂，奔向那唯一的温泉木屋，小木屋的门帘布没放下来，高挂着，我俩以为里面没人，结果我俩刚一进门，就听见里面有朝鲜族女性大声地喊："哎呀，哎呀！"我们俩大吃一惊，马上退出来，顺手帮她们把门帘子放了下来。这样就可以让别人知道里面有人在泡温泉了。接着，我们俩走到一处被当地人称为"药泉"的泉眼处，喝了几口硫黄味很浓的药泉水，坐等她们洗好澡出来。原来她们是今天刚刚上山的，其中两位是医大学生。后来金老师领着我到小溪边，指着正在溪边洗衣服的一位学生说："她就是我的大女儿，今天到山上来看我。"她晾衣服时，我悄悄地注视着她，高高的个子，白皙的皮肤，有着很健美的体格，笑起来很像朝鲜电影中的明星。我心想，她是未来的白衣天使，前途似锦。

金老师领着我走向前，向他大女儿介绍了我，没想到她竟然很大

临别冰场前一天，我在长白山高山冰场与民工留影

方地主动与我握手，并用朝鲜语说了一句："你个子很高啊！"我马上告诉她："我在汉族队，没学过朝鲜语。"她立刻用普通话说："没问题！我也会说汉语。"后来她领着同学来高山冰场工地看我们干活，正好第二天队长安排我做二十位民工的一日三餐。我在溪流边淘米洗菜，她看到后，过来帮我洗菜和削土豆皮。能看出她蛮勤快，是一位做家务的高手。一阵惊喜后，我忽然有些自卑——我是一个上山下乡的知青，一个挣工分的民工，自己的温饱还没保障。于是我只能离她远远的，不敢靠近她，不敢再找她说话。但是这位朝鲜族医大女学生靓丽的模样在我青春的记忆中留下了十分美好的印象。那些天，不知怎的，心中总有些忐忑不安，我煎熬地度过了她在山上的三天时间。

也许，她就是我朦胧的青春记忆中一个未曾相恋的初恋吧。那些天金老师对我非常关心，他问我："你父母亲在上海是做什么工作的？六个兄弟姐妹中，你排老几啊？"我都如实回答了，那时的我真的没有不切实际的非分之想。

9 月底，吉林省速滑队男女运动员们在冰面上进行训练。我们民工们在早饭后开始清扫冰场跑道上的积雪，然后使用大水桶和爬犁来给跑道浇水，使其形成平整的冰面。中午我们再浇一次水，下午运动员们继续训练。我们在长白山高山冰场一直工作到 1971 年 12 月 20 日。

工程结束下山后，生产大队的老乡们说我表现好，推荐我进吉林市郊区的冶金部直属 887 厂，这样，我离上海老家又近了一些。

这初恋萌芽的故事让我懂得，人生于世，有诸多深情岁月值得回味；世间有种真善美，永远不会消失。

难忘人生之路

徐文华

这张发黄褪色的黑白老照片，陪伴我走了半个多世纪，从到延边五道沟插队，到上海华师大学生宿舍，再到任教的学校办公室，最后回到自家的橱柜上。隔三岔五，我总会寂然凝望，青春虽已不再，但往事依旧历历在目。

那是20世纪70年代初，集体户同学纷纷回上海探亲了，我自1969年3月6日到五道沟大队以后没回过上海，我知道家里每人只有微薄的生活费，而五道沟到上海往返的路费起码要86元，我不想让父母为我操心，便一直没提回上海探亲之事。

一天，上级领导通知我去县里开会，午休期间我在街上闲逛时路过一家照相馆，突然觉得应该让父母看看我如今的模样，我摸了摸口袋，里面好像有零零碎碎的一元钱吧，便毫不犹豫地走了进去，想拍张照片寄回去让家里看看，好让他们放心。

我的芳华岁月

一位师傅接待了我，我把口袋里的钱掏出来放在柜面上，说想拍张全身照寄回上海给父母看，我已经两年多没回上海了。

师傅接过钱，帮我整理了身上穿的草绿色棉大衣，抚平了白羊皮领子，让我站到摄像机前，“咔嚓”一声拍下了照片，原件是全身长条形二寸照。接着又给我拍了一张穿大衣的半身照，最后我脱掉棉大衣，穿着花布罩衫又拍了一张。一下子拍了三张照片，我是又惊又喜。当时具体花了多少钱我也不记得了，只记得后来拿到照片时我真的高兴极了，每张照片都拍得很成功，我很满意，大家也都赞不绝口。照片中展现了当时知青的风采，那是我芳华岁月的写照，充满了青春活力，很美很靓丽。年轻就是美，自然就是美啊。

我把照片和底片都寄回了上海，正好我哥哥的朋友会印放照片，他便把底片给了朋友，请他加印放大。那位朋友一下子印放了好多张，我哥像发放“传单”一样，发给各地的亲朋好友。1972 年，我第一次回上海，到每个上海亲戚家都能看到墙上镜框里有我的这张照片。1974 年 4 月，我第二次回上海途中去北京亲戚家，也看到了我的这张照片。后来我退休了，到重庆巫溪的叔叔家度假，他们家的相框里也保存着我的这张照片。大家都说这张照片拍得好，当时这张照片着实让大家对我在远方的生活放心了不少，我是我们家族第一个上山下乡到那么远的东北边疆插队落户的。

而我自己也非常喜欢这几张照片，照片中的我浓眉大眼，鼻梁挺拔，露出一口整齐洁白的牙齿，两条又粗又黑的辫子是用当年流行的玻璃丝带扎的，衣服上的白羊皮领子还是外婆给我缝的，她怕我去东北受冷。

1974 年 8 月我回上海上学，这张老照片便从那时开始和我形影不离了。

1977 年我大学毕业后，先在区教育局机关上班，有了自己的办公桌，这张老照片就被我放在了写字台玻璃板下面，后来到学校任职，这张老照片就跟着我一起到了学校办公室。无论搬到哪个办公室，我总是第一时间带上这张老照片“搬家”。这张老照片总能得到人们的赞誉，被认为是当年广大知青形象的体现，看到这张老照片就仿佛看到了广阔天地里知青一代的风貌。

后来，有一位语文老师开市级拓展课“妈妈也年轻过”，其主题围绕妈妈的衰老展开，讲述了妈妈日益苍老的脸、日益佝偻的背、日益霜白的鬓发以及日益蹒跚的脚步……然而，妈妈也年轻过呀！妈妈为谁而老？老师组织学生进行讨论，课堂氛围非常热烈。离下课还有最后一分钟时，语文老师抛出一句话："同学们，你们要想知道妈妈年轻时是什么模样，可以到办公室看看你们政治老师玻璃板下的一张老照片！"

一下课，大批男女同学涌入办公室，把我团团围住，要看看我压在玻璃下面这张发黄的黑白老照片。我一时有些不知所措，莫名地站起身，把办公桌上的书本教案挪开让他们看，办公室一下子沸腾起来了，学生们纷纷说老师年轻时好美啊！这时候我才知道她们为什么"冲"到办公室来看我的老照片。

退休以后我在汇民高级中学上课，学校里一位很擅长素描、油画的物理老师照着这张发黄褪色的老照片画了一张很大的素描人物像，陈列在学校专门为他提供的、用于展示他的素描和油画作品的休息室里。每天下午老师们走进休息室喝下午茶时都能够看到年轻时候的"我"和其他"名人"一起迎接大家。我呢，听着大家的赞美声，和大家一起共享美好的下午时光。

如今，岁月一点一点地流逝，我们一点一点变老，而这张发黄的老照片成为我最为珍贵的宝藏。它始终跟随着我，一步也不曾离开过。我把它放在家里的五斗橱上面，我注视着它，它也注视着我。每一次与它的对视，都能让我回忆起这张发黄褪色的老照片的故事，令我感慨万千，心情久久不能平静……

珍贵的合影

杨人俊

1969 年 3 月 6 日，我们来到了金塘六队，我们集体户是由杨浦区安图中学、延吉中学、图们中学、双阳中学等学校的 1967 届、1968 届初中生组成。3 月 7 日，驻村贫宣队和生产队商量后决定拍摄集体照，以记录这个重要的时刻。上海知青身穿草绿色冬装，村里的女社员们身穿朝鲜族民族服装，全体人员近百人在村小学校门口集合，分成六排准备拍照。其中，我们集体户十七人分成两排，女知青排在前面，男知青站在后排的课桌上，贫宣队的老金和生产队长俞珍学手捧毛主席画像坐在第三排中间。待大家准备好，金塘照相馆的摄影师摁下了快门。

金塘六队原先只有二十三户农民，大小黄牛近四十头，老牛车十辆，旱地五十垧，历来就是穷队。但是，社员们对知青很热情。我们刚到生产队时，集体户房子还没盖起来，我们便分散开暂住在社员家。于是，知青在生产队里有了亲人，只要社员家里做了好吃的，必定要请知青房客来家共享。当然，知青也会给房东提供力所能及的帮助。这在当时那个困难时期，是多么的难能可贵啊！尤其是那种精神上的慰藉，让离家几千公里的知青刻骨铭心，难以忘怀。

知青们在一个集体户共同生活和劳动了几年，经历了风风雨雨、酸甜苦辣。20 世纪 70 年代到 80 年代中期，知青们有的被招工，有的回南方投亲，有的趁大返城潮流回到上海，陆陆续续离开了集体户，迎来了人生新的转折点。现在，仅少数几位知青在外地，大部分知青

金塘六队集体合影

已经回到上海定居，当我们再次相聚时，不禁感慨万千。

这张照片是我们金塘六队第一次也是唯一一次的合影，是金塘六队人员最齐全的集体照。这张照片见证了那段特殊的历史，记录着我们从学生到农民的人生转折点，同时也给我们留下了难忘的回忆，它让我们对金塘六队的全体社员以及我们集体户十七人的相遇、相识、相知的缘分感到无比珍惜和怀念。如今五十五年过去了，这张珍贵的照片一直被我们珍藏在心中。

第二章 文化融合

吉林省各民族历史文化底蕴深厚、特色鲜明，地域文化具有海纳百川的特点。长期以来，吉林省各民族之间的联系愈发紧密，通过迁徙、杂居、通婚和各种形式的交流，在文化上互相学习，在血统上互相融合，逐渐形成具有吉林省特色的区域文化心理特征，这也是吉林省边疆少数民族文化繁荣发展的根本所在。吉林省丰富多彩的地域文化同样熏陶了知青的心田，哺育知青成长，同时，上海知青为吉林省地域文化注入了新鲜血液，形成了塑造吉林地域文化特质与风貌、共建吉林地域文化的发展态势。

金塘小分队

王剑华

1969年，我们一百多名上海知青来到珲春县敬信公社金塘大队，开始了插队落户的知青生涯。

记得那时正值盛夏季节，夏锄结束后，大队组建了一支文艺宣传小分队，先后共有十五名上海知青加入了小分队。其中，第一批被选上的上海知青有五个男生四个女生，分别是邹德福、徐学林、卓紫苹、胡世芳、高晓虎、章志琴、黄国英、王剑华、任寿康。之后，王海根、袁並贤、张桂芳、张洪根、王宗庆、陈剑芸等人陆续被选上。

当年的农村文化生活单调且枯燥，我们平常看不到报刊、电影、演出，也听不到广播、新闻、音乐，生活日复一日，除了干活、吃饭就是睡觉。小分队的成立无疑是农村文化生活的一件盛事，它丰富了农村社员和知青的业余文化生活，因而受到广大社员和知青的欢迎。小分队由大队社员和上海知青组成，大部分成员未经过系统的训练，因此演出效果不佳。队里只有两把二胡、一把京胡、一把小提琴、一支笛子、一组小锣鼓、一架手风琴等乐器，且这些多半是个人从家里带来的，演出服也是社员自备的。但这些并不影响其在艺术上的表现力，得到了大家的肯定。因为当时能看到小分队的文艺演出，也算是在精神荒漠里看到了一丝绿意，所以大受社员和知青的欢迎。

每到冬季农闲时期，小分队就开始自编自演、自娱自乐。这个时期是社员和知青学习文化、提高技能的极好时机，队员们和小分队一起成长、一起提高。在农村生活，总得学会排解寂寞，所以我就自学了简谱和二胡。当时，我们在一间不足 30 平方米的小学教室里排练，寒冬腊月里全靠一个小铁炉子驱寒。在寒冷的教室里，队员们只要能伸出手，就会开始排练。编排舞蹈时要脱掉厚棉袄轻装上阵，冻得实在受不了就靠着火炉等身子暖和起来再继续排练。小分队没有录放机、唱机等音响设备，编排舞蹈全靠人工进行全程伴奏。拉二胡、弹琴、吹笛子的人的手冻得紫里透红，尽管他们戴着剪掉手指尖的手套防寒，但是照样冻手。夜间排练经常停电，我们就点蜡烛照明。由于领取蜡烛的数量受到限制，所以我们经常自掏腰包购买。

演出给闭塞的金塘大队带来歌声与欢笑，也给社员和知青的生活增添了乐趣。文艺宣传小分队以歌舞、曲艺、器乐伴奏等表演形式走上了大队大礼堂的舞台，广泛宣传建设社会主义新农村的重要意义。那时能看上一场演出，就相当于参加了一场文化盛宴。农村很多老年社员一辈子也没看过一场演出，现在可以在家门口看演出了，个个都异常兴奋。每次小分队登台演出前，广播都会早早播报小分队要演出的好消息。演出当天，全村男女老少都会早早吃完饭，穿上“高档布”做的制服来到大礼堂，把礼堂围得水泄不通。小分队每演完一个节目，台下掌声雷动，观众高声呐喊：“再来一个！”

小分队渐渐活跃起来了，队员们争先恐后地报名上阵，积极主动地献计献策。大家纷纷表态：节目要新颖多样，内容要丰富多彩，排练要严谨认真，力争在公社的文艺会演中获奖。队员们个个笑容满面、喜气洋洋，排练场上洋溢着欢声笑语，呈现出一片热火朝天的景象。

敬信五架山有边防军的哨所。一次，暴风雪封山，粮食无法被运进哨所，大队民兵得知情况后，立刻组织了十名精干民兵背着粮食迎着风雪、踩着没膝深的积雪爬上山头，将粮食送到边防军哨所。金塘民兵因此得到了沈阳军区的嘉奖。之后，小分队将这段故事编排成了舞台剧，队员们齐心协力，将节目编排得既有思想价值，又有艺术感染力，颂扬了军民鱼水情，激发了大家拥军爱民的积极性。小分队得到了县里的表彰，并被安排到部队和延边各地进行慰问演出。

演出使小分队队员们的精神面貌焕然一新，尤其引人注目的是报幕环节。小分队大胆地选拔上海女知青担任报幕员，还把惯用的“下一个节目是 ×××”的单调的报幕词，改成了先描述节目内容，再用“下面请您欣赏 ×××，鼓掌欢迎”作为开场白。报幕员一亮相就吸引了全场的目光，她娇柔的举止、含笑的表情，稍带上海腔且流利的普通话，加上有趣而富有人性化的报幕内容，都令人耳目一新。每到报幕和谢幕的环节，全场就会响起阵阵掌声和喝彩声，观众们陶醉了、感动了、欢腾了。上海知青与延边各民族人民不仅在生活和劳动上融合在一起，更在文化上融为一体。随着小分队的名声越来越大，其影响力也越来越大，吸引了越来越多的社员和上海知青中的文艺爱好者前来小分队寻找这个可以展示自我的舞台。

小分队的演出是无偿的，台下观众的掌声就是对小分队最大的鼓励，也是对每个小分队成员最高的嘉奖。

半个世纪过去了，每当我想起这段历史，常常抑制不住内心的激动。当年小分队里的帅哥靓女，如今已变得白发苍苍，还有的已经永远地离开了我们。曾和我同台演出的好朋友袁並贤和王海根不幸英年

敬信公社文艺宣传队合影留念

早逝，每每回忆至此，我都悲痛不已。

这一段在金塘小分队的经历，这一段生命中难以忘怀的记忆，让我终身受益。金塘小分队的队员们，我一直怀念着你们！

本文部分资料由章志琴提供，特此致谢。

当年的宣传队

卓紫苹

对于那一段难忘的知青经历，我始终感慨万千。虽然已经过了半个世纪，但那三年多的知青生活在我七十年的生命长河中留下了浓墨重彩的一笔。

1969 年 3 月 1 日，满载着知青的大巴驶向上海彭浦车站。车厢里忽然响起一阵嘹亮的歌声，只见一个个子不高、眉清目秀的小伙在大声唱着歌，给我留下了深刻的印象。后来知道他就是高晓虎，也是金塘四队的知青。

知青生活刚开始时，我和大家一样，早出晚归地种地、插秧、锄地、收割，冬季的时候就刨牛圈、起猪粪、搞水利建设。当时年仅十六岁的我经历了生活的磨难和艰苦劳动的考验，身处边境和父母远隔千里的我茫然无措，曾经一度特别失落。

插队的第二年，在朝鲜族回乡知青金仁弦的张罗下，金塘大队文艺宣传队成立了，我有幸加入其中。二十多位队员中有十几位是上海知青，当初在大巴上引吭高歌的高晓虎也在其中。从此以后，我们白天参加生产队的劳动，晚上一起创作、排练、演出，生活由此变得丰富多彩。虽然白天的劳动很累，但是一到晚上大家就精神抖擞，完全忘记了劳累，一心只想唱歌跳舞，编排出了很多高质量的节目。在我们的不懈努力下，宣传队得到了县里和公社的表扬，还有幸去别的公社和大队巡回演出，成为名噪一时的文艺小分队。队里的主心骨金仁弦队长不仅会乐器，还会自己谱曲，他为大家创作了不少歌曲。我不仅参与唱歌跳舞，还担任了宣传队的报幕员——就是现在说的主持人。

1972 年 9 月，我代表宣传队去珲春县观摩延边歌舞团演出，之后被抽调到省委会议招待所工作。有趣的是，我在长春又见到了高晓虎，他就在我们单位对面的吉林省森林警察总队文艺宣传队工作。在那儿我还结识了我的丈夫，他也是上海知青，在部队报道组工作。可以说这一切都是宣传队带来的缘分。

更巧的是，1976 年，同在宣传队的金仁弦被选拔到吉林师范大学上学，他经常到我们家来看我们，也和我丈夫成为好朋友。他于 1980 年毕业后回到珲春县当中学老师，之后任校长。2009 年我和丈夫回延边参加上海知青下乡四十周年纪念活动时，金仁弦正在黑龙江鸡西的学校任职。当他听说我们回到延边时，立即乘车去往珲春。后又听说我们在延吉，马上找出租车把我们夫妇接回珲春。他的妻子也是我们宣传队的，那天，我们几个老朋友在一起畅聊了当年在宣传队发生的各种趣事。

五十多年前的情景仿佛就在眼前，不知这些朋友们是否安好。希望大家都能幸福地安度晚年，希望我们还能再见。

情系安图农村教育事业

尤钟义

最近翻看旧照，我看到好几位上海知青老师的照片，他们是在梨树县金山公社大城子三队当小学代课老师的何晓平、在延吉县长安公社河龙学校担任民办教师的徐善桢、在怀德县柳杨公社担任公社中学第一位英语教师的邹荣中、在安图县两江公社西江大队担任公社中学老师的刘明华。当年，我也曾任农村学校的老师，回忆起往事，我感慨不已。

我是上海市陆行中学1968届高中生，1969年3月到吉林省延边州安图县松江公社板石屯插队落户，接受贫下中农再教育。在那段日子里，我学会了种地、拔草、插秧和赶牛车。两年后，在领导的安排下，我从生产队来到安图县松江中学，挑起了教书育人的重担。

下乡以后，角色转变了，从体力劳动转变为脑力劳动，还真要费一番心思。我决定从头开始，在做中学，在学中做，不懂就请教老教师。为了提升自己的教学能力，我还积极参加学历进修。

我的父亲是一位老教师，他总在书信里指导帮助我，使我慢慢掌握了数学教学技能。

在安图县松江中学一起工作的几位老师是我教育事业的良师益友，我们之间有着一段难以忘怀的美好经历。我和斯方启、石景昆、黄英负责初三5、6班的教学工作，在工作中我们相互信任、互相帮助。在这个和谐大家庭里，各民族的师生都是我亲切的朋友，我与他们结下的友情至今难以忘怀。

我在安图县松江中学十五年的教学生涯中，曾目睹农村孩子对于学习的热情以及上学路上的艰辛，许多远道来上学的学生在零下二三十摄氏度的严寒天气顶风冒雪走十几里路，到学校时脸上挂满了冰霜，帽子、围巾上结满了白霜。每次看到他们我都会感到心疼，所以我会尽可能地帮助困难学生，尽力解决他们的实际困难。我还为贫困学生买了棉鞋，记得有个学生接到棉鞋时，感动得都哭了。

农村学生除了上课还经常学农。从学校去农田的路程很远，学生必须自带午餐，有的学生主动把自己带的饭送给我吃，伊学礼的爸妈每次都会额外准备我的那份午餐。我在感动之余也极力帮助他们，还想方设法给一些家庭困难的学生提供经济补助。看着这些学生如此发奋学习，我也下定决心努力培养他们。作为教师，我不仅要为学生答疑解惑，传授文化知识，更要教导他们做人的道理，并将城市文明带给山区农村学生，为学生打开一扇通向世界的窗户。

我们几个老师通过自己的努力，帮助学生在中考时考出了好成绩。连年有多名学生考上延边一中、延边二中，还有多个考取了县重点学校安图一中。这批学生中有的考上了清华大学、哈尔滨工业大学、白求恩医科大学，其中，方光泽同学考取了清华大学并留校任教。当年撒下的种子开花结果了，我们做到了“桃李满天下”。看到他们正在为故乡的建设贡献力量，我心中感到无比喜悦。后来，我的工作也得到了领导的认可，被任命主持教导处工作，我的责任更大了。1985 年我入了党。

1980 年我结婚时，婚房都是我的学生王守琴、黄宝梅等人帮我布置的。

1985 年，我携妻带子回到了上海继续从事教学工作。回沪后，我与我的妻子多次返回安图参加再聚首联欢活动。2016 年，我们约定在安图聚会，一个班级几十个人从全国不同的城市赶来，很多同学不顾工作繁忙，请假来和老师见面。这一刻激动的心情难以言表，曾经的师生，如今变成朋友。虽然我现在身在上海，但我们会经常通过微信问候，叙叙旧。一晃五十多年，过去的师生情历历在目，如今他们也陆续到了退休的年龄。这就是我难忘的师生情，朋友情。

这十五年的教学生涯是我一生中最宝贵的经历。

我的乡村民办教师生涯

徐善桢

人生如梦，半个世纪的光阴弹指一挥间。在我的脑海里，年轻时上山下乡当民办教师的经历依然是那样的清晰。

1969年3月29日，我告别了黄浦江畔的亲人来到了白雪皑皑的长白山脚下，在吉林省延吉县长安公社河龙一队插队落户。1971年初，大队党支部书记洪太镇找我谈话，要我到河龙学校当民办教师。当时我一口回绝了他，但他仍耐心劝说我。他告诉我，虽然延边地区人口受教育程度高，但在我们村，由于汉族人口比较少，极其缺乏汉族教师，乡亲们渴盼着有人能来传播文化知识。书记的话语打动了我的心，于是我答应下来。

当我到河龙学校报到时，情况比预想得更糟。我还未到学校，就远远看见江心有只船，船上坐满了小孩，一名成年男子正手拉铁缆绳往河这边靠近。有人告诉我，这是河龙学校教师正接送七、八、九队的孩子到学校上学。来到河龙学校，首先映入眼帘的是简陋朴素的校舍。校长向我介绍这所学校既有小学也有中学，尤其是汉族班，小学有两个班，中学有一个班。而在这所学校里，同一班的学生年龄最多可能相差四五岁。小学两个班是不同年级的学生在同一个教室上课，一位教师在同一时段为学生教授不同课程。例如低年级学生在前排学画画，高年级的学生在后排学数学。全校包括我在内的四名汉族教师，两名教小学，两名教初中。我负责教初中语文、历史、地理、体育。当然，小学老师不够的时候，我也要到小学班级临时代课。当时我像被当头浇了一盆冷水，从头凉到脚，真想抬腿就走，但孩子们渴求文化知识的眼神留住了我。纯朴憨厚的乡村农民，盼望儿女成为有文化的新一代。当地有着尊师重教的良好风气，他们对我这远道而来的民办教师十分关心，常来嘘寒问暖，使我感动不已。

校长徐永春经常找我谈心，当他每次问我生活上是否有困难时，都会让我感到阵阵暖意，有时他就留我在他们家吃住，与我秉烛长谈。

教学环境是艰苦的，生活条件也是艰苦的。我不仅要传授文化知识，更要与学生一起上山打柴，一起种试验田，一起上山伐木。我们用稻草和泥巴盖起了校舍和教师办公室，我们戏称自己是挽着裤腿、手拿粉笔的“赤脚教师”。我们大队共九个生产队，住处都很分散，尤其我们一队离学校有六七里地，一路上是弯弯曲曲、高高低低的小坡。现在回想起来，那是一条充满诗情画意的乡间小路，无论春夏秋冬都有着不同的美景。可是在那个年代，我虽然在这乡间小路上走了四个春秋，却很少有闲情逸致去欣赏这美景。1971 年 3 月至 1975 年 2 月，我在河龙学校担任民办教师，实际上就是当时许多人称呼的“赤脚教师”。由于我还同时担任了大队团总支书记一职，晚上经常要参加团组织的各项活动，以及参加大队党支部扩大会议，有时还要到学生家里进行家访，所以经常是天蒙蒙亮就出发，半夜才回家。匆匆而去，踉跄而归，根本无暇顾及这美景。当时独自一个人走在这乡间小路上，更多的是紧张与恐惧，尤其是秋天，路的两侧长满了高高的玉米与高粱，冷不丁蹿出一只野兔都会吓你一大跳。这段路还有一段急转弯的下坡路，离此不远的小山坡上有一座烈士碑，据说有人会在晚上躲在碑后，见到经过的人就会冲出来劫财，我们集体户的小许就遇见过一次。那天晚上，生产队里许多人一起到大队看电影回来，小许因为贪玩落了单，遇见两个人拦住他向他要钱，幸亏小许随身带了刀，他趁假装掏钱的工夫，突然拔刀刺中了对方的手臂，随后拔腿就跑。歹徒追了一阵，听到我们队许多人在前方讲话的声音才止步。所以乡亲们走夜路时一般都是结伴而行。可是我的工作性质决定了我多数时候必须一个人独行。于是我只能在腰上系一根弹簧门弓，为自己壮胆。每次走过高粱地、玉米地，尤其是走过烈士碑的时候，我都是瞪大了眼睛，丝毫不敢懈怠，好在多年来平安无事。

我曾经在路上遇到过的一件事让我记忆犹新。那是一个夏天的晚上，天上下着瓢泼大雨，呼啸而至的狂风夹带着豆大的雨点扑面而来，我打着伞深一脚、浅一脚艰难地走在乡间小路上，大风刮得我东摇西晃。走过了高粱地、玉米地，又走过了烈士碑，估摸着快到二队的村落了，我的心里刚松了口气，只觉得脚上好像碰到了什么东西，还没有反应过来，我的眼前就突然耸起个庞然大物。我的头轰地一下子炸了，脑子一片空白，只听它大吼一声后跑得无影无踪。当时真把我吓得魂飞魄散，好半天我才回过神来，原来是撞到了趴在路边的一头大黄牛。平时我自认为胆子算大的，这次却也吓得不轻，过了很久心还在咚咚地跳。

因为居住地离学校远，我有时不得不饿着肚子，实在饿了就到供销社小店买块月饼充饥。在此我要感谢我的好伙伴——我的同事王连珠老师，他在了解这一情况后，经常拉我到他家吃饭，在他家住宿。正是同事们的关爱，使我战胜了许多困难，让我能安安心心地教学。

每年从冰雪消融的春天，一直到大雪封山的隆冬，我常与月黑风高相伴，足迹遍布山间小路。不经意间，我的民办教师生涯已经度过了四个年头。走在这乡间小路上，我的脑海中会经常浮现出苏联电影《乡村女教师》中的情节，应该说小时候看的这部影片，对我的影响很大。

功夫不负有心人，我的付出获得了回报。我所教的初中班在毕业前夕的全县摸底测试中，语文考试成绩位列全公社的第一名。孩子们笑了，家长们笑了，我也陶醉在他们的欢声笑语之中。不知不觉中，我已经爱上了教师这一职业。1973 年 9 月，吉林日报社记者来采访我，为我拍摄了这张照片。

更令我难以忘怀的是，我离开河龙大队后的第一个春节，已经毕

我为河龙学校的小学生上课

业三年并分赴各个岗位的孩子们都齐刷刷地来到我的新居住地——图们市，与我一起度过了我一生中最有意义的春节。

在河龙村的教学生活，让我拥有了农村人纯朴、善良、宽容、厚道、仁义以及吃苦耐劳的品格，同时也使我深深地爱上了人民教师这一光荣职业，注定了我这一生都要献身于教育教学工作。时光飞逝，距离我第一次站上讲台，当上乡村民办教师已经有五十多个年头了，此后虽然也做过其他工作，但令我印象最深刻的还是乡村民办教师生涯。至今，我的脑海里还会不时浮现出我们过去经常讲的“海阔凭鱼跃，天高任鸟飞”这十个字。

难忘的执教经历

邹荣中

我为学生授课

退休后有空回忆起我曾经的知青经历，其中一张五十三年前我在吉林怀德县柳杨公社中学执教的照片映入眼帘，唤醒了我尘封的记忆，那段不一般的经历着实令人难以忘怀。

1971年8月的一天，我正在公社参加有关知青的会议。会议结束后公社的知青干事通知我去当时负责文教知青的姜书记办公室，说他有事找我。踏进姜书记的办公室，一阵寒暄后，姜书记便宣布了公社党委的决定：调我到公社中学教英语。他解释说："根据县教育局的要求，有条件的公社都要开设英语课程，而我们当地以前都是学俄语的，很少有人学英语，因此英语师资非常紧缺。你是高中毕业生，学过六年英语了，应该可以胜任英语教学工作。"于是8月底我便成为柳杨中学第一位英语教师。

柳杨中学是一所全日制中学，共有十五个班级，其中高中三个班，初中十二个班，学生七百人左右，都是本公社农户子弟，教师二十多人，大多数是在本地大中专师范院校毕业或接受过培训的年轻人。

1971年9月柳杨中学首次在初一年级和高一年级同时开设了英语课程，我便成为唯一的中学英语教师。

当时学校的设施比较简陋，只有八间砖瓦房，其中大办公室三间、教师宿舍三间、食堂两间，还有四排十六间土平房教室，一个大操场，一个篮球场。我们二十多个年轻教师便分成几个组挤在一间大办公室里，倒也挺热闹的。

第一天进教室的场景令我记忆犹新。那天，当我踏进高一班的教室时，学生们特别兴奋。不只是因为这是他们的第一堂英语课，还因为我是学校第一个上海知青教师，有好几个学生是我插队落户的生产队或邻近队的，他们认识我或听说过我。起立问好后，大家还在捂嘴笑，一段自我介绍后，学生们终于平静了下来。要知道当时农村的高中生很少，他们那时大多是十六七岁的小大人，是干农活的好手，甚至是半个当家人了。

英语教学过程中遇到的第一个难题便是字母的发音。由于其他课程的老师如物理和化学老师的英文发音不准，学生们反而对我教的字母发音很不习惯，如他们会把字母“L”念成“爱罗”，“M”念成“爱木”，好不容易纠正了，可是过几天他们还会忘记，于是我又跟其他任课老师打招呼，同时纠正他们的发音。这样，几周后学生们终于养成了正确的发音习惯。经过两年的教学，学生们的英语水平有了较大的提高，县教育局专门派人前来听课，也表扬了学生们的英语发音和阅读能力。

学校生活是丰富的，一群年轻教师在教学上互相交流，生活上互相帮助，一起打篮球，一起出板报。因为学校位于公社所在地，不少上海知青到公社开会办事后都会到学校来，和我聊聊家常，讲讲新闻，更有好学的知青拿着自学的英语课本前来交流请教。但是到了周末，其他老师都回家了，学校就剩我自己了。偌大的学校空荡寂静，让人倍感寂寞。那时连个收音机都没有，确实有度日如年之感，只能在灯下苦读，好在下乡时我带了几本英文书，它们伴我度过了这些寂寞的时光，我也因此提高了英文水平。若干年后，我考进了吉林大学数学系并获得了英语免修的机会，这与那段时间的自学是分不开的。

在那段教学经历中，我深深地感受到农村孩子的纯朴和热情。那时我还担任了一个初中班级的班主任，我和同学们一起打扫教室、擦玻璃窗，一起到生产队帮助秋收，一起捡柴火码垛以备冬季教室取暖用，当同学们看到自己班高高堆起的柴火垛比邻班高出一截的时候，他们脸上露出的笑容令我至今难忘。共同劳动，一起努力，使我和同学们建立了深厚的感情。东北的夏天是一年中蔬果最丰富的季节，每到晚上我打开靠窗的铺盖卷时经常会发现里面被塞进了不少新鲜的黄瓜、西红柿、李子和杏子等果蔬。第二天，当我问起是谁放的时候，常常没有人承认，只有满堂的欢笑声，这令我感动不已。这份纯洁的师生情一直延续了下来，直到五十年后的今天，我还和部分同学保持联系，经常在微信上互致问候。

收起这张老照片，我的思绪仍在不断翻滚，五十多年前的那些场景还在一幕一幕地呈现，我的心情久久不能平静。在那段岁月里有欢笑、有艰辛、有酸甜、有苦辣，都是刻骨铭心的记忆。

集体户的一台戏

陈发奎

1969 年 3 月，我们一行到吉林省四平地区怀德县和气公社和气大队六队插队落户，集体户有六名女生、十一名男生。六队所在的屯子原名叫“马家窝棚”，我们和老乡一起在生产队部的后面用安置费新盖了土坯房，房前一块园地用来种菜，还打了一口井。房屋边有柴火垛，左右砌了猪圈和鸡窝，我用白石灰在墙上写了“团结、紧张、严肃、活泼”八个大字。虽然我们参加生产队的田间劳动，挣工分，但过的还是独立于农户的集体生活。

我们这批来自上海市市西中学的学生，还带着“尚文崇艺”的情趣，按当时的话来说都有点“文学青年”和“文艺青年”的意味。想起母校每逢周末都会利用半天时间安排各种各样的兴趣小组活动，而且中国福利会少年宫离学校也比较近，因此同学们都不同程度地接受过少年宫课外教育“准专业”的艺术熏陶。根据当时的政治形势需要，我们在冬季农闲时组成了一个文艺宣传队，同学们发挥各自的专长，主动争取角色并出演。我们集体户编排的一台戏，可以演两个多小时。

当时，样板戏一枝独秀。我们首先选择演出《红灯记》，剧中情节从婉转到激扬，三人分配完角色后，开始琢磨李玉和的西皮二六唱段、李奶奶的大段念白、李铁梅的唱段“听奶奶讲革命英勇悲壮”。《智取威虎山》的第七场演出不仅全体同学都上场了，而且我们还广泛发动群众参与演出。李母（老旦）开场，李勇奇（大花脸）和少剑波（老生）的对唱扣人心弦。我饰演李勇奇，戴着狗皮帽，脱了罩衫，卷起棉袄袖口，在脸上涂抹锅底灰当作胡茬，唱起了“羞愧难言”，与《赵氏孤儿》中魏绛的唱腔如出一辙，时而跌宕起伏地沉吟，时而如幡然猛醒般激昂，我唱得畅快淋漓。

这两出戏的故事都发生在东北。黑龙江五大连池市龙镇是《红灯记》故事的原型地，《智取威虎山》中的夹皮沟位于海林林业局，属于牡丹江市，戏中的地点和我们所处的公社地缘相近，所以即使不用服饰道具，也能接上地气儿，乡亲们看了感到很亲切，我们表演时也仿佛身临其境。

与此同时，我们心中独特的艺术样式也渐渐萌芽。浦汉淞的舅舅是上海民乐团的指挥，因此浦汉淞带来了《黄河大合唱》的总谱，到了晚上，我们经常要唱上一遍。陈小羽用小提琴演奏《渔舟唱晚》《梁山伯与祝英台》，用手风琴演奏《花儿与少年》，这些作品仅作为练习曲出现，仅仅在小范围里演奏过。

集体户有两把小提琴、一台借用的手风琴、三个口琴（其中一个是朱工铭的重音口琴）、一个笛子，加上一名负责敲鼓点的成员和一名指挥，就这样组成了一支以口琴为主的混合乐团。当时，可以公开演奏的曲目只有阿尔巴尼亚的《第九旅进行曲》。

难能可贵的是，我们还进行了文艺创作，其中有诗朗诵、小话剧、三句半和快板书，内容紧跟形势，包括移风易俗、屯垦戍边、备战备荒、农具改革等。记忆犹新的是邓华达和陈珊同学自编自演的小品《爷俩上冬学》，他们俩分别扮演爷爷和孙女，操着一口纯正的东北方言，令老乡乐开了怀。

每次进行文艺演出是我最开心的时候，化妆后我就不是“我”自己了，好像身处在延安的“抗大”或“鲁艺”，暂时忘记了生存的压力和对前途的迷茫。

随着各项政策的落实，集体户知青有的去当了兵，有的被抽调到工厂，还有的去上了学，知青们各奔东西，农村又恢复了本来的宁静。

想起突然去世的邓华达生前最后一次上台指挥大家唱《革命人永远是年轻》的样子，不由得感伤万分。长歌当哭，哭集体户已过世了三人，其中邓华达和陈珊是夫妻。邓华达作为独生子女先期回上海，临别时，陈珊朗诵普希金的诗“我在给你写信，还要怎样……”，此情此景仿佛就在昨天。陈珊是1978届财经学院毕业的高才生，四十四岁英年早逝。十多年后，胡亚东同学也去世了，他曾出演过电影《飞刀华》，是个小影星。

当时新华社工作人员下农村来为我们集体户拍了几张高质量的照片，目的是反映知青的文化生活。照片拍得专业，构图讲究，前景是几个娃娃，背景的大马车上几个人站位高低错落，我们集体户的同学摆出造型，模仿演出时的姿势。虽然是摆拍，但把我们集体户的文化形象真实地表现出来了。

我们集体户大部分知青完成了高等教育学业，都学有专长，为社会作出了贡献。曾经那个随手就能凑出一台戏的集体户，如今成了绝唱，因为我们之中没有人再去“唱戏”。

文艺宣传队合影

长白山下的青春岁月

徐梦嘉

1971 年 12 月，我从下乡的安图县新合公社车厂子大队，被抽调到长白山脚下新建的白河林业局工作。离开车厂子大队时，大队会计告诉我由于队里无效益，每工负 8 分。我辛辛苦苦劳作两年，结果还倒“欠”生产队 20 多元。会计接着说队里经过商量，不需要我“还”了。怀着无奈苦涩的心情，我告别了这片沧桑土地。

到了白河林业局，我被分配到离长白山瀑布仅数里的黄松浦[1]林场，每月工资加林区津贴有 60 多元，这在当时无疑是高收入了。一种“翻身感”油然而生，我下定决心要为如火如荼的新林区建设事业作贡献。我负责给飞速旋转的圆锯锯片注水降温，每天要从井里取几

1) 后又名黄松蒲。

十担水，挑到圆锯边高台上的大铁桶中。冬天，水桶溢出的水往往会把部分路面冻住，我常常因此滑倒。后来增设三台圆锯同时生产，每天用水量增加到二百多担，场领导要添人分担我的工作，我咬咬牙没有同意，决定一人扛下来。

工作之余认真看书

工余，我还热情地在工人们自己打造的橱柜上画画，在工人做成的洗衣搓板上端勾勒白描花鸟画，并教他们如何刻出来，深得大家好评。

不久，白河林业局要召开先进个人表彰大会，全场职工推举了老工人徐万太师傅和我，徐师傅的事迹材料由局宣传科干部撰写，我的汇报稿由自己写。汇报稿交到宣传科后，他们发现我的稿件条理清晰，真诚感人，有文字功底，遂借调我到局宣传科两个月，帮助整理各单位上报的先进个人资料。

由于住地离办公室很近，午间休息或下班后我常常在办公室学习。一次我在学习时，宣传科的摄影师吕秀师傅兴冲冲地来到我办公室说：

“梦嘉，我抓拍了张你的‘学习照’，现在洗出来给你。”吕秀师傅将我拍摄得形神兼备，我看起来完全不像是住帐篷、干粗活的林场工人。戴着宽边黑眼镜的我，正在专注地看书，办公桌上整齐地放置着书本、墨盒与纸笔，右手边是显示出时代特征的手摇电话机，一个“青年学者”的形象赫然在目。在近些年的微信互动中，大家常常忆旧，我将此照发给好友，他们纷纷说我年轻时是帅哥呢。

表彰大会后，《延边日报》《吉林日报》相继专题报道了我的“事迹”。当年在祖国北疆难忘的岁月印痕，陪伴了我一生。

西土门子宣传队

王建华

西土门子大队宣传队文艺会演留念

1973 年 1 月 31 日，我们春化公社西土门子大队宣传队在参加会演后合影，七名身着朝鲜族服装的女青年欢聚在一起。我时常拿出这张照片，仔细端详照片上的每一张笑脸。

我们西土门子大队宣传队是一支业余宣传队，由各生产队近二十位爱好文艺的青年组成，既有当地的汉族、朝鲜族青年，也有上海知青。上海知青中宋统善是二队的，我和江介奂是四队的，曹平生和罗守柱是五队的，李金萍是六队的。曹平生不但会跳舞，还有组织号召能力，江介奂能歌善舞，宋统善的京剧唱得是有腔有调，李金萍和罗守柱的乐器演奏都很棒。我们坚持白天参加生产队的劳动，晚上参加宣传队的排练。这是一支团结友爱、积极上进的团队，曾几次参加过珲春县的文艺会演，也获得过好成绩。虽然一晃几十年过去了，但当年的情景依然历历在目。

一开始，我们上海姑娘的朝鲜族舞蹈基本功差，动作生硬不连贯，一伸手、一抬腿就像皮影戏一样，没有朝鲜族舞蹈那种连贯洒脱的美感，于是朝鲜族姑娘手把手地帮我们纠正，直到我们学会。那些朝鲜族姑娘也很好学，跟着我们学习京剧《沙家浜》中阿庆嫂的片段，还学习戏剧动作。演奏组有长号、圆号、手风琴和二胡等乐器，他们除了各自练习乐器演奏外，还与唱歌、跳舞的人进行配合练习，不厌其烦地反复练习。

这支小分队是个温暖的大家庭，领队总是第一时间到排练场地搞好清洁，天冷就生好火炉，大家心里也是暖洋洋的。排练结束时，值夜班的连长会扛着枪送家稍远的女生回去。至今他们的音容笑貌还时时在我脑海中闪现。

宣传队没有统一的演出服装，也没有足够的经费购买演出服装。为了解决经费不足问题，我们抽空上山割榛材卖钱，用这笔钱给女生做了朝鲜族裙子，就是照片中我们穿着的服装。

有一年冬天，在割榛材回来的路上，我们赶着牛爬犁在结了冰的河面上行走，大家聊着天，享受着劳动收获的喜悦。不知怎么的，我一脚踩碎冰面，掉进了河里。就在这时，人群中猛地伸出了一双有力的手，拦腰环抱住我，把我从冰窟窿里拉了上来。她就是照片中前排右边的女孩，名叫张淑贞，是七队的朝鲜族姑娘，她很腼腆，是一个说话很小声而且会脸红的小姑娘。不知这关键时刻她怎么那么有劲，硬是将我一把拉了上来。我穿着棉裤，腰部以下都湿透了，整个人得有一百多斤重。虽然这件事已经过去很多年，可我始终无法忘怀，一直铭记在心。可是，我至今都没有对她正式说过感谢，这么多年来，我真的好想念她。

我离开延边已有四十六年了，还没有机会回去过，好想念那里的山山水水，好想念那里的父老乡亲，好想念当年文艺宣传队的伙伴们，特别想当面对张淑贞郑重地说一声“谢谢”。

校园上空的笛子声

朱大方

人到老年就特别爱回顾童年，回忆青春。回望自己走过来的人生路，有酸甜苦辣，辉煌与坎坷，阴差阳错的机缘与擦肩而过的机会，坚定执着与悔恨懊恼，自豪与骄傲……总之，人生的经历是一个人的精神财富，回忆自己曾经的经历就是对人生精神财富的有益“回访”。当我看到我在延边财贸学校参加学校文艺宣传队时拍的一张集体照时，顿时思绪万千，不由得回忆起那段时光。那时的我看上去意气风发，一副奋发向上的样子，青春可贵啊！

我插队下乡的地方是延吉县勇新公社，这是一个穷山沟，因为盛产土豆和土豆粉条，所以被称作“土豆沟”。我所在的生产队全是朝鲜族居民。我在这样的环境里接受贫下中农再教育，深受朝鲜族文化的熏陶，不仅学唱朝鲜族歌曲、学跳朝鲜族舞蹈，还学说朝鲜族语言。

下乡的第二年，我们集体户就被评上了公社“四好”集体户，我作为集体户户长被评为“五好”个人。1973年，公社党委推荐我到延边财贸学校读书，8月份我作为工农兵学员来到延吉市上学了。那时的我意气风发，干劲十足。就拿在学校文艺宣传队学吹笛子的事情来说吧，我经常在吃完午饭或晚饭后，躲在学校角落里吹啊吹，练啊练。在不耽误学业的前提下，我学会了笛子演奏，那时的校园里总是回荡着清脆的笛子声。在刻苦努力下，我学会了《我是一个兵》《扬鞭催马运粮忙》《牧民新歌》《欢乐曲》等多首笛子独奏曲，还参加了学校文艺宣传队的许多演出，总是穿着朝鲜族民族服装上台演出。我把这些都看作是对信任、爱护、关心我的社员们的感恩回报。

学生演员留影

后来我从学校毕业后参加工作，在工作中发挥着我所掌握的朝鲜族语言文字的特长，在供销合作社系统编写了朝鲜语业务培训读本，并在省州的朝鲜文报刊及电台、电视台上发表了用朝鲜文写就的通讯报道。在十几年间，我成为一名优秀的通讯员。在州民族事务委员会工作期间，与全国各地的少数民族参观考察团一起参加联欢活动时，我还唱朝鲜族歌曲，跳朝鲜族舞蹈，调动了全场氛围。我把在财贸学校学到的知识充分运用到工作中，在日常工作中成长，实现了自己的人生价值。最后，我还依靠朝鲜语听、写、说的特长，在人才市场被上海市人事局以韩国语翻译特殊人才的身份特招特调回上海，回到了我的故乡。

今天，再一次在老照片集上看到了年轻时的自己，回顾自己的人生路，感恩、感怀、感伤之情涌上心头。我想，人生没有第二次，我一定要铭记教育、培养、关心爱护我的朴实善良的人，他们是农民，是同事，是老师，是领导，是我生命中的“贵人”。我永远忘不了我的青春岁月，永远忘不了魂牵梦萦的第二故乡。

难忘那份师生情

陈诤词

最近，我看到一张老照片，照片上上海知青刘明华正在辅导学生学习。那熟悉的场景，一下子把我拉回到曾经在安图县松江镇中学任教的岁月，让我感慨万千。

1969 年我从上海下乡来到吉林省和龙县农村，1975 年我在延边大学毕业以后被分配到安图县松江镇，在松江中学当了两年的老师。那里交通闭塞，生活条件艰苦，我们的教学环境不是在课堂，而是在乡间地头。在和学生朝夕相处的日子里，我们建立起了深厚的感情，他们那种强烈的求知欲望及吃苦耐劳的精神，深深地感染着我，给我留下了深刻的印象。

在我们班上，有一部分同学家境贫寒，他们住在离学校 30 多里

上海知青刘明华正在辅导学生学习

外的偏远地方，却克服一切困难坚持步行上学。康树春、申高芬和高宗斌等同学的求学之路十分艰难，即便如此，他们在学校还担任干部，无论多苦多累的活都抢先干。罗树桐患有哮喘病，但只要身体状况允许，哪怕是在寒冷的冬天，他也从不缺席学校和班级的活动。还有商丽慧同学，她是下放干部的子女，身材娇小且身体虚弱，然而在班级里，她事事带头，特别有威信和号召力。

我离开松江中学的那一天，学生们一大早就来到车站前的广场，目送我乘上了大巴车。车开动以后，学生们跟随大巴车跑了很长一段路，此情此景让我十分感动、热泪盈眶。

分别多年以后，因为互联网的普及，我和当时的学生们又有了联系。2019年，学生们得知我在长春，于是商丽慧和寇秀香在吉林市组织了一次师生聚会。罗树桐夫妇、高宗斌、申高芬等人特地从延边安图县明月镇赶来，崔小慧和云端还带来了延边的米酒和辣白菜等特色美食。这份真诚和热情使我终生难忘。

我执教一生，可谓“桃李满天下”。可是，唯有在吉林省安图县松江镇中学的那一段师生情令我难以忘怀，因为在那样一个特殊的年代，在那个艰苦的环境中建立起的这份师生情格外珍贵。今天是教师节，远方的学生们再次送来了祝福，我心中满是激动。如今，当年的学生们都已退休了，过上了安逸的生活，我感到很欣慰。我衷心地祝愿各位同学家庭美满、生活幸福、健康快乐！

难忘的文艺调演活动

岑建华

1975 年 5 月延吉县长安公社下发文件通知，定于 1975 年 9 月 11 日在长安公社举办文艺调演活动。当大队书记拿到通知后，马上传达到各个生产小队。队长接到通知后，立刻召集生产队几个文艺青年，召开骨干会议。当时我二十五岁，是个文艺爱好者，喜欢唱歌、跳舞、拉小提琴。大家纷纷选我当宣传队队长，选集体户潘永良当宣传队副队长，于是我们俩担起了挑演员、选节目、搞好这次文艺调演活动的重任。

为了不辜负领导的期望，更是为了把我们大队的演出搞得精彩、出色，作为宣传队队长的我将演员标准确定为二十岁左右、有激情有活力的年轻人，而且要通过筛选，择优录取。

我们在各生产小队和延吉县下乡知青，以及各生产队的文艺骨干中挑选出近二十名有文艺特长的青年，他们当中有会唱歌、跳舞的，有会拉小提琴、拉二胡和弹琵琶的，还有会唱二人转的。

宣传队经过讨论后，认为开场节目场面要大，因此决定由十二名汉族、朝鲜族男女青年表演集体舞《延边人民热爱毛主席》，接下来还有器乐合奏《红太阳照边疆》、副队长潘永良琵琶独奏《十面埋伏》、汉族青年表演二人转等节目。我除了要表演集体舞《延边人民热爱毛主席》外，还要表演小提琴独奏《花儿与少年》和独唱革命样板戏京剧《智取威虎山》选段等节目。

我的小提琴是用爸妈寄来的钱买的。爸妈心疼儿子，怕我在农村吃不饱饭，所以从上海给我寄来20元钱买零食吃，我拿出8元钱从老乡那儿买来了这把小提琴。为了参加公社调演，演好节目，我们白天下地认真干活，吃完晚饭后，就到南校长给我们提供的教室紧锣密鼓地进行排练。

我作为宣传队队长要求每个演员必须刻苦排练，表演出色，创造出舞台人物最佳形象，还要求大家要有团队精神，齐心协力，按分工演好自己的角色。

1975年9月11日上午9点，“长安公社文艺调演大会”在苇子沟化肥厂大礼堂隆重拉开帷幕，现场群众人山人海，锣鼓喧天、喊声冲天，欢呼声、鼓掌声、喝彩声此起彼伏。

那时没有电视机，老式收音机也很少，没有什么其他的娱乐活动，看演出就是老百姓最大的文艺享受。

广兴大队宣传队十二名演员表演的开场节目集体舞《延边人民热爱毛主席》非常精彩，赢得了台下观众雷鸣般的掌声和叫好声。还有革命样板戏选段、琵琶独奏、二人转等老百姓喜闻乐见的节目，都获得满堂的掌声，观众们个个叫好。

前来观看演出的领导有书记、大队队长、小学校长、大队果树队队长。由于领导们都来捧场叫好，我们这些演员的积极性也都非常高，每个人都认真演好自己的角色，做好每一个动作。尤其是当我唱革命

1975 年长安公社文艺调演大会——广兴大队宣传队留影。二排左起依次为岑建华、南校长、大队金会计、大队果树队金队长、大队李书记、大队果树队副队长潘永良。第一排、第三排、第四排是各生产队文艺骨干和延吉县下乡知青

样板戏选段和跳朝鲜族舞蹈时，更是将观众的情绪推向了高潮，大家都站起来为我鼓掌，这也是我从未享受过的快乐，使我至今难以忘怀。大队领导高兴地拉着我的手说："你们节目选得好，演出效果棒，为大队争了光。"

调演活动结束后，大队领导还专门安排演员们乘坐大客车到延吉县饭店吃饭。饭后我们全体人员到照相馆拍了集体照留念。

这次文艺调演活动的经历一直珍藏在我的心灵深处。

我与朝鲜族丈夫

寿林娣

我于1969年3月份来到延吉县细鳞河公社细鳞河大队第五生产队插队落户，在生产劳动中与我们队的朝鲜族青年相遇相知并产生了感情。我们的婚姻与众不同，从我与刘正允相遇的那一刻起，就遭到了所有人的强烈反对。大家反对的原因很简单，我是一个上海知青，而他是个土生土长的农民；我是汉族，而他是朝鲜族。我们的婚姻在延吉县细鳞河地区掀起了一场风波，他的父母一开始坚决不同意这桩婚事，但最后在无奈之下同意了。当时，婆婆到集体户找我并对我说:“我们不是不喜欢你，而是怕你以后来我们家承受不了贫穷的生活，万一你返城的话，我儿子怎么办？再说，你可知道你是要来我家做大儿媳妇的，你能担当起这个责任吗？”最后她又说，“虽然你不符合我们的条件，但是儿子愿意，我们也只好成全你们。”

从我进婆家的那刻起，我就默默告诉自己：我要用自己的努力，尽快适应环境，来表现出对这个家的爱，得到全家人的认同，快速成为一个好儿媳妇。要想融入这个朝鲜族大家庭，我必须听懂朝鲜语、会说朝鲜语。我白天把他们之间的对话用汉语翻译后记下来，晚上再逐句背诵。经过将近一年的刻苦学习，我终于能听懂他们在说什么了。但朝鲜族语言有自己的特色，同样的一句话，对老人、平辈、小孩说的话都是不同的。在学习语言的过程中，我说出了很多令人啼笑皆非的话。但我用自己的聪慧和决心，攻克了语言这一难关，最后达到了

我和朝鲜族社员们载歌载舞

可以用朝鲜语主持会议的程度，得到了大家的认同。我掌握了朝鲜语和朝鲜族礼节，交了很多朝鲜族朋友，真正融入了朝鲜族之中。逢年过节我还会和朝鲜族社员同喜同乐，这张照片就是1973年我在村里和社员们一起欢度春节时拍下的。

爱情没有民族界线，只要真诚，必有奇迹，我与正允的爱情是纯洁真诚的。虽然夫妻之间在生活中肯定会有矛盾，不会一帆风顺，但我俩往往能取长补短，共同经营来之不易的家庭。我用自己的行动告诉他和他的家人，我是寿林娣，我是上海美玉，我也会用时间证明我可以成为合格的朝鲜族家庭的长媳，亦有能力在这个大家族中担当起大管家的重任。

生活让我真正地成为一个“女强人”，我曾被评为“民族团结模范”“先进工作者”。我还有三个优秀的儿女，我无悔当初选择了这个家。

集体户的琴声

陈发奎

1969年3月，敞篷大卡车满载着身穿草绿色大衣的上海知青在广阔的原野上颠簸前行。明晃晃的阳光洒在大地上，细雪夹着风沙，我们一路奔赴远离县城的边远公社。在那里，头戴长毛狗皮帽的当地农民迎接我们的到来。这里满是别样风情，让我们感到熟悉的只有“忠字舞”，不由让人感叹国土的辽阔。

生产队把我们安排在一间半截子埋在地下的黑屋子。在昏暗的油灯下，只见为了保暖而堵得严严实实的窗户、南北两铺大炕，还有炕桌上放着的高粱米饭。一进到屋子里，一股浑浊的热气扑面而来。这就是我们的家，我们的集体户。

艰苦的生活、繁重的劳动使不少人动摇了，但我们集体户知青顽强地扎下根来，在艰苦的环境里寻找生活的乐趣。我们集体户有个女生会拉小提琴，除了拉时兴的曲子以外，她拉得最多的曲子当属《渔舟唱晚》，每临黄昏，便可听到她那悠扬、古朴的琴声。我们集体户堪称乐器之户，演奏小组有小提琴、手风琴和二胡等乐器，所以我们劳累之余经常能听到优美的旋律。当然，我们都是关闭门窗听的。我喜欢听音乐，在西洋音乐方面尤其喜欢古典音乐，那优美的旋律、复杂的和声和鲜明的节奏，让我听了感到生活充实美好，从而激发我的创作激情，同时从音乐中找到慰藉。

一天下午，狂风驱赶着贫瘠的土壤，那土壤如同一股浓烟滚滚翻腾，气势汹汹地席卷大地。我们蜷缩在黑屋里，发了狂的风沙从房顶和门窗缝隙中钻进来，从没见过这种阵势的我们不知所措，只能钻进被窝里闷头昏睡。不知不觉天暗下来了，不知谁轻轻哼唱起了歌曲，接着响起了优美的小提琴伴奏，演奏小组顺势演绎了一首《流浪者之歌》，接着又奏响了一首《友谊的旋律》。《流浪者之歌》是高难度曲子，凡是能够演奏这首曲子的人，演奏样板戏

王玥、陈小羽、陈珊、陈小竹正在排练

中的曲目都不成问题。

1971 年冬季，大队成立了宣传队，我们集体户的演奏小组也参与其中。今天看到这张王玥、陈小羽、陈珊、陈小竹排练的老照片，不禁感叹现在的人们能自由、毫无顾虑地欣赏音乐，实属不易，应好好珍惜。

我们的《红灯记》

张正平

1972年冬，公社组织知青们成立了文艺宣传队。我们集体户的李乃成、王野岸、周文娟都加入了公社的宣传队，他们到各个大队表演革命样板戏，丰富了农村社员的精神文化生活。后来，各个生产大队相继成立文艺宣传队，我因为会拉二胡，所以也加入了文艺宣传队，用现在的话说我是去“捣糨糊”了。当然，我也不能忘记自己还兼任摄影师一职。我们在民立大队部排练节目，除了我们十几名知青当演员外，还有几位会吹唢呐、会敲锣打鼓的当地老乡组成了乐队。那时候革命样板戏盛行，一些耳熟能详的唱段全国的老百姓都会唱，所以我们也不用怎样排练，分配角色后就可以正式登台演出了。

演出那天晚上天气很冷，还下起了鹅毛大雪，气温已经是零下

20多摄氏度了。我们把一个靠墙放置的拖拉机的拖车当作“舞台”，将拖车前面吊挂着的两盏汽灯当作“舞台灯光”。我们在屋子里化好妆后，就踩着凳子从窗口跨出去登上舞台。我还记得画眉毛和大眼圈用的是墨汁，闻起来特别臭。院子里挤满了兴致勃勃地前来观看演出的老乡们，不少人嘴里叼着旱烟袋，手插袖笼，在雪地里跺着脚，那时的天气真冷啊！我们乐队的开场锣鼓敲起来了，我的手指却冻得不听使唤，什么叫“滥竽充数”？现在我就是现身说法，我就是那个南郭先生啦。等演过几段样板戏后，只见“舞台监督”直冲我招手，哦，原来是轮到我上台了，什么“演员”？我就是一个跑龙套的。我记得那一场是要表演《红灯记》选段，民立二队的王家鄞扮演李玉和，张安巡扮演李奶奶，我们户的周文娟扮演李铁梅，我扮演日本宪兵队队员。那时，周文娟为了剧情需要，只穿了一件红色的紧身小棉袄，冻得她直打哆嗦，唱腔里也充满了天然的“颤音”：“奶奶——”铁梅精神可嘉呀！等到李玉和刚给李奶奶汇报完如何藏好了密电码，我就戴着一顶用纸壳子糊成的刷了臭墨汁的大盖帽，提着一杆木制长枪道具上场了。我敲敲门，厉声喝道：“李师傅在家吗？”然后进门去，恶声恶气地说道：“你就是李师傅吧？鸠山队长请你赴宴！”李奶奶立即吩咐小铁梅：“拿——酒来！”我说：“酒席宴上有的是酒，足够你喝的，快走吧！”我就这么三句台词，接着便站在一边看着李玉和演“临行喝妈一碗酒”的戏，等他演完，我又催着李师傅快走，我的戏就演完了。我赶紧脱掉大盖帽，戴上自己的狗皮帽，又混进乐队给李奶奶“痛说革命家史”的唱段拉二胡伴奏去了。

《红灯记》选段演出现场

那时候，在文艺宣传队里还有一个很大的好处，那就是演出之后还能捞一顿“夜宵”吃，我还记得吃的是打卤面，且不说那卤子打得咋样，单说那面条就是农村里难得吃到的“细粮”，真是令人难忘啊！

样板戏学习班

朱宝钰

每当我看到这张老照片，总会想起五十多年前下乡插队时的一些往事，特别是在公社举办的样板戏学习班期间的经历。

1969 年 3 月，我们一批上海知青来到珲春县三家子公社古城大队。当时的生活条件非常艰苦，吃的是粗食，睡的是土炕，这对于我们这些从大城市里来的小青年来说很不习惯。那时我们知青啥也不会，用当地农民的话讲是“四体不勤，五谷不分”。

但是，就在这艰苦的日子里，知青们虚心地向老农请教，渐渐地学会了干农活、赶牛车，我还当上了生产队的饲养员。更难得的是，我们学会了生活，和贫下中农打成了一片。

有一年冬天，大部分知青回沪探亲，而我则留在了生产队当饲养员。饲养员的工作比较劳累，经常要半夜起来为牲畜喂饲草料。有一次我病了，一个人躺在炕上，同室的知青都回沪探亲去了，而我浑身一点劲儿也没有，什么也不能做，眼泪止不住地往外流。邻居陶四大哥闻讯后，马上过来看我，还让四嫂熬了小米粥给我送来，可我一点都吃不下，而且浑身发烫。陶四哥见状，急忙去生产队套上牛车，顶着风雪走了 20 多里路将我送到了县医院。

经过医生诊断，我患上了“出血热”。这个病在当时是一种很严重的流行病，死亡率很高。医生说还好送来得及时，住院治疗七天就能痊愈，也不会留下什么后遗症。现在回想起来，还真有些后怕，多亏了陶四哥，多亏了关心和爱护我们的古城父老乡亲，是他们让我们知青平安地度过了那个年代。

三家子公社首届样板戏学习班留影

我们集体户知青大多数喜欢文艺，还有人会演奏乐器。因为我会拉二胡，所以大队推选我为文艺宣传队员，让我去参加公社举办的样板戏学习班。

这张照片是当时参加学习班的全体学员和公社领导的合影。照片第二排是公社的一级领导，左三是公社书记孙华，左二是县文化艺术馆关馆长，左四是公社朴主任。照片后排左一是我本人。

来参加样板戏学习班的成员，大多是各大队的文艺骨干，基本是知青。在学习班学习期间，我们排练了许多节目，学习班还组织了一次文艺会演。

学习班结束后，学员们各自回到了自己的大队，继续开展宣传文艺活动，教社员们唱革命样板戏。古城大队的文艺宣传极为活跃，田间地头都有我们文艺宣传队的身影。为了宣传农业学大寨，我们编排了男声表演唱《四老汉学毛选》；为了宣传计划生育，我和关吉恒大哥排演了相声《只生一个好》。此外，我们还编排了女声表演唱样板戏选段等节目。

每年公社的文艺会演，我们古城大队编排的文艺节目是全公社节目中最受欢迎的，有的节目还被县广播站录音并在全县广播播放，可以说是家喻户晓。

当时，我们大队的几个文艺骨干帮助古城大队小学排演了七场革命样板戏。其中，《红灯记》中李玉和、李铁梅、李奶奶等角色的饰演者是三四年级的小学生，他们表演得非常棒，唱、念、做等基本功很扎实。

我和上海知青费名琰负责乐队伴奏，小学老师迟先荣负责组织排练。节目很精彩，所以很受欢迎。我们还组织学生们到沙坨子边防站进行慰问演出，受到了部队官兵的热烈赞扬。可惜的是，当时没有留下任何影像资料。

现在回想起来，当年这些小学生也已经六十来岁了，岁月如梭，在样板戏学习班的经历令我难以忘怀。

第三章 情深意长

当上海知青来到吉林农村，便如同点点星火融入了这片广袤的土地。当地各族群众接纳了上海知青，从此，知青们与乡亲们同甘共苦，命运紧紧交织，无论是严寒还是酷暑，他们都并肩奋斗在屯垦戍边的一线。在这片土地上，知青们倾洒着汗水，将最美的青春毫无保留地奉献。共同的劳动生活让知青与乡亲们结下了深情厚谊，这情谊似陈酿老酒，在岁月流转中愈发醇厚香浓。

我的朝鲜族房东

朱双红

我是上海国棉三十一厂子弟中学 1968 届初中生。我和知青秦红女是在开往珲春的下乡火车上认识的。1969 年 3 月 1 日下午，我们从上海彭浦火车站出发，4 日到达终点站图们车站，休息整顿后，于当天晚上到达珲春县。到达珲春时已经是深夜了，我们两个人被分配到珲春县团结街一户朝鲜族家中休息。

户主叫李昌求，朝鲜族，在运输公司上班，他们家除户主会说点普通话外，其余几口人都不太会说汉语。那个时候老百姓家里十分困难，可是，他家每顿都会给我们做大米饭，有时会做放有海带和豆腐的朝鲜族酱汤，或者土豆汤，还有朝鲜族的辣白菜、辣萝卜等。我们第一次吃朝鲜族酱汤时，感觉酱汤闻起来有一股特殊的味道，但吃起

我和秦红女与阿妈妮家人留影

来还蛮香的。朝鲜族的草房特别干净，一进去就有一股热气扑面而来，让人感到很温暖，我们是第一次看到朝鲜族的大炕和朝鲜族做饭的大锅。

房东阿妈妮对我们特别热情，嘘寒问暖，只可惜，很多话我们听不明白，有的话只能靠猜测知道大概意思。阿妈妮看到秦红女手上有冻疮而且裂开了口子，第二天便去医院请了一位朝鲜族大夫为她上药包扎。

3 月 6 日，欢迎上海知青的大会在县城二商店门口举行，县委领导作了讲话。当日我们被分到春化公社。

虽然我们只在珲春住了两晚，但阿妈妮一家对我们的照顾，令我们始终难以忘怀。

3 月 24 日，我俩在生产队安顿好之后，坐车回珲春县城探望了阿妈妮一家，又在她家住了两个晚上，受到了热情的招待。

后来秦红女被调到安徽了。改革开放后我回去找过房东，但是珲春的变化太大了，他们家好像在以前的站前饭店附近，我根本找不到原址，我最终也没有找到房东一家。

看着这张老照片，我又一次想起房东一家，不知道他们过得好不好，我想他们的身体一定很健康。第二故乡的老乡们对我们太好了，他们为上海知青的无私奉献，让我们永生难忘。我将永远保存着这张老照片，我的内心深处也会一直珍藏着对房东一家的思念。

与第二故乡的不解之缘

宋爱敏

1969 年 3 月初，我们从上海到祖国北部边陲吉林省珲春县马滴达公社五道沟大队四队插队落户，和我同行的有我杨浦中学的同班同学程俐骢。那时我们刚刚十六岁，青春焕发，对未来充满憧憬和向往，我们一起度过了刻骨铭心的知青生涯。我们一起到社员家，帮助朝鲜族阿妈妮劈柴、堆放柴火。这张照片中，我们在阿妈妮家房前劈柴，程俐骢手举利斧劈柴火，我和阿妈妮堆放柴火。一晃五十一年过去了，这一幕仍历历在目。

没想到，程俐骢在农村一干就是九年，直到 1977 年 10 月国家恢复高考制度，她才如愿以偿地参加了高考并被东北师范大学录取。她是我们集体户知青中下乡时间最长，离开最晚的一个。她离开五道

我和程俐骢帮助阿妈妮劈柴

沟去长春上大学那天，乡亲们在公交车顶上帮她装行李，她却在车厢里哭，车里的人们都不解地看着她。彼时，她热泪盈眶，百感交集。在这里，她留下了一去不复返的青春岁月；在这里，农村的艰苦生活磨炼了她坚强的意志；在这里，有朴实善良的乡亲；在这里，有祖国边疆的大好河山。她暗下决心，等自己学有所成，一定要为乡亲们做点事。

离开珲春后，她经常会想起珲春，回忆五道沟的山山水水，浓浓的乡思总是萦绕在心头。1982 年 1 月大学毕业后，她回到了家乡上海，在同济大学任教，但是她的心里始终牵挂着第二故乡珲春。

1992 年，她在参加本溪水洞国家级风景名胜区规划现场调研后，专程回到珲春，回到了五道沟。这是她离开多年后第一次重返第二故乡。

她压根儿想不到，这个当年只有一条街、三个供销社、三家招待所的边陲小镇，在和平与发展的国际环境下开始起步腾飞，小镇周边的镇郊、杨泡、马川子、哈达门等农村地区正在规划或已经变成了初具规模的城市地区。珲春到处都在大兴土木，呈现出一片欣欣向荣的景象。她由衷地为第二故乡高兴，关心她的未来，牵挂着她的发展，一心想着要为珲春的建设出把力。

在五道沟，她见到了分别多年的乡亲们。他们欣慰地告诉她，并让她转告原来集体户的同学们，现在农民生活好了，日子过得比以前好多了。乡亲们还跟她诉说这几年村里发大水，水大的时候家里的锅都能漂起来，这种情况她在五道沟九年都没有遇到过。乡亲们坦言，这是因为三道沟金矿不断扩大开采规模，挖金船从原先的一艘陆续增加到四艘，把珲春河翻了个遍，使得河道变形排水不通畅，最终造成洪水泛滥。她想，水利是农业的命脉，当年我们一起干农活修水利，如今在推进城市化的进程中，更要重视农村的发展。她意识到要把农村建设好必须把水治理好，想要把水治理好就要先整治好河道。可这不是仅凭一个村一个乡就能做到的事，应该从整条河道、整个流域总体上统筹规划，切实保护生态环境。此时她听到了农民们的呼声，感到自己肩负的责任重大。作为对珲春有着浓厚感情的老知青，她决定尽己所能帮助珲春做好城市发展规划。她主动出面牵线搭桥，请来母校同济大学的教授们组成专家智囊团，在 2004 年，她和同济大学的规划团队共同参与了珲春城区发展规划工作。

同济大学的规划团队有着丰富的景观规划经验、河道治理经验，以及水资源规划治理经验。他们先进行了勘察调研，同时结合逐渐成熟的客观条件提出了初步设想，“珲春的城市发展建设规划应有高起点，不仅要把形象工程做好，更重要的是要安排好建设实施的顺序，避免走一些城市在发展建设中以损害生态为代价的边勘察、边设计、边施工做法的弯路，使珲春真正实现山清水秀、四季宜居”，这也和她的观点不谋而合。

珲春市委市政府的领导充分听取和采纳了同济大学专家们的宝贵意见，并当场拍板，准备在马滴达公社二道沟附近兴建老龙口水库，同时在珲春市兴建独特的水景公园。令人欣喜的是，在短短几年的时间里，蓝图就变成了现实，老龙口水库建成，集环保、绿化、景观为一体的龙源公园现已对外开放，填补了珲春市无公园的空白。

程俐骢退休后一直惦记着她的第二故乡珲春，几乎每年都要到珲春探亲、走访。尽管她已白发苍苍，年逾古稀，却仍然牵挂着珲春的建设和乡亲们的生活情况。2012 年，是上海知青到珲春插队落户四十三周年，她特地陪同年事已高的母亲乘飞机、坐高铁，风尘仆仆地来到了日思夜想的珲春市春化镇五道沟村，见到了久别的亲人。程俐骢陪同母亲挨家挨户登门拜访了朝鲜族老乡，亲切慰问并送去了见面礼，还把集体户知青刘亚卿和自己捐献的 1 万元转交给五道沟村老年人协会，表达了知青们的一片心意。

游子恋，珲春情。时至今日，程俐骢实现了自己多年的夙愿，为第二故乡珲春的发展建设尽了绵薄之力。

珲春，她的第二故乡，她的一生与珲春结下了不解之缘。虽然她已离去，但是永远活在珲春人民和上海知青的心里。

金塘五队的爱心传承

范文发

1969年3月6日，上海知青来到了金塘大队。金塘五队高队长对远离父母的上海知青关怀备至，而知青们也将他视为自己的家长。镰刀缺了口、锄头断了把都去找高队长修理；男生争斗、女生拌嘴也去找高队长评理；连集体户揭不开锅也要往高队长家里跑，其实高队长家也是吃了上顿愁下顿的。记得有一年冬天，小黄胃痛，高队长将家中仅存的一点小米拿出来熬粥让小黄吃，而自己家孩子发高烧却只能吃玉米面饼子。现在谈起此事，小黄还会掉眼泪。

后来，高队长的孙女高红花考上了江西财经学院，成为金塘村第一名朝鲜族大学生。那时，高队长已经离世了，不幸的是高队长的儿子又突然去世，家里没有能力供红花上大学。这年夏天，正巧集体户

1969 年 3 月，金塘五队知青留影

知青吴克荣去东北出差，特地到金塘村去看望乡亲。当见到愁眉苦脸的红花时，吴克荣当即表示一定要资助红花上大学。

这个消息迅速传到了当年在金塘五队插队落户，如今分散在全国各地的十六名上海知青那里。一时间，原集体户户长张妙旗接到了来自上海、四川、江苏、浙江、广东、安徽等地知青的电话和书信，大家一致表示愿意资助高红花上大学。于是大家出主意、定方案，一份“大学四年资助方案”落实了。其中有不少人已经下岗或退休，但他们硬是在本就不多的收入中挤出了一笔资助款，说什么也不让减免。

那年春节，十六名曾在金塘五队插队的上海知青集体出资邀请高红花到上海，与未曾谋面的上海知青叔叔阿姨们相见。趁此机会，我托户长张妙旗将《回望中国知青》《白山黑水——一个上海知青的尘封日记》两本书转交给高红花，让她了解当年上海知青是怎样远离故土，又是怎样将当地乡亲们当作自己的亲人的。同时，我对张妙旗说我也是高红花在上海的叔叔，是第十七名资助她上大学的上海知青。

在上海知青的资助下，高红花顺利完成大学学业。毕业后，她一心想要到上海工作，一是向往上海这座大城市，二是上海有这么多亲如家人的叔叔阿姨。如今，她在上海有了自己的事业，也有了自己美满的家庭。

收工途中

张素文

1969年3月10日，那是我永远忘不了的一天。那一天，上海彭浦火车站人山人海，我与近千名赴延边插队的知青坐上开往北方的专列，开启了人生新征途。在彭浦火车站，随着一声汽笛的鸣响，我挥泪告别了前来送行的家人和同学，告别了黄浦江，告别了大上海。车轮滚滚，列车一路前行，经过了三天三夜的旅途颠簸，列车终于将我们送至位于祖国边陲的吉林省延边朝鲜族自治州和龙县。下车之后，我们受到当地各族人民群众的热烈欢迎。当晚，大卡车把我们送到了德化公社柳洞大队第二生产队。

长白山脚下延边地区的3月份，虽说是初春时令，可也是乍暖还寒，远山和田野处处都是白雪皑皑，银装素裹。初来乍到的这些江南长大的城里娃，可都从来没有见到过如此冰天雪地的景象，这让我们充分领略到了美丽的北国风光。当我们到达山村时，映入眼帘的是大山脚下的数十间茅草房，我们不禁震惊于这里陈旧且样式基本相同的农村草房。全村共有六十多户人家，只有两家是汉族，其余全是朝鲜族农户。我们这个集体户里的二十七名上海知青分别来自上海三所中学，有十二名男生和十五名女生。上海知青的到来打破了小山村往日的寂静，给这个偏僻的小山村注入了活力，同时挑战和问题也接踵而来。首先面临的难题就是集体户的房子还没有盖起来。于是，我们这些知青就散居在本屯的社员家，与他们同吃同住，共同生活。我被分配到千金哲家居住，这是一个五口之家，男主人是大队兽医，女主人是位心地善良的朝鲜族大嫂，家中还有三个年纪尚小的女儿。当地农宅大多是一个大炕连带两个小炕，朝鲜族习惯进屋就脱鞋上炕，两个单间是用纸糊的木头框推拉门隔开的，我单独住一间小屋。我的房东大嫂既勤劳又善良，她每天用汉语与我交流，关心我的冷暖，照顾我的生活。她把家中最好的东西留给我吃，还以对待贵宾的态度招待我，让我和千大哥共进晚餐。我不好意思，于是邀请他们全家一起上桌吃饭。我在千大哥家居住近一年的时间里，得到了无微不至的关心和爱护，每次劳动要带盒饭，房东大嫂都会给我装好吃的饭菜。这一家人善良热情、待人真诚的品德深深感动着我。当集体户住房盖好之后，我便搬至集体户居住，但大嫂仍旧没有忘记我，每当她家做好吃的食物时都会让她女儿来邀请我去家里吃饭，或是将饭菜送至集体户。当我回上海探亲时，这一家人还给我准备了山货。这真可谓是亲如家人啊！

梦想的美好往往源于人的主观想象，然而严酷的现实才是我们必须直面的事实。当我们来到农村插队一段时间之后，新鲜感随着时间的推移渐渐淡了，代之而来的是干农活的疲惫，这对我们每一个知青来说都是严峻的考验。队里每次铲地都是一人铲一条地垄。我们使用的是朝鲜族式的短杆锄头，所以必须弯着腰铲地。刚开始铲地时，大家站在同一个起跑线上，一眨眼的工夫，许多农村社员都铲出了好远，等他们铲完还不见我们集体户几位女生的踪影。尽管汗水浸湿了我们这些柔弱女生的衣服，腰酸得直不起来，两条腿只想跪下用力，但我们几个仍赶不上社员，每次都是等先铲完的人前来接垄助力。即使是在这样艰难困苦的处境中，我们也依然坚持着，没有退缩，艰苦劳动磨炼了我们的意志，让我们坚强了起来。在三年的知青生活中，通过农村父老乡亲的“传帮带”，我学会了种地、插秧、除草、割稻禾、收割玉米和黄豆、刨土豆、担蜂箱等农活，还学会了上山打柴火、顶水、做饭等家务活。

朝鲜族老乡勤劳勇敢，友善乐施。有一件事情，至今仍让我难以忘怀。那是我们下乡当年的初夏，当时生产队为我们新建集体户住房的工程已接近尾声。在铺盖房顶时，生产队的朝鲜族社员南吉风不慎从房顶跌了下来，摔成了重伤。生产队协商后决定将其送至上海进行医治。我将此情况告诉了上海的父母，当时生产队派我的房东千金哲护送南吉风乘火车赶至上海住院治疗。那段日子里，我的父母、姐姐和弟弟都给予了他们无微不至的关怀和帮助，待南吉风手术之后，他被接至我家继续进行康复治疗。我们集体户其他知青的家人们也常到我家看望和慰问南吉风，就连我家的邻居也对他关怀备至。

当年延边山区的生活物资是匮乏的，环境是艰苦的，我们的身心更是煎熬的。除了每天起早贪黑进行田间劳作之外，由于身处边疆的反修最前沿地带，我们还肩负着保家卫国的重任。我们集体户知青战友全都被列为基干民兵，时不时地还要集合起来进行军事训练。我们白天出工累弯了腰，晚上还要参加生产队召集的各项政治与生产会议。

1970 年初春，我与宫晓庆摄于收工途中

我们下乡的第二年，国家便开始针对知青出台了新的政策，招工、招生、招兵开始了。我们集体户知青有的当兵去了部队，有的被招工去了厂矿企业，还有的被选送至大专院校。1972 年，我们集体户一下子就有五位知青被招工去了辽源地区，我被招工去了吉林省辽源市无线电厂。

弹指一挥间，半个多世纪过去了。每当回首走过的路，许多往事又重现在眼前，点点滴滴盘旋在脑海里，我便会情不自禁地想起自己当年插队农村接受贫下中农再教育的艰辛岁月。青春如梦，岁月似花。我在延边插队落户的三年里，山区农村生活虽然艰苦，但磨炼了我坚强的意志，更是教会了我许多做人的道理，让我在以后人生的道路上走得更加稳健和踏实。我爱延边的山，爱延边的水，更爱延边的父老乡亲。退休之后，我曾于 2012 年、2014 年和 2018 年三次回到延边，回到那个曾经插队落户的小山村，去看望那些曾经扶持我成长的父老乡亲们。当年贫穷落后的山村如今变美了，一排排宽敞明亮的砖瓦房取代了过去低矮的茅草屋，笔直的水泥村道连接起村里的家家户户。虽说当年熟悉的村民们有的去了城里，有的出了国，但是不管当年与我同甘苦、共患难的乡亲们去了哪里，我都不会忘记他们，不会忘记胜似亲人的房东一家人，不会忘记与我同在一个屋檐下、共吃一锅饭的知青战友们。

愿我的第二故乡更加美丽，愿好人一生平安！

真情撑我坚守十年

柳文丽

1969 年 3 月 19 日，我随上海市京西中学的同学来到吉林省怀德县柳杨公社徐家六队插队落户。这是一个自强奋进、团结互助的集体，在几位高中大哥大姐的带领下，大家将集体户的劳动与生活安排得井井有条，我们集体户曾先后被评为吉林省、四平地区、怀德县先进集体户。由于我身体比较羸弱，得到了来自集体户很多知青的呵护和关爱，大家知道我干不动农活，就尽量照顾我，让我在家烧饭，这也是我的特长。虽然当时条件艰苦，但大家齐心协力就也没有生存之忧，且处处感受得到温暖。

三年后，在原有集体户里大部分同学被招工调干或是上学去的同时，不断有新的知青并入集体户，因此人员与管理发生了较大的变化。

我意识到一定要参加农田劳动，只有拿到工分才能养活自己，才能有被招工的希望，于是，我开始每天在生产队的农田里耕作。

农田劳动对我来说确实是很大的考验。就拿铲地来说，长长的垄一眼望不到边，我一板一眼地认真干活，可即使我使出浑身的力气，也无法赶上大家的进度，往往是我还没干多久，就被远远地落下，甚至看不到别人的踪影。每当这时，我就有一种叫天天不应、叫地地不灵的感觉，泪水汗水交织在一起，不知如何是好。想到我上海的家也

知青们出工去参加农田劳动

是贫困户，父母养不起我，且规定每两年才能回去一次，在家住的时间还不能太长，为了养活自己，我必须坚持，哪怕头昏眼花，也依然聚精会神盯着每一棵小苗，生怕误把小苗铲掉。一天下来，汗湿衣衫不说，常常筋疲力尽，还不能完成规定的任务。好在身边不乏好心人，队里的乡亲们非常纯朴善良，好姐妹刘淑芳、刘淑香、余小影等见状都向我伸出援助之手。她们开始在铲地时有意排在我左右，将我夹在中间，看似无意地帮我铲掉一锄头的草。虽然我干活比较慢，但我始终秉承一个原则，干活必须认真不能偷懒。队长查垄我一次也没有被查到，因此得到了队长的认可[1)]。

转眼到了秋天，割麦子和高粱是更繁重的体力劳动，不仅需要力气，还需要技巧与好的工具。当时派工的生产队干部见我实在无法胜任这项工作，就安排我去干些零活，比如码高粱——就是将别人割下捆好的高粱穗摞起来，摆放整齐；又比如派我去看场院——看管场院上堆积着的收割下来的苞米不被家畜糟蹋；再比如让我干轻一点的农活，或者跟着妇女队干活，使我能干得动，减轻了我的精神压力。

随着时间的推移，我与乡亲们结下了深厚的友谊，其中有几件事情是我终生难忘的。

那是一年冬天，零下 30 多摄氏度的天气，我住的泥草房挂满了霜，连盖在身上的两层棉被也结霜了，冻得我睡不着觉。正当我一筹莫展时，老冯家大娘得知此事后，第二天就给我送来了一床鹅毛垫。大冬天他们自家也是需要这床鹅毛垫的呀，我再三推辞，但大娘执意要让

1）所谓查垄，就是队长检查草有没有铲干净。

我用，我的泪水夺眶而出。这无异于雪中送炭，世上还有什么比这个更令人温暖、感动的呢！

还有当我生病，独自躺在炕上想家想父母时，乡亲们都会及时来探望我，给我送来热气腾腾的饭菜，虽然是玉米面饼子加点蔬菜，可对我来说就是美餐，解决了我的困难。

回想那段时间，由于集体户知青流动性太大，已无正常的生活秩序可言，断炊亦成常态。乡亲们得知这种情况后，经常轮流邀请我去他们家吃饭，还送点黄瓜、西红柿之类的蔬菜给我。其中，刘陈氏家是我去得最多的一家，我们都管她叫七奶。但我深知他们也是不容易的，所以更多的时候是自己苦撑着，不饿着就行了。

这里还要说两个怀德知青刘志田和小贾，他们年龄比我小两三岁，却对我这个大姐关怀备至，我们在一起也很聊得来。记得有一年春节前后，我一个人留在集体户，刘志田家在公主岭，他完全可以回家过年，但是当他看到只有我一个人在集体户时，毅然决定留在集体户过年，陪伴孤独的我。艰难环境中的友情弥足珍贵，他后来去参军了，至今我们还有联系。我把这段友情放在心中很重要的位置，每每想起还对他充满感激之情。

艰难时期受到队长和乡亲们照顾的情景我铭记在心，队长带领我们出工的情景让我难以忘怀。滴水之恩当涌泉相报，我思考着怎么做才能报答他们。我从小积累了一些生活经验，比如擅长织毛衣，而且比一般人织得快且好看。当时的东北农村人几乎未见过穿毛衣的，看到我们知青穿的毛衣都很喜欢。我就利用冬天农闲时间给他们织毛衣，教他们织毛衣。我一心想着快点织，基本三天就织好一件毛衣，前后总共织了十几件。我还帮助乡亲们裁剪，做大人小孩的衣服，帮他们纳鞋底做针线。总之，我以自己的微薄之力和最大的诚心来回报他们。

就这样，集体户的老知青走了，新知青又来了，但我始终没有等来招工的消息，我成了集体户中第一批来，最后也未走的留守者。1978 年，党中央调整了有关知识青年的政策，我终于在 1979 年 1 月回到了阔别已久的家乡上海。其实，当时中国的农村生活，苦与累是常态。无论是道理还是现实，都让我懂得了必须劳动才能得食，这是我坚守的唯一选择，而徐家六队淳朴的乡情则是我十年坚守历程中的强大支撑。

难以忘却的怀念

夏良怀

我在延边农村七年的插队落户岁月，就像图们江水中的浪花，与我渐行渐远。但是，我们延吉县德新公社长洞五队朝鲜族下放干部权钟风的音容笑貌，一直在我的脑海中浮现，让我经常想念他。

1970年春节后的一天晚上，我洗漱完正准备睡觉时，“吱嘎”一声，门忽然开了。只见两个人进到屋里来，一个是妇女队长崔仁子，一个是较瘦的高个头的陌生男人。通过仁子姐的介绍，得知他叫权钟风，朝鲜族，在吉林省森林勘察设计院工作，全家下放到我们长洞五队。仁子姐介绍完情况后，老权热情地握着我的手，操着带有朝鲜族口音的汉语说：“你们比我先到长洞五队，干什么都比我熟悉，请你们以后多多帮助我。在以后的工作、学习中我们会经常在一起，祝我们合作愉快。”

语言是情感的桥梁。我们来到朝鲜族生产队还不到一年，由于语言不通，在情感上与贫下中农存在一定距离。但只要下放干部老权在场，我们就会感觉到与朝鲜族老乡有话说，有事做。这让我觉得老权平易近人，和蔼可亲，气度大方，而且他知识渊博，于我而言，老权像严师，似兄长。

1970 年 8 月下旬的一天下午，我经过老权家门口，看见老权一个人坐在门口的石阶上，手里拿着一根刚烤好的玉米，用嘴巴“呼呼”地吹着上面的炭灰。“夏良怀，过来吃烤玉米！”老权叫住我，随即把一根玉米掰成两半，递给我半根。一股新玉米的清香味扑鼻而来，沁人心脾，大颗的玉米粒嚼在嘴里又香又糯又甜。“你看，对面试验田里的玉米长得多好啊！咱们现在吃的就是试验田里的新玉米。”顺着他指的方向望去，山沟对面防空洞边上大豆地里的庄稼一片墨绿，红、白、黄色的玉米缨子交相辉映，引人注目。“记住，科学种田就是变着法子向土地多要粮，增产、多产是目前农村经济发展的方向。”老权笑逐颜开地对我说。望着老权被太阳晒得黑黝黝的脸膛和炯炯有神的大眼睛，我打心底里佩服他。是的，农民最大的愿望不就是希望出好粮、多出粮，将粮卖个好价钱嘛。

想当初，老权提出要在大豆地里搞玉米串带试验，引来了不少异议和反对。农民们脸朝黑土背朝天、二头黄牛抬大杠、三齿小锄打天下，多少年来一直是沿袭旧传统、旧习惯种田。他们怕玉米生长抢夺大豆的肥源，怕玉米长高了影响光照，导致通风不畅，耽误大豆授粉……

甚至有个别人戴上有色眼镜胡说八道、上纲上线。老权坚持不懈、苦口婆心地申辩，又得到了公社农办、大队党支部的支持，最终生产队勉强同意拨出防空洞边上的地作为试验田，抽调了包括我在内的两个年轻人与老权组成了一个科学实验小组，老权担任组长。从选种、耕地、施肥、除草、间苗，到测算行距、株距、风向，老权都仔细地写在纸上。他苦思冥想，翻阅了很多农业科技资料，总结出了种植玉米所需的肥料比例，1:2:1:1，即 1 份牛粪、2 份草炭、1 份人粪、1 份化学肥料。在玉米地、谷子地里串带划线的方法也是他根据森林勘察的经验创造的。划线人右手持一根长竹子，站在地头，瞄准好对面的目标后，向着目标缓缓前进，所经之处就会划出一条笔直的线。接着，按照直线上的划痕，第一个人用三齿小锄刨出一个个土坑，第二个人往坑里浇水，第三个人放肥，第四个人放种子，第五个人拢土、盖土。这样，大豆地玉米串带工序就结束了。这一套先进的生产工序得到了延边州农业管理部门的肯定。

老权的爱人下放前是一名普通工人，下地干活可以拿工分，而老权是干部，每个月到公社领取固定工资，所以他干活是拿不到工分的。但他偏要顶住多重压力，不遗余力地搞设计、勘察、下田劳动，这究竟是为什么？老权告诉我，他是珲春农民的儿子，他深深地热爱着这片黑土地，热爱着这里的人民。他是共产党员，始终坚持人民的利益高于一切！

辛勤耕耘终于结出丰硕成果。1970 年冬季打完粮后，粮食总产量比 1969 年增加了四成，这是在不增加一分土地的情况下收获的粮

在庄稼地里忙碌的老权

食。于是，1971 年，长洞五队把大豆地里搞玉米串带全面推广到谷子地里搞玉米串带。1971 年全队粮食总产量比 1970 年又多了四成，社员们的经济收入明显提高了。打那以后，长洞五队成了省电台、州电台、县广播站以及省报、州报关注报道的焦点。上海市革命委员会赠送给长洞五队一台上海生产的小四轮手扶拖拉机。中共延边州委第一书记、军分区司令员及县、公社领导干部多次到长洞五队召开现场会。老权出名了，可老权还是以前的老权，常常能在庄稼地里看到他的身影。

1972 年 3 月，在搞兴修水利和农田基本建设的时候，不幸的事情发生了。长洞大队民兵连连长崔相男的妹妹崔京子在排除哑炮时，炮弹忽然炸响，她左手的主神经脉络被炸断，当即被送往延边医院抢救，后又被转至有过断手再植成功案例的上海第七人民医院进行专科治疗。经上海医学专家会诊，决定为她截肢。就在崔京子截肢后，她的哥哥崔相男又因患急性脑膜炎抢救无效去世。崔相男去世，崔京子截肢，这两件大事犹如晴天霹雳，从上海传到了长洞大队，患者家属悲痛欲绝，不知所措。大队党支部、革委会迅速召开了紧急会议，决定派老权代表大队和患者的亲戚一起前往上海处理后事。到了上海，他们一下火车便急急忙忙地赶到医院。京子见到了老权他们，流着眼泪十分痛苦地说："已经两三天了，我哥哥不知跑到哪儿去了。"京子脸色苍白，左手袖管里空荡荡的。望着截肢后躺在病床上的京子，老权强忍悲痛，眼中含着泪，哄她说："不用急，你哥哥患了重流感，医生叮嘱不让他与你见面。我们正好在出差回家的路上路过上海，决定留下来陪你，等你痊愈后我们一起回延边。"京子听完后，情绪终于安定了下来。眼前事情千头万绪、杂乱无章，老权决定当晚就去落户长洞大队的上海知青家里，汇报知青在延边的情况，转交知青写给父母的信件。听说孩子们落户地的干部来到了上海，知青家长们群情振奋，纷纷奔走相告。第二天上午，上海知青家长们全部集中到一位知青家里，老权主持召开了知青家长会议。他说："各位长洞知青家长，今天麻烦大家来到这里。首先我代表长洞大队党支部、革委会，代表长洞大队全体贫下中农，代表崔相男全家向大家鞠躬了！感谢各位家长在我们没到上海之前给予崔相男和他妹妹无微不至的关怀！长洞大队所有的贫下中农永远都不会忘记你们！崔相男家住在长洞二队，崔相男的叔叔家住在长洞五队，他们两家和上海知青都相处得非常好。我们这次到上海，就是有求于二十六位知青家长，希望你们能协助我们把崔相男家的突发事件处理好。"各位家长听到老权讲话后，都慷慨激昂地说："老权，不要紧，长洞农民兄弟的子女就是我们的子女，上海就是你们的家。老权，你就直说，需要我们家长做什么，要钱我们出钱，要人我们出人。""好！谢谢你们，上海的亲人！"老权哽咽着流下了泪水，站在那里好久说不出话。

短短的六天里，病床旁的柜子上、衣橱里放满了家长们送来的饭菜和点心。问候声、安慰声不绝于耳。老权在上海的几天，没有睡过一夜囫囵觉，他睡在病房门口的长椅上，迎来一个又一个黎明。他还时常和医护人员进行交流，以取得他们的照顾和帮助，丝毫不敢有半点马虎。轮流协助陪护京子的知青妈妈们，像对待自己的子女一样为京子擦洗、换衣、喂食。在上海知青家长们和医护人员的精心护理下，京子恢复得很快。

一周后，崔相男的告别仪式在龙华殡仪馆举行，许多知青家长赶来为这个素不相识的人送行。

老权顺利地完成了大队党支部、革委会交给他的任务，离开上海回到延边。老权回来后，送了两包大白兔奶糖给我，还和我说起知青家长在上海车站送别时的场景："当列车启动时，问候声、祝福声、哭泣声连成一片。我望着窗外一张张面孔，心里非常难受，鼻子一酸，像小孩子一样，情不自禁地哭了出来。"

我妈妈曾经噙着泪水给我讲过老权到上海时的情形，"得知老权他们晚上要来，我准备了几道小菜，几瓶啤酒。老权见到我，一口一个妈妈叫着。他一脸的疲惫，眼睛里充满了血丝，身上散发出汗臭味儿。我让他们喝点酒，吃点冷面，然后洗个澡，换身衣服。可老权说什么也不肯吃，说还要赶去下一家。好说歹说，他们两个人才用勺子挖了几口西瓜，就急急忙忙地走了，我真舍不得啊！”

长洞一队一位知青家长也对我讲：“从你家邻居那里得知长洞大队的干部老权要来，我便早早地在大澡盆里放好洗澡水，烧了绿豆百合汤，还买了几瓶啤酒浸泡在井水里。老权来后，介绍了一队知青的情况，也介绍了崔相男和他妹妹的情况。说起这兄妹俩时，他好几次哽咽着说不下去。虽然我百般挽留，老权却只喝了几口绿豆百合汤，就焦急地离开了。”

老权非常认真、迅速地处理了这一突发事件，在上海和延边产生了极大的社会影响力，老权也受到了上海新闻媒体和普陀区乡办的关注，但他谢绝了一切采访。后来，我受大队党支部委托，在老权的辅导下，撰写了一篇《上海延边万里远，一根红线结深情》的报道，被多家新闻媒体采用。我本人也因此受到嘉奖，获得了“延吉县第七届民族团结模范”的光荣称号。

1974 年夏天，下放干部政策恢复，老权被调到位于延吉市的吉林省森调二大队。临行前，老权推心置腹地和我讲：“夏良怀，天下没有不散的筵席。我不想对你四年中的品行、成绩作任何评价，只是希望你一如既往。记住，任何情况下只要有百分之一的希望，就要尽百分之百的努力！”

曾记得，申报基干民兵时，由于家庭政治成分问题，我只能和年纪大的社员一样，当个不拿枪的普通民兵，甚至在后来的二次推荐上学和解决组织问题上屡屡受挫。老权知道后，怕我有自暴自弃的思想，曾多次对我讲："不管你现在遇到了什么挫折，我认为你应该积极要求上进，向党、团组织表明你的政治立场。人的生命历程很长，你应该主动接受政治、劳动、生活的磨炼，为你以后的发展打好基础。你年纪还轻，前途广阔，大有作为。"

曾记得，有一次和老权谈心时，我对他说："我一生中最大的愿望是上大学。"老权听说后千方百计地帮助我，分别在 1971 年和 1974 年两次为我争取了考试机会。

1976 年冬天，我去延吉找过老权，未能如愿。后来听一位在森调队工作的同学说，他曾于 1984 年去看过老权，老权突发脑血栓，已经人事不知。

每当我捧起上海慰问团给我们拍摄的集体户学习的照片，端详着老权和蔼可亲的面容时，回忆起四年的相处时光，一股思念之情油然而生。我没有辜负老权对我的期望，离开延边后砥砺前行，直至从教育系统党务工作岗位上退休。没有厚实的地基，哪有高楼耸立？我将永远感谢延边人民，感谢老权。老权，我想你！

放牛娃的故事

张理敬

在吉林省珲春县英安镇和密江乡接壤处，沿着图珲公路往北的大山深处有条南北走向的山沟，当地人称之为椴木沟。这条狭长的山沟里林木叠翠，山岩陡峭，溪水淙淙，野花遍布，空气清新。

1969 年是我从上海来此地插队的第一年。那年 7 月中旬，生产队的大田农活已进入挂锄阶段，而生产队在椴木沟的牧场却急于补充一个年轻人顶上去。于是，我在生产队长关殿超的安排下，去山里牧场当了放牛娃。那一天，晴空万里，我背着行囊搭乘队里进山拉柴火的牛车，在坎坷不平的路上颠簸了一个半小时，来到了生产队在大山深处开辟的简易放牛场。

在这里，我见到了生产队派去的老饲养员，人称老马头儿。老马头儿的脸膛黑红，看上去朴实而坚定。每天清晨，我跟随老马头儿把圈在围栏中的七十七头牛赶到山坡上，让牛儿们尽情地吃鲜嫩的青草。每当打开围栏时，这些牛就会争先恐后地往外挤，到山坡上去吃草。我手执鞭子一路紧跟在牛群后面，防止有些小牛离开牛群误入密林而丢失。去时想得挺浪漫，我还带了支竹笛，想着放牛的间隙可以坐在山坡上吹吹思乡的曲子，到了牧场后才知道根本没那闲工夫。我每天早上穿行在低矮的树林草丛之中，膝盖以下常常被露水浸透，有时甚至连腰臀部都湿了，靠着风吹日晒和自己的体温，到中午前后裤子才能慢慢变干。每天日落前把牛赶回圈中，我都会在圈栏前一遍一遍地数着进圈的牛的数量，生怕有牛丢失。

在椴木沟放牛期间，我和老马头儿挤在临时搭建的三角窝棚里睡觉，吃住都在一起。我跟他学会了用三块石头架着铁锅做饭，学会了在山沟的小溪里抓鱼。有时我把牛圈好后，老马头儿还让我抓紧去他自己开垦的那一小片荒地里刨土豆、摘豆角、收辣椒，我经常忙到天快黑时才休息。那时的农民是极少有打火机的，也舍不得买火柴，老马头儿教会了我擦石取火。

在深山沟里放牛，苦和累不算什么，蚊虫叮咬也能克服，最难熬的是那种莫名的孤独感。一个十六岁的少年，从繁华的上海来到边疆的深山老林，且又离开了那些同行的知青战友们，独自一人跟着一位老农在山里放牛，这里没有集体生活的欢声笑语，每当天黑吃完饭后，老马头儿就在窝棚里抽着自己种的土烟，打发寂寞难耐的时光，我则在昏暗的小油灯下看书或给父母和同学们写信。临睡前，我常常会站在窝棚前听小溪哗哗的流水声。此时，山沟里除了这流水声外，再无其他声响，显得格外寂静。我抬头仰望天空，思乡之情油然而生。这种孤独的日子我熬了半个月。有一天，生产队长来山里拉柴火，我苦苦央求他，队长终于让我和他一起赶着牛车回去。那天晚上我回到了集体户，分别半月犹如久别数年，仿佛一只失散的大雁重回雁阵之中，心里格外兴奋和喜悦。

在深山沟里放牧的半个月里，我脚上穿的球鞋让树杈子扎过好多次，有一次扎得非常深，尖锐的树杈穿过鞋底将我的脚扎出了血。后来，我将两双鞋垫摞在一起，以增加鞋底的厚度。因为常在树丛中穿行，我带去的两条裤子也被刮破了好几个口子，着实让我心疼了好一阵子。

常言道：安乐让人颓废，磨难能让人成长。在山里放牛的日子里，我过了下乡插队后的第一个生日。那天，我比平时起得更早一些，在简易的锅台内架好火，炖了一锅小鱼土豆汤。吃饭前我快步走向小溪旁，舀了一碗清澈的溪水，给老马头儿的碗中倒入一半，对他说："今天是我的生日，我以水代酒敬您，谢谢您这些天对我的关照！"在深山老林里当了半个月放牛娃，与老马头儿在牧场里同吃同住同劳动，我看到了这位东北老汉面对艰难困苦时的坚韧和顽强，感受到了他待人真诚、善良且大气的品德，这让我这个远离父母的知青在寂静的大山里受到熏陶，并常能感受到被关心呵护的温暖。短短半个月的时间，我仿佛一下子成长和成熟了许多。

当年年底生产队进行年终结算，每个工值 0.21 元，那年我的年终分红是 7.23 元。这件事轰动了全生产队，农民都觉得这个上海来

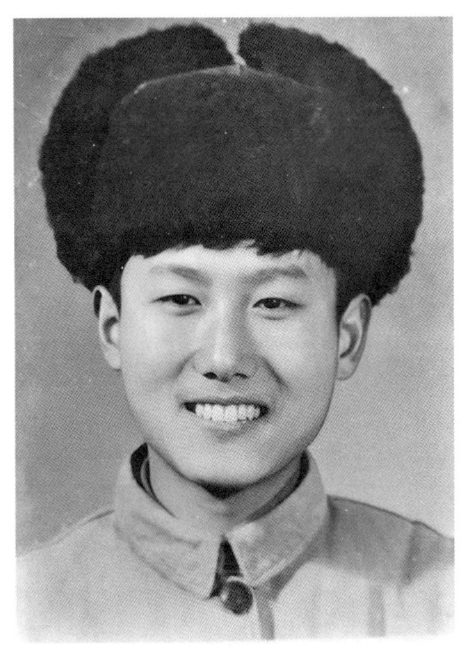

青春的纪念

的小伙子很踏实能干。那一年，我参加了县里首届知青活学活用毛泽东思想积极分子代表大会，并成为县里最早加入共青团组织的知青。在去县城开会期间，外面天气很冷，我戴着这顶皮帽去县城唯一的照相馆拍下了这张照片，并随信寄给了上海的父母。

如今，五十多年过去了，这段往事一直在脑海中留存，难以忘怀。

待到满山红叶时

夏良怀

望着通红通红的梧桐树叶，我回想起 1971 年 10 月的一天清晨，我和崔仁子姐姐一起在牛舍边斜坡地里收割大豆的场景。秋风凛冽，寒气逼人，大地上覆盖着一层白霜，就好像朝鲜族妇女用来裹头的白布巾覆盖在广袤的原野上。一棵不知名的树上，挂满了通红通红的叶子，红光映射到脸上，也是通红通红的。崔仁子姐姐轻轻地摘下了一片红叶递给我并说道：“你看，这片叶子真好看，像是涂上了红色的颜料一样，压在玻璃板下或者夹在笔记本里可以存放好多年。”这一放，我就放了五十多年。

初识崔仁子姐姐是 1969 年 4 月 18 日的早上。那天，贫下中农户长来到我们集体户，给每个知青发了一把短锄，然后指着屋后的一块

黄烟地说："你们今天跟着妇女队长干活，敲烟根，把烟根上的土敲干净后，拿回家去烧炕。"我们三三两两来到地头。一伙妇女、姑娘们早就在此等着了，她们上下打量着我们这些戴绿军帽、穿绿大衣的知青，小声议论着。一会儿，大家一字排开开始干起来，霎时间黄烟地上灰雾蒙蒙。没干多久，一位知青因为手上起泡，突然叫了起来："哎哟，手痛死了。"这时，一位穿蓝色棉大衣，头裹黄、绿、红三色相间围巾的女子跑过来，操着一口不太流利的汉语说："你的手抓锄头把儿时不要抓太紧，这样手会磨出血泡的，知道了吗？""哦，谢谢你，阿妈妮……"该同学话未说完，一起干活的女子们突然发出一阵狂笑。"她是妇女队长崔仁子，人家还是大姑娘呢！"一位妇女大笑着说。仁子姐姐的脸瞬间变得红彤彤的，她腼腆地说："笑什么呀，叫姐姐。"我问她："朝鲜语的姐姐怎么说？""女性称呼姐姐时叫'恩妮'（언니），男性称呼姐姐时叫'努娜'（누나）。"她边说边用树枝在地上写着。打那以后，我们长洞五队集体户的知青们都称呼妇女队长崔仁子为姐姐。

我们刚来农村时语言不通，因此和村里朝鲜族群众交流起来有障碍。但只要仁子姐在场，她总是热情地帮我们翻译。有一次，大队在牛舍开大寨式评工会议，知青和社员们先自报工分，然后根据劳动能力和表现予以定分。公社中其他青年小伙子绝大多数自报价 14 分（每工 4 分），而我则报了 10 分。我的话刚一出口，就引起几个年轻社员哄堂大笑，他们用朝鲜语说："用牛耕地他会吗？哎哟，好好接受再教育，改造自己的世界观吧，只能给他 6 分。"这几个小伙子以为我听不懂朝鲜语，其实当时我已经开始学习朝鲜语，能听懂一些话了。我听后很生气，和集体户的几个同学与他们争吵起来。这时仁子姐姐出来讲话了："作为妇女队长我想说几句。知青从那么远的上海来到长洞五队，非常不容易，首先生活上不习惯，其次也没有多大力气，生产技术不如农民，所以工分评估上有差距是正常的，但也不要将他们的工分压得太低。既然是来接受再教育的，应该以鼓励为主。我看可以给他 10 分，以资鼓励。"话音刚落，不少贫下中农都表示赞成。这 10 分，使知青懂得了劳动的价值，赢得了尊重，也给我留下了深刻的印象。

1971 年，有一次我去智新长柴山沟里打柴，脖子后面不慎被毒虫叮了一下，导致严重感染。老权看到后，带着我到大队，军医为我开了刀，并在刀口处贴上了白纱布。紧接着细菌感染又影响到我的左眼，左眼处也贴了一块白纱布，真是祸不单行，苦不堪言。休息时间长了，我心里闷得慌，便独自一人在黄烟楼旁的小路上数着一二三四五，悠闲地踱步。正巧，仁子姐背着黄色的军挎包路过，看到我这副狼狈的样子，便停下脚步问我："哎呀，你怎么啦？"我把事情经过详细地讲给她听，她听完嘱咐我："你要注意伤口卫生，避免感染面积扩大，还要注意营养，增强抵抗力。"我无奈地笑了笑。第二天中午，仁子姐的妹妹崔英爱来找我去她家，说有事。刚踏进她们家院子，一股诱人的香味就扑鼻而来，仁子姐的妈妈正拿小风箱对着煤炭炉"吱吱嘎嘎"地摇着，小铁锅里正用豆油"滋滋"地煎着荷包蛋和豆腐。我叫了声"阿妈妮"，仁子姐的母亲热情地用朝鲜语招呼我："快点，进屋里来。”一踏进门，只见下放干部老权和朱队长也在。老权告诉我说：“今天和朱队长到仁子家开会，会议结束后仁子对我说你脖子刚做过手术，让你没事也过来坐坐，唠唠嗑。”不一会，仁子姐的母亲进来了，她用慈祥的目光看着我，摸了摸我脖子后面和眼睛上的纱布，用朝鲜语问我：“孩子，不要紧吧？”然后转过身动情地对朱队长和老权说：“唉，真可怜呀，昨天听仁子讲他脖子上开了刀，眼睛又细菌感染了，我听了心里真的很难受，要是他远在上海的妈妈知道了，该多伤心啊……”过了一会儿，仁子姐和她妹妹英爱回来了。仁子姐的妈妈将炕桌放好，依次端来腌萝卜、辣白菜、大豆腐、饼干圈、肉罐头和酒，摆满了一桌子，最后仁子姐端上来一盘香喷喷、黄灿灿的煎豆腐和两个荷包蛋。仁子姐的母亲对我说：“仁子今天早上特别嘱咐我，做过手术的人不但不能喝酒，也不能吃卤水豆腐。告诉我煎豆腐时，要先把豆腐放入开水里煮一会儿捞出来，切成薄片，在两面撒点盐，再放油锅里煎。她真的很细心，以后你想要吃什么就到我们家来吧。”仁子姐坐在边上对我说：“吃吃看，好吃吗？”啊，多么奢侈的享受！这饱含深情的浓浓的“家”的氛围，使我的眼泪在眼眶里直打转，一个“嗯”字尚未说完，喉咙里一下子哽住了。打那以后，我虽然品尝过数不清的美味佳肴，但再也尝不到那令我终生难忘的美味。

1973 年冬天，“农业学大寨”运动深入展开，到处红旗招展，革命歌声随风飘扬。我乘坐东方红拖拉机来到了英东五队，被安排坐在拖拉机后面掌握双轮双铧犁。我每天辛勤耕耘，早出晚归，由于劳动表现突出，我被工地团委批准火线入团。当我捧着“中国共产主义青

我和仁子姐

年团入团志愿书”时，内心激动万分，决心珍惜这来之不易的机会，工工整整、一丝不苟地填写后交了上去。没想到过了两天，公社团委副书记忽然在梯田上找到我，说我没有如实交代我父亲的全部历史问题，填写内容与档案内容不符等等。他的话让我的情绪一下子从巅峰跌到低谷。回到了生产队后，我赶紧找到时任公社妇女队长的仁子姐，沮丧地向她说了入团的事情。仁子姐听后对我说：“你入团的事我已经听说了，我和团委书记了解过你的入团申请，这次公社没有予以通过，不能完全怪你。不要灰心，你来农村后的政治表现大家都是看在眼里的，这次不行，还有下次。组织上入团只不过是一个形式问题，最主要的是在政治上锤炼自己，提高自己的思想觉悟，也就是提高自己对于客观事物的识别能力和处理能力。”后来我才知道，公社团委之所以没批准我入团，是因为里面有一些复杂的历史因素掺杂其中。后来我才慢慢地领悟到，跌宕起伏的人生，就像集体户屋后的山顶，永远都是高低不平的。虽然我没能如愿成为一名光荣的共青团员，但村里的干部、群众一直在帮助我，鼓励我。1974 年公社推荐我考大学未成，又推选我为延吉县第七届民族团结模范，1975年推荐我进了延边制革厂。在填写招工登记表时，仁子姐特别关照我，在书写家庭政治历史一栏时除了真实地写清我所知道的情况，还注明了“本人无法交代家庭全部历史问题，敬请领导查阅档案”。进厂后，我经常去仁子姐的新家玩，她还在百忙中替我织了件花式铁灰色毛线背心。

如今，已从党务工作岗位上退休的我，一想起七年的插队生活就感慨不已。在我处于人生低谷时，我遇到了许多像仁子姐一样的好人，他们用一颗颗诚挚的心、一份份炽热的情、一双双温暖的手托举着我，我永远不会忘记他们！

2008年，我和户长唐瑾回长洞五队探亲时，仁子姐的妹夫朱永春激动地对我说：“她们姐妹俩在世时，经常提到和你们上海知青相处的点滴，说那是欢乐而又难忘的日子。仁子姐于2000年患肺癌病故，她妹妹崔英爱于2006年也被诊断为肝癌晚期，不久后也病故了。在我们最困难的时候，收到了你们集体户和你个人在4月15日分别寄来的为英爱治病的捐款。英爱听说后非常高兴。我代表我们全家感谢你们上海知青！”

从绿叶到红叶，从相识到永远。何日我们再聚首，待到满山红叶时。

踏雪百里送棉被

陈信章

2024年是我们到吉林延边插队落户五十五周年，我已步入古稀之年。我不到十七岁就赴延边朝鲜族自治州延吉县太阳公社仲兴七队插队落户，在延边插队足足有八年之久。虽然现在对许多事情的记忆都模糊了，但是延边的山山水水，延边朝鲜族老乡的音容笑貌还是我们集体户同学聚会时的主要话题，其中有些难忘的事情我还经常向家人朋友诉说分享，说得最多的就是我们的政治队长朴东万踏百里山路给知青送棉被的感人故事。

那一年生产队委派我和集体户的缪振业同学出民工到三道沟修水库。我们民工的生活条件是比较艰苦的，每天吃的是苞米粒和大米混在一起的饭，里面的苞米粒甚至没有磨成苞米糙子，很不容易消化。

睡在临时搭建的大工棚里，进门就是一长排大炕，以每个大队的民工为单位编成一个排，二三十号人就挤在这张大炕上，缪振业睡在炕头，而我睡在中间靠炕尾的地方。当时已经入冬了，排里每天安排一个民工负责烧炕。三道沟周围是森林，水库有专门砍伐烧炕木材的连队，烧炕民工负责从伐木连队那里取来木材，并将木材锯短劈开，一般加三四次木材就完成了烧炕的任务。天气一天天转凉，睡在炕头的人感到很暖和，而睡在炕尾的人则每天都喊冷。

有一天，排长因为身体不适没有出工，留下来负责烧炕。因为睡炕尾的人每天都喊冷，所以排长那天就特别卖力地烧炕，特意多添了几次木材。结果炕是烧暖和了，却把睡在炕头的缪振业的被子烤煳了。他非常内疚，一再向缪振业道歉，同时又打电话向生产队汇报这件事。

1973 年 4 月，我（后排左七）与仲兴七队上海知青钟根堂（左三）、张则群（左五）、丁良珏（左六）、缪振业（前排左五）在田间劳动时与社员们合影

生产队得知这个消息后，负责管理我们集体户的政治队长朴东万马上召开生产队会议，他说："上海知青离开了父母到我们生产队插队落户，他们就像是我们的孩子一样，现在缪振业的被子被烧坏了，大家要想办法解决。"阿妈妮们听闻这件事后特别心疼。那时候物资紧缺，棉布都是凭票供应，家家户户都不够用。但是为了帮助缪振业，老乡们还是你出一张棉花票，我出一尺布票，凑齐了做被子的布料和几斤棉花。上海人将被子里的棉花做成了棉花胎，缝被子只要把被里和被面缝起来就可以。而朝鲜族缝被子则是一个大工程。农村没有棉花胎供应，只能先把被里铺好，然后把棉花均匀地铺平，再用针线绗缝在被里上，最后缝上被面才算大功告成。事后妇女队长告诉我，那天她和另外一个姑娘缝了整整一个下午。

早上起来，我们看见门外一片雪白，原来是昨天晚上下雪了。当我们踩着积雪到食堂打饭时，人们都在议论今天有雪，长途汽车都停运了。我们也因为下雪不出工，窝在工棚里休息。没想到临近中午，工棚里突然闯进来一个背着大包裹的人，只见他脚上的棉胶鞋都被雪包住了，裤腿也被雪打湿了，而且满脸的疲惫。仔细一看是政治队长朴东万。我们都大吃一惊："朴队长，您怎么会来的？今天汽车停运，这五六十里路您是怎么过来的？"朴队长顾不得和我们寒暄，急忙把缪振业叫到跟前，一边卸下包裹从里面取出一床崭新的棉被，一边对缪振业说："生产队知道了你被子烧坏的事情，你不要担心。这床被子是大伙儿给你新做的。你就安心在水库工地工作，今后有什么困难我们也会帮你解决的。"朴队长的言语和举动令我们感动不已，大伙儿把朴队长迎到炕上，让他暖暖身子。闲谈中才得知朴队长今早起来看到大地一片雪白，担心小缪因没有棉被盖而受冻，就决定冒雪走五六十里山路给小缪送棉被。我们摸着这床崭新的棉被，听着朴队长的话语，心里特别感动。延边老乡对我们上海知青无微不至的关心和照顾，让我们感受到了家的温暖，他们就像我们上海知青的亲人一样啊！

吃完午饭后，因为山路漫长再加上冬天太阳落山早，朴队长顾不得休息，急忙往家里赶。想到朴队长回去还要再踏雪走五六十里山路，望着他渐渐远去的背影，我觉得他非常高大。1973 年 4 月，朴队长带领我们五名上海知青在田间劳动时，恰遇太阳公社照相馆下乡为社员服务，于是我们与社员们合影留念，留下了永恒的记忆。

五十多年过去了，每当我看到这张老照片，朴队长踏雪百里送棉被的往事就会清晰地浮现在我的脑海里。

防川之缘

王宝发

人生短暂而又漫长，往事如烟，岁月留痕。随着时光的流逝，或许有些往事已经淡忘，但是我对五十多年前到吉林延边农村插队落户的经历却依旧铭记，特别是在防川的经历给我留下了深刻难忘、不可磨灭的印象。

防川，地处中俄朝三国交界，素有“鸡鸣闻三国，虎啸惊三疆”之称，自古以来就是兵家必争之地。历史上清朝与沙俄曾在防川以土字牌为界，日本与沙俄两军也曾为掠夺中国疆土在防川张鼓峰上交战，燃起战火。也巧，1969 年 3 月初，上山下乡的上海知青刚到吉林珲春，苏联就挑起了珍宝岛事件，大有“山雨欲来风满楼”之势。不久后，敬信公社抽调了三十七名知青，其中小盘岭大队抽调了陈德豪、阮云

1978 年，我（左二）到防川大队水泵站调研

宝、沈佩珍、韩红艳等四名上海知青，与其他大队的知青一起奔赴防川前线。那时一听防川招人，我们小盘岭集体户知青都跃跃欲试，全部报了名，只有我因工作需要被留了下来，但是我的心早就飞向了防川。那以后，我常打听我们集体户知青到防川后的情况，了解他们捎来的信息，他们也没有辜负大家的期望。到防川后，他们为了战备加入了基干民兵队伍，边生产边训练，每天晚上轮流站岗放哨，时常通宵达旦地打山洞，挖坑道。他们在广阔天地大有作为，在边防前哨筑起了铜墙铁壁，不愧是一支保卫边疆、建设边疆的朝气蓬勃的生力军，不愧是防川的优秀儿女。

1978 年，我在敬信公社担任公社党委副书记。为了尽快熟悉公社和各个所属大队，我于1978年初夏到防川大队调研，时任防川大队党支部书记的姜泰元热情接待了我。姜泰元在无意中透露，原来他曾任小盘岭大队党支部书记，后来公社委派他到防川。真是太巧了，我俩都与小盘岭有缘，顿感格外亲切。他跟我讲起了在防川艰苦创业的往事，讲述起那个改天换地的年代。

那是1965年，姜泰元领着二十多户农民来到防川大队落户。初来乍到，立足未稳，偏偏这时，风云突变，他们遇到了百年不遇的洪水，村子里一片汪洋，肆虐的洪水一下吞没了刚刚建立起来的住房，似乎要把他们赶出防川。然而，在姜泰元的带领下，大伙儿战天斗地，治水排水，在图们江畔筑起了一条长长的堤坝，终于根治了洪灾，站稳了脚跟，从此，防川十年九涝的历史一去不复返了。1969年4月1日，姜泰元当选为中共九大代表。参加党的九大归来后，他重新踏查了防川的山山水水、沟沟岔岔，制订了远景规划。同时，他领着农民白天治坡，晚上治窝（盖房），经过几年努力，使大队实现了土地平整化、山水园林化、房屋规范化，把一个昔日贫穷落后的小山村初步建成了社会主义新农村。1978年初夏，我到防川大队调研、采访，欣然命笔，写下了《边疆大寨——珲春县敬信公社防川大队见闻》一稿，刊登于当年8月25日《延边日报》汉文版和朝鲜文版上，使防川闻名遐迩，成为延边农村建设的一面旗帜。

2017年6月8日，我和老伴及小盘岭大队上海知青一行再次踏上了防川这块故土，我们做梦也没有想到，防川发生了翻天覆地的变化。当下的防川抓住了千载难逢的改革开放机遇，利用独特的地理位

我和妻子在防川风景区

置和朝鲜族民俗优势，大力发展旅游业，相继建起了龙虎阁、张鼓峰纪念馆，建起了天下大将军塑像、民族英雄吴大澂雕像，打造了东方第一村，开发了沙丘公园、莲花湖等景点，举办了望三国、观日出、迎接新年曙光和防川民俗村跨年篝火晚会等活动，把防川建成了国家级旅游风景区，成为“吉林八景”之一。

这两张照片，一张是为了纪念上海知青上山下乡五十周年，开展收集老照片活动时，我在翻阅影集时不经意间发现的，另一张照片是重返防川时特意拍摄的。一张是历史照、黑白照，另一张则是近期照、彩色照。无论是历史的或是现在的照片，是模糊的或是清晰的照片，都打开了尘封的记忆，留下了生动的历史记录。

慈母般的呵护

宋爱敏

1976年我因工作需要，从马滴达公社调到珲春县镇郊公社工作。我在营子大队蹲点，居住在烈士家属老安家，平时在老千家吃饭。老千的二儿子千胜范是营子大队的生产队长，生产队的生产、经营等都由他负责，他小小年纪就挑起了重担，不仅搞好了水稻种植，还搞了运输等副业。老千的爱人换着花样为我们做丰盛的饭菜，有大米饭，还有炒米糕、炖豆腐、辣白菜和酱汤等，我感觉阿妈妮好能干啊！由于我经常在老千家吃饭，一来二去，便与老千一家人逐渐熟悉了。谁知，这时我的工作发生了变化，1978年上半年，我被调到县团委工作，并去省委党校学习，离开了老千一家。我还以为今后与老千家见面就困难了，但也许是我与他们一家有缘，当年下半年我被分到县委干部宿舍，恰巧就在老千家对面。原来老千的二儿子从事了房地产行业，盖新房让父母住了过去。这下，我们两家成了邻居。

那时我和宝发结婚一年多，已怀有身孕，但宝发还在远离县城的敬信公社上班，无法照顾我。阿妈妮见状主动上门帮忙打理家务，不时送来好吃的打糕、辣白菜等，与我亲似母女。

当年 9 月 30 日下午，我突然腹痛难忍，即将要临产了，我告诉阿妈妮后，老人家马上拖来了手推车，和宝发一起将我送到县医院妇产科。9 月底的东北天气凉飕飕的，但是阿妈妮到医院时已大汗淋漓。阿妈妮将我安顿好后，又急忙赶回家准备晚餐。我住院分娩期间，正值国庆佳节，医院除值班医生外都休息了，病人也很少。这时阿妈妮送来了可口的饭菜并安抚我，宝发陪我在县医院院子里来回走动助产。10 月 4 日凌晨，我被推进了产室。临分娩前，阿妈妮赶紧打了几个生鸡蛋，叫我喝下，她说喝下才能有力气生小孩。果然，我喝下去后确实感到有了力气。婴儿呱呱坠地后不久，护士抱着孩子走出产室，阿妈妮看到孩子，高兴地用朝鲜语叫起来：“是男孩！是男孩！”我感动得掉下了热泪。一天后，她又和宝发一起用手推车把我从医院推回家中。

宝发的陪产假结束后，他及时返回工作单位上班了。整个月子期间，都是阿妈妮忙前忙后地照料我。因我身体虚弱，需要补充营养，宝发不时托人送来鸡肉、鸡蛋、河鲫鱼等食品。阿妈妮每天都把炕烧得暖暖的，给我炖鸡汤、河鲫鱼汤，熬营养粥，为孩子泡奶粉、洗尿布，还帮我们打理菜园。知青或同事上门探望我时，见到忙碌的阿妈妮都

民族友谊花盛开——我和宝发与阿妈妮一家的全家福

啧啧称赞。是的，没有阿妈妮的精心照料，我的身体不会恢复得那么快，我的儿子也不会长得那么壮实。阿妈妮虽不是我的亲人，却胜似亲人。在我最艰难、最需要帮助的时候，她像慈母般照顾我，使我顺利渡过了难关。

1978年底，宝发调回县委办公室工作后，我们两家经常走动，亲密无间。1980年6月，我们被调往安徽屯溪，临行前，拍下了这张珍贵的全家福照片。照片前排中间坐着的是阿妈妮和老千，老两口抱着大孙女和二孙子，我和宝发也坐在前排。后排左起是阿妈妮的小儿子和三闺女、二儿媳妇和二儿子、大儿子和大儿媳妇。一大家子面带微笑，画面温馨祥和。离开那天，阿妈妮执意搭乘公交车与我们同行，一直送我们到凉水车站才依依不舍地返回。

回到安徽工作后，阿妈妮如慈母般呵护照顾我的情景仍历历在目，我叮嘱儿子将来有机会一定要去拜访、报答她老人家。1989 年夏季，正巧全国报业在延边召开广告会议，我带着儿子一起去参会，会后马上赶到珲春去找阿妈妮。当时珲春正在进行基本建设，老街道、老房子已被拆了不少，我都认不出来了，好不容易找到我们以前的住址并见到了老千，我们不禁喜极相拥。了解得知，他们的大儿子到韩国打工，二儿子的房地产生意也有了一定规模，闺女已嫁给邻队的转业军人，小儿子去当兵了，唯一遗憾的是阿妈妮前几年因肝癌去世了。这些年我虽一直想与阿妈妮保持联系，但因种种原因未能如愿。当听到这个不幸的消息时，我控制不住情绪，泪水夺眶而出，泣不成声，眼前浮现出阿妈妮慈祥的面容：圆圆的脸庞，慈眉善目，笑起来嘴角两边会露出浅浅的酒窝。然而，我敬爱的阿妈妮就这样悄悄地离去了，怎能不让我悲痛万分？

如今，半个多世纪过去了，我依然保留着这张全家福，阿妈妮如慈母般呵护照顾我的动人画面，一直在我脑海里挥之不去。

我们永远的妈妈

何永根

有一段感人的故事流传了半个多世纪。曾经在延边和龙农村插队十年的上海知青姚祚塘、林小兰夫妇，在下乡期间与没有一点血缘关系的朝鲜族老妈妈李生今共同生活了十年。1979 年知青大返城时，夫妇俩又义无反顾地把这位孤寡老人带到了上海生活，并且帮助老人在上海落户。他们相依为命，一起生活了二十二年，直至老人去世，最后按照老人的遗愿，夫妇二人把老人的骨灰安葬在延边和龙大地。

1969 年 3 月初，延边和龙西城公社西城三队突然热闹了起来，十六名上海知青来到这里插队落户，后来成为夫妇的姚祚塘和林小兰也是这个集体户的成员。集体户知青都来自同一所学校——上海市塘桥中学，姚祚塘是 1968 届初中生，林小兰是 1967 届初中生。

刚到生产队时，上海知青说上海话，朝鲜族老乡说朝鲜语，彼此都听不懂对方说的话。这个偏远的小山沟交通极其不便，而且没有电，晚上漆黑一片，静得只剩下虫鸣声。

下乡后，知青首先要解决生活和劳动问题。由于第一年知青吃的是国家的配给粮，都是高粱米和玉米等粗粮，知青们根本不会做，每天饥一顿饱一顿，生一顿熟一顿。在知青们最困难的时候，有一位朝鲜族老太太来到集体户中，她就是李生今老人。当时她六十七岁，老伴已经去世，而且没有子女。她特别关心这些来自大城市的上海知青，把这些上海知青当成是自己的子女一样来关心照顾。阿妈妮每天指点女知青做饭做菜，料理家务，还帮助集体户养了一头小猪。简而言之，她从心底里把上海知青当成是自己的家人。

生产队成员都是朝鲜族，为了帮助这些知青克服语言交流的困难，下放干部专门在晚上给知青上朝鲜语课，从朝鲜语字母开始教起。在老师和知青们的共同努力下，不到一年的时间，知青们基本上学会了用朝鲜语对话和看朝鲜文报纸。生产队长十分关心知青们的生活，动员老乡们用自己家里的大米换知青的粗粮，老乡们也经常把自己家里的蔬菜和朝鲜族泡菜送给知青吃。

干农活很苦。朝鲜族队里种稻子，初春时节，水田里都是冰碴儿，为了抢农时，大家都需要赤脚下地耙地、插秧，冻得腿都麻木了；夏天，水田地里有许多蚂蟥，说不定什么时候蚂蟥就会叮在腿上，吓得女知青“哇哇”乱叫；夏锄时用的工具是短把锄头，锄草一弯腰就是半天，休息时连腰都直不起来；秋天打场时，半夜就要起来忙碌；冬天上山砍柴火，赶着牛车吃着冻成冰块的干粮，连口热水都喝不上，一去就是一整天。

下乡的第一年冬天，集体户知青都回上海探亲了。第二年春天，姚祚塘和林小兰两个人结伴回生产队，一路聊得比较投缘，很快确定了恋爱关系。没想到回到生产队后不久，林小兰发现自己怀孕了，这在当时可是一件“见不得人”的大事。下放干部给他们做了思想工作，希望他们能够妥善处理好这件事情。当时唯一的办法，就是两个人马上结婚。

几个月后，林小兰快要生产了，阿妈妮每天都会把炕烧得暖暖的。生产那天，小兰从半夜开始肚子疼，阿妈妮摸黑走山路，请来了接生婆，帮助林小兰平平安安地生下了孩子。阿妈妮抱着刚出生的孩子又亲又喊，那叫一个高兴啊！为了给小兰补充营养，阿妈妮把家里下蛋的两只老母鸡都杀了。小两口心想，要不是阿妈妮帮忙，还不知道会发生什么意外呢。小兰激动得直流泪，在她看来，阿妈妮所做的一切，都是自己的父母才会做的事情啊！

集体户共有十六个人，其中十二个男生、四个女生。四个女生挤在一间小卧室里，对于已经结婚并有了孩子的姚祚塘和林小兰来说实在是不方便。李生今老人知道后，立刻把小两口接到她家的草房去，让小两口与她一起生活。因为这个孩子是在延边出生的，他们给孩子起名叫“延民”。1973 年，姚祚塘一家三口住进了阿妈妮家的草房里，白天他们夫妇俩出工干活，便由老人带着小延民。为了带好这个孩子，不论是在打理菜园，还是在洗衣做饭时，阿妈妮都背着小延民，孩子是在老太太的背上长大的。时间长了，孩子不认自己的父母，却离不开这个朝鲜族奶奶了。当时生活条件极其艰苦，没有什么营养品，孩子哭了，只能用糖水哄，可国家发的糖票是远远不够的，于是阿妈妮就教林小兰将高粱、小麦研磨成细细的粉，做出麦芽糖，再冲糖水喂小延民。孩子小的时候，每天晚上会哭闹不睡觉，老太太怕影响小两口休息，就不让小两口看护孩子，自己背着孩子，或是陪着孩子玩。阿妈妮对小延民疼爱极了，成天抱着哄着，把小延民当成自己的亲孙子，每天二十四小时全天候地照顾孩子。小延民呢，也把这位慈祥的“阿迈”当作了亲奶奶。一个上海知青的后代，竟然不会说上海话和普通话，开口就是朝鲜语，因为“阿迈”与孩子交流时说的就是朝鲜语。在这个民族融合的特殊家庭里，因为阿妈妮只会说朝鲜语，所以家庭成员之间用来交流的语言基本上就是朝鲜语。

次年，姚祚塘患了黄疸型肝炎，浑身乏力，在简陋的公社卫生院里只能吊盐水，根本没有什么药品。阿妈妮千方百计地寻找治疗的方法，终于打听到一剂土药方。她铲下桐树皮，与鸡蛋一起煎汤给他服，再把荞麦皮磨成粉放在灶膛里烧，接着把姚祚塘关在屋里，用烟熏他，直到他捂出一身大汗。如此几番折腾，姚祚塘的病竟然奇迹般地好转了。这样的救命之恩，姚祚塘怎么会忘记呢？

小延民该上幼儿园了，但孩子只会说朝鲜语，一句汉语都不会，阿妈妮怕孩子到汉族幼儿园会受到欺负，对小兰说：“如果你们真要把孩子送去幼儿园，那我就和孩子一起去上课。”阿妈妮就这样送孩子上、下学三个月，她发现没有人欺负小延民，才不再“坐班”了。

姚祚塘和林小兰结婚时，当地政府下拨了一些木材给他们。姚祚塘利用这些木材，认真地为阿妈妮把草房好好修缮了一番，不仅换了新的门窗，还粉刷了土墙，换了新的房顶，让原来破旧的草房“旧貌换新颜”，乐得阿妈妮合不拢嘴。

朝鲜族村民非常重视生日。当地的习俗是小孩过生日时，一群小孩去捧场；而老人过生日时，助兴者则是老人。每年阿妈妮过生日，林小兰夫妇便请来几位年长的朝鲜族老人来给阿妈妮祝寿。餐桌上摆满了各种菜肴，有晶莹的绿豆芽、黄豆芽和雪白的豆腐，还有自家做的打糕。虽然不像现在的“生日宴”那样有鸡鸭鱼肉、蛋糕蜡烛，但是清苦的岁月里也有一样的欢乐。

在 1969 年到 1976 年期间，集体户知青招工的招工，上大学的上大学，回城的回城，同去的知青全部离开了生产队。因为知青只要结婚就失去了招工和上学的机会，所以集体户最后只剩下姚祚塘和林小兰两个人，想不到两口子在农村坚持了十年，实在是太不容易了！这十年的时间里，两口子曾三次带领阿妈妮回上海探亲。

1979 年知青大返城时，公社书记找姚祚塘谈话，想听听他对今后的想法，姚祚塘对书记说：“如果知青能够回上海，我只有一个要求，要走就全家四口人一起走，要么就都不回去。”其实姚祚塘自己也说不清楚为什么自己会对延边那么依恋，那么有感情，对于回上海一点儿也不迫切。回到生产队，乡亲们也对他们两口子说:“你们走了，阿妈妮怎么办？她一个孤寡老人，已经离不开你们了，一旦你们走了，老人就没有了精神依托，随时都可能发生意外，老人家也活不长了！”

两口子的父母也表明态度：“欢迎恩人来上海生活，如果你们回上海，必须带着老人一起回来。”当时大家的生活都很困难，买什么都得要票，老人户口暂时报不进来，没有粮食就是一个大问题。但是双方父母表态:“我们每个人省下一口粮,就够老太太吃的了。”从小在“阿迈”背上长大的小延民，离不开“阿迈”，而“阿迈”更是离不开小延民。延民对父母说:“如果只是我们自己回去，奶奶不回去，那我也不回去，我要留下来给奶奶养老。”这种情况下，带阿妈妮一起回上海生活是最佳方案了。

在夫妇俩的安慰和说服下，1979 年 4 月，阿妈妮跟随他们一家三口来到上海。不过老人有言在先：“只住两年，两年以后我还要回吉林的。”临去上海前，生产队想给老太太申请“五保户”待遇，老太太当即就拒绝了，因为她不想给政府添麻烦，姚祚塘也十分自信地对队长说：“乡亲们放心吧，我们能养活老人家。”

因为阿妈妮没有去过北京，所以在回上海的途中，他们特意带阿妈妮去北京参观了天安门和毛主席纪念堂。

上海的家里，林小兰的婆婆早就准备了一套新棉衣、棉裤和棉鞋，迎接这位朝鲜族老人的到来。对于阿妈妮来说，上海这个繁华的大都市是和故乡那个山沟截然不同的地方，但在这里，她感受到了像家一样的温暖。姚祚塘的父母陪着老人家将上海的南京路、城隍庙、人民广场和大世界等著名景点都逛了个遍，也将上海的特产小吃都尝了个遍。

姚祚塘和林小兰刚参加工作，工资低，又需要养活老少三代人，刚在上海安家时，连一件像样的家具都没有，小兰身上穿的都是打了补丁的衣服，夫妻俩精打细算，一分钱恨不得掰成两半用。五个月后，林小兰被招进一家街道针织厂当工人，姚祚塘则在南市区房修所工作，生活状况稍微好转。他们怕阿妈妮在上海语言不通，会感到寂寞，于是给她买了一个红灯牌半导体收音机，让她收听朝鲜语广播。后来他们凑够钱给家里添置了一台 14 寸的彩色电视机。每到晚上，一家人围坐在电视机前，其乐融融地观看电视节目，是阿妈妮最高兴的时候。当时两口子工资只有几十元，不可能想吃什么就买什么，每当家里做了好吃的，两口子先往阿妈妮碗里夹，而老人家舍不得吃，又把好菜夹到延民的碗里，而延民马上又把好菜夹回“阿迈”的碗里，这种跨越民族、超越血亲的感情，真是难能可贵。

她老人家把小两口给她的零花钱全部用在了小延民身上。她到商店买东西时，因为不会说汉语，更不会说上海话，就指着想买的食品，用手指比画着要买的数量，买完后把延民爱吃的食品捧在怀里，小心翼翼地带回家，等延民放学回来后让他品尝。看到延民吃得那么香，她比自己吃还高兴。

每天下班，两口子都会烧上热水，好让老人家洗个热水澡。冬天，姚祚塘先用暖水袋焐热阿妈妮的被窝，然后再让老人家上床。小兰用自己平时节省下来的生活费给老人家缝制了绸缎棉衣棉裤，让老人家穿得体面一点。

慢慢地，延民长大了，姚祚塘当上了区人民代表，小兰被评为市妇女“六好”积极分子，1989 年，夫妻俩还参加了“全国敬老好儿

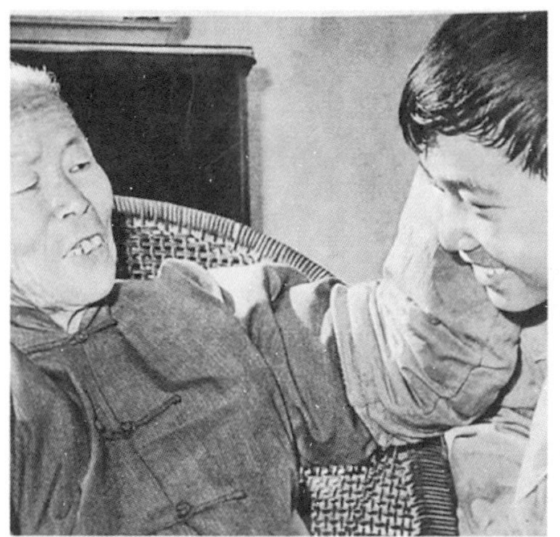
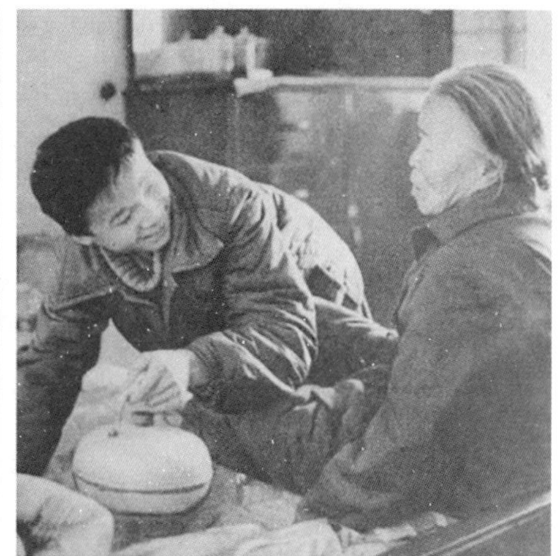

姚祚塘、林小兰一家与阿妈妮

女金奖”表彰大会。生活变好了，经济条件也变好了，一家人的感情也越来越融洽。这一家人，家中大事首先会征求阿妈妮的意见，每次两口子出去办事，都会事先告诉老人家，免得她担心。

1984年，人民日报社的一位朝鲜族记者慕名前来采访，目睹了这个特殊的四口之家，他们的生活虽苦却又甜。这个特殊四口之家清苦却温馨的生活见报后，阿妈妮在上海得到了社会各界的支持与帮助，派出所的警察被他们的事迹所感动，特事特办，解决了阿妈妮的上海户口问题；姚祚塘所属的房管所工会主席得知情况后，分配给他们一套一室半的新房子；小兰单位的领导也经常来问寒问暖，帮助他们解决了许多实际问题。姚祚塘和林小兰的父母十分关心阿妈妮，只要家里做了什么好吃的，就会第一时间把老人家请到家里去。

随着岁月的流逝，阿妈妮的身体越来越不好，林小兰忧心如焚。由于丈夫工作忙脱不开身，林小兰叫来自己八十岁的老父亲，用从居委会借来的推车送阿妈妮去塘桥地段医院。在医院里，林小兰的父亲搀扶着阿妈妮上楼挂号、化验。医生大吃一惊：“什么？她不是你们的亲人？是一位朝鲜族老人？”在为这位“特殊”病人看完病后，医生摇摇头说老人已是到了油尽灯枯的地步了。

1991年冬天，从未患过大病的八十九岁阿妈妮突然陷入昏迷，这下可急坏了两口子，社区工作人员也赶来了，并立即用救护车将她送到医院抢救。弥留之际，老人默默地淌眼泪，似有所思。林小兰凑近阿妈妮的耳边悄悄地对她说：“阿妈妮，我一定把您送回家乡，让您躺在家乡的土地上。”老人欣慰地闭上双眸说不出话。在姚祚塘全家的守候下，李生今老人于 1991 年冬天与世长辞。

两年后，全家人一起护送老人家的骨灰回到延边。因为老人家生前没有坐过轮船，所以他们从上海坐船到大连，然后再从大连坐火车去延边。一路上，姚祚塘小心翼翼地捧着阿妈妮的骨灰盒，还低声细语地和阿妈妮聊天，为她介绍沿途风光。

到和龙西城后，生产队长十分惊讶地说："你们全家人不辞辛苦地把老人家送回来，真是不容易啊！"生产队的乡亲们也十分感动，帮助他们一家把阿妈妮安葬在了一个朝阳的风水宝地。

在那之后，每隔两三年，姚祚塘夫妇就会回到延边，给阿妈妮扫墓祭拜。他们一辈子都不会忘记阿妈妮给他们一家带来的恩情。

魂牵梦绕的“小东沟”

朱大方

1996年，我离开生活工作了二十七年的延边，回到故乡上海。回上海至今也有二十八年了，但当初插队的朝鲜族小村庄始终萦绕在我的心中，此生终难忘怀。

1969年3月1日，我与同校的十一名同学离开上海，来到了吉林省延吉县勇新公社朝阳五队插队落户。这是一个美丽的小山村，坐落在离公社小镇约二里地的山脚下，老百姓称它为“小东沟”。村庄依山傍水，背靠的山坡上有一片苍翠的松树林，村前一条清澈的小河潺潺流淌，真是山清水秀，生态绝佳。村里十一户人家是清一色的朝鲜族，民风淳朴，人民厚道朴实。我曾经撰写了《扎根心田的朝鲜族文化》一文，写作灵感就来自这个美丽的小山村。

延吉县勇新公社地处比较偏远的深山沟，当地朝鲜族社员的汉语水平相对薄弱，我们小东沟的社员更是如此。那时的贫下中农都不大会说汉语，起初有一位退伍军人金吉善来当我们集体户的政治户长，可是他说汉语说得磕磕巴巴的，很难说出一句完整的句子。当时我年仅十六岁，其他同学也就比我大一两岁，社员们把我们看成是小孩子，给予了我们政治上的关怀和生活上的关心，也给予了我们关爱和亲情。

下乡头两年集体户没盖房子，我们都是分散寄住在社员家里。我跟郭寅、陶建等几个同班同学住在大队党支部书记许硖的家里，他的女儿许顺玉是生产队的妇女队长。我们与贫下中农同吃同住同劳动，他们的汉语说得不太好，就用简单的汉语加上用手比画来跟我们交流。有道是“学话总是从学骂人的话开始”，可当我们要跟社员学骂人的话时，他们总会说“这个不好，不要学”，我们从而体会到朝鲜族是一个文明懂礼有素质的民族。

说到政治上的关怀，当时我们集体户包括我在内的十二个人属于“可以教育好的子女”，每天晚上社员们开会学习都会叫我们参加，庆祝“九大”跳舞也拉着我们一起参与。下乡第二年，大队专门为我们集体户盖了新房子。1971 年秋天，集体户新房子盖好后，正赶上公社照相馆下乡为社员服务，我与集体户同学郭寅早就想拍一张照片，但是我们来不及换衣服，就急忙在集体户门口合了一张影。这是我下乡后拍的第一张照片。

我们两个人穿的裤子都在膝盖上打了大块的补丁——那是那个年

代的特征，尽管如此，我们俩意气风发，展现出一副朝气蓬勃的姿态，没有半点萎靡不振。

渐渐地，我跟社员们相处得越来越融洽了，有两三年冬天我没有回家探亲，而是留在村庄跟贫下中农一起过冬、过年。下雪天，村里人要套上爬犁上山打柴，我便跟着村里的青年上山下套，狍子没套上，野兔子倒是套到过。

过年时社员们都来拉着我们到他们家去吃饭，朝鲜族风味的美食至今让我念念不忘，有蘸着黄豆粉的香香的打糕，有海带猪肉豆腐汤，

我和郭寅在集体户房前

有不辣但微咸微甜又爽口的辣白菜，有肥美的明太鱼，还有我最喜欢的苏子叶包饭，好吃的东西说也说不完。集体户有了房子后，社员们教我们在屋前屋后种了白菜、辣椒、黄瓜、豆角、番茄、大葱等各种蔬菜瓜果，看到五颜六色的成熟的蔬菜瓜果，我们的内心充满了收获的喜悦。

后来，一位从城里大学来的老师朴明淑成了我们集体户的辅导老师。在她的指导帮助下，我从学唱朝鲜族歌曲开始，逐渐学会了阅读朝鲜文报纸。坚持了几年后，我还学会了写朝鲜文通讯稿，为我日后成为延边日报社和延边广播电视台的优秀通讯员打下了基础。后来，我被延边州语文工作委员会评为州朝鲜语工作模范，我还因此作为朝鲜语翻译人才被上海市人事局招回上海。

我从下乡第一年开始就担任集体户户长，五队村庄小，只有十一户人家，于是我们集体户十二个人成了重要的劳动力，我也自然成了生产队领导班子成员。在贫下中农的培养下，我不仅入了团，担任大队民兵连副连长,还成为一名入党积极分子。1973 年经贫下中农推荐，公社党委批准，我作为工农兵学员来到延边财贸干校就读。毕业后在县政府、州政府部门工作的时候，我时常回生产队看望社员们。后来县里调整行政区划，将勇新乡拆分给了智新乡和白金乡，并将人口稀少的朝阳五队拆分并入了其他几个生产队。

从十六岁到二十岁，我在这个美丽的朝鲜族小山村度过了人生中最珍贵的一段时间，她伴我成长，见证我青春，让我的人生观逐步成熟。在这里，我领略了人间的纯情与温暖，感受到了朝鲜族人民的勤劳智慧、纯朴善良，重教育、崇礼仪、讲卫生、能歌善舞的“白衣民族”令我终生难忘，这些都是我精神财富中最宝贵的一部分。“小东沟”至今仍是我魂牵梦绕的地方，我深深地怀念着她！

小牛犊

常大为

1969 年 3 月，我和张理敬等六十余名同学一起从上海来到珲春县英安公社八二大队插队落户。我们插队的生产队坐落在图们江畔，隔江望去，江的对岸就是朝鲜民主主义人民共和国。我和张理敬在同屋居住，共吃一锅饭。在这个毗邻朝鲜、苏联的小山庄，我们共同度过了八年的艰苦岁月。在那段岁月里，我们结下了深厚友谊。

张理敬的身材并不高挑，可他有着一张英俊的脸庞。在集体户里，张理敬的年龄最小，可他人小志气高，肯吃苦，又待人真诚，深受集体户战友和当地农村社员的赞赏。他是我们集体户第一个入团的知青，后来还当选为大队团总支部书记，一干就是五个年头。

1970 年冬，集体户首任户长沈裕谦被招工进城了，于是大家一致推选张理敬为新一任集体户户长。张理敬当上集体户户长之后率先垂范、以身作则。他出工出勤又出力，除了在生产队当个好社员之外，还把集体户各项事务安排得有条不紊。在几个社员的帮助指导下，集体户不仅养了两头大肥猪，还养了鸡和好几只小狗，门前的自留地里各种蔬菜长势良好。集体户的生活犹如芝麻开花般节节高。

1973 年，我们集体户被县里评为先进集体户，为此，上海市革委会还赠送给生产队一辆工农 11 型手扶拖拉机。1974 年 4 月 13 日晚上 9 点多，位于集体户南侧几十米处的生产队牲畜棚圈突发火灾。当听到饲养员的呼救声之后，我们集体户的知青迅速赶往火灾现场。只见牲畜棚圈浓烟滚滚，火光冲天，按照生产队长的吩咐，我们先把被拴在牲畜棚圈里的十头耕牛拉出牛舍。在大火肆虐的牲畜棚的角落里，还有一头刚出生不久的小牛犊，它已经被浓烟熏得站都站不稳了，我立刻把它抱起来冲出火场后放到母牛跟前，然后又转身投入火场的扑救中。经过两个多小时的奋战，我们终于将大火扑灭了。第二天下午劳动间隙，当我和张理敬专门去牛舍查看时，这头被我救出的小牛犊似乎认出我们来了。小牛犊走近我身边并发出轻轻的呼唤声，我忽然想到它的举动似乎是在表达着一种感恩之情，于是我让张理敬轻轻地抱住了小牛犊。我快步跑回集体户取来了照相机，拍下了这张和谐的照片。

这张几十年前的老照片，让我们感受到这代知青在苦难中依然对生活充满信心的坚毅和顽强。照片中，张理敬穿着的裤子膝盖处还有用缝纫机缝上的一圈又一圈补丁的痕迹，这种痕迹正是那个岁月的真实写照。

1977年春暖花开之际，在农村度过八个年头的张理敬要去城里上学了。临别之前，他把集体户的水缸装满水，与朝夕相处的集体户战友和前来送别的乡亲们一一握手告别后，还特地来到生产队的牛棚去看望当年被救的小牛犊。张理敬抚摸着壮实的大牤牛，百感交集，激动不已。

张理敬怀抱着小牛犊

第四章 广阔天地

上海知青来到吉林农村，在那个极其艰苦的岁月里，与当地各族群众一起战严寒，斗酷暑，屯垦戍边，共同经历了血与火的考验，把血汗、泪水与最美的青春献给了第二故乡。知青生活给了他们一种力量，锻炼了他们的韧性，培养了他们吃苦耐劳的精神。在这片广阔天地里，知青们更加深刻地了解了中国的国情，知道了什么叫农村，什么叫农民。知青生活成了他们人生中巨大的精神财富。

广阔天地

林敏慧

这是一张意义非凡的照片，一张流传了五十多年的照片。照片中的成员是在延边朝鲜族自治州和龙县头道公社广新三队插队落户的上海女知青、本地女知青和本队女青年，拖拉机是当年上海市政府送的。她们身后是广袤的大地，一群女青年朝气蓬勃，笑容灿烂，正在迎着初升的太阳出工去。上海知青身着从上海带来的衬衣，肩披毛巾，头戴草帽，本队女青年身着朝鲜族服饰，手拿除草工具，最感染人的是她们青春洋溢的笑容。照片反映出强烈的时代烙印，记载了我们这代人的下乡经历，蕴含着朝汉青年民族团结的故事，体现了身处特殊年代的年轻人积极向上的精神风貌和苦中作乐的乐观态度。

延边朝鲜族自治州政协在纪念上海知青下乡四十周年时出版了

在广阔的天地里

《我们年轻的时候》纪念册，画册里收录了上海知青在延边的大量照片，州领导在众多照片中选用了我们这张照片作为封面。在延边州州庆六十周年的画册里，这张照片又是唯一一张入选的知青照片。

照片的拍摄者署名“延革”。我想追寻“延革”了解真相，就是想了却自己的心愿。带着这一强烈愿望，2012 年 9 月 4 日，我第二次回到延边，在延吉工作的顺女找到了生产队的几个女青年。那天我和顺女从延吉驱车前往和龙，居住在和龙的英子大姐、马老师接待了我们，仁子也从龙水赶来。见面后，我们热烈地拥抱在一起，似乎又回到了当年劳作时谈笑风生的场景。英子现在是和龙市作家协会主席，出版过很多朝鲜文小说，经常在一些刊物上发表文章。我们聚会时她带来了两本书，一本是她新出版的《岁月无痕》，里面也有《广阔天地》这张照片，看来这张照片不仅在我们上海知青中广泛流传，也是他们朝鲜族青年引以为傲的佳作。还有一本是和龙市文学联合会出版的刊物《青山里》，为了纪念和龙摄影家协会原主席、和龙文化馆原摄影记者崔正禄，这一期杂志中开设了专栏，刊出了他的获奖作品。其中也有我们这张多次被当作摄影示范作品的照片《广阔天地》。原来，和龙文化馆的摄影记者老崔就是照片拍摄者“延革”。我此行回延边，正想从英子那里了解一下照片拍摄者的近况，却从她的口中得知老崔已在2001年病逝。如果老崔还健在，应该已有八十岁高龄。有遗憾但同时也很庆幸，我们从刊物中了解到老崔一生在摄影这个工作岗位上的业绩，人去影留，他的作品会一直被人们欣赏。老崔曾是和龙县人大代表、政协委员，吉林省模范创作人员，吉林省文联先进工作者，中国摄影家协会会员，吉林省摄影家协会理事，延边摄影家协会副主席。他的两百多幅获奖作品被刊登在各类新闻刊物上，他曾参加过四十多个国内外摄影艺术展。1989年他赴北京参加了中国摄影艺术节，被授予“从事摄影艺术三十年”荣誉证书。

我们共同回忆了当年老崔下乡采风时的情景。那时的老崔是个个子不高皮肤黑黑的青年，他把我们的生产队作为创作的基地，我们在田间地头忙碌时，在收工回来的路上，以及宣传队排练和演出现场，都能看到他的身影。每次见到老崔，都可以看到他身背沉甸甸的照相机包，不厌其烦地给大家拍照。老崔经常会带给我们惊喜，那就是将他拍摄的照片送给大家，我们真的很感谢他。老崔的作品大多表现的是民族团结，知青和老乡和睦相处，知青们努力学习、吃苦耐劳等主题，作品往往能激励年轻人积极向上，充满了正能量。当时生产队的男女青年很活跃，我们的宣传队还参加了延边州文艺会演，集体户还因表现出色而被评为公社、县先进集体户。这些活动为老崔提供了丰富的创作素材，使得我们至今还能看到不少老崔当年拍摄的珍贵作品。之所以称这些照片为作品，既是对摄影师的崇敬，也是对我们那段知青历史的尊重。

记住有这样一群人，这样一代人，默默地为祖国奉献过青春。照片的拍摄者已经离我们而去，照片中有的人也已经离开了人世，但是老崔的作品和知青们的笑容将永远留在世间，留在我们的心中。

小天地，大作为

丁盛荣

1969年3月16日晚上，我们来到了延边珲春县马川子公社五二大队第二生产队，受到了生产队社员的热烈欢迎，还吃了一顿白花花的大米饭。由于集体户土坯房还没盖好，我们便分别住在社员家里。第三天早上，社员端上来一盆食物，嚼起来硬硬的，第一口勉强能咽下去，但是吃到第二口就开始难以下咽了，吃到第三口，女同学的泪水直往下流。下乡没多久，春耕开始了，对于从上海城市到大东北农村的我们来说，艰苦的劳动生活开始了，真正“收骨头”的日子开始了。

在农村的几年中，社员们教会了我们插秧、种地、放牛和养猪。一天夜里，我们集体户知青正躺在炕上睡得酣香，突然外面响起一阵阵喊叫声，大家都惊醒了，于是赶紧穿上衣服，跑到集体户宿舍外面。

我赶着牛车带领知青们出工

只见一帮青年正在用盆盆罐罐盛了水往我们集体户宿舍的烟囱上浇，原来是我们宿舍的木头烟囱着火了，火苗正往房顶铺的稻草上蹿呢。还好社员们发现得早，及时将火浇灭了。

有一次，五二大队第七生产队铁匠铺老崔的爱人生孩子时大出血，生命垂危，需要紧急输血。我们集体户一帮同学与社员们一起赶到县医院，纷纷伸出胳膊让医生化验抽血，积极给老崔的爱人献血。我们集体户张三元同学献了 400 毫升血，加上其他社员献的血，老崔的爱人终于转危为安。第二天，集体户贫下中农户长给张三元送来了老母鸡汤和鸡蛋，让他补补身体。那个时候人都吃不饱饭，肚子里没有油水，每天还要进行十个小时以上的高强度体力劳动，因此献出400毫升血，对身体伤害是很大的。

下乡接受贫下中农再教育若干年后，我们适应了农村的生活，胜任了艰辛的劳动，也能像社员一样熟练地赶牛车了。

后来，我们集体户知青陆续被批准入党，被推荐上大学、当老师、去工厂。有的人成为吉林省农科院水稻研究所所长、水稻育种专家、五一劳动奖章获得者；有的人成为上海中山医院心脏外科专家、中山医院党委纪委书记、吉林大学教授，等等。我本人曾担任过两年五二大队党总支部副书记，我们村里的青年社员们也成长为珲春银行行长、审计局局长、珲春交警大队队长、马川子乡政府乡长……

上山下乡是我们刻骨铭心的记忆，我们感恩上山下乡，感恩乡亲们接纳了我们，让我们这些知青在农村劳动生活中懂得了做人的道理，成为社会主义建设的有用之才。

拍照片

夏良怀

在延边农村插队的那段激情岁月不会再现，但对那段不寻常日子的怀念，对那段情感世界的追思，我将永志不忘。

在那个年代，要想在家门口拍一张生活照片是极为困难的，简直是奢望。

自从下放干部老权带领生产队大搞科学种田后，生产队成为远近闻名的农业学大寨的先进典型，报社记者、上海慰问团成员、县委宣传部工作人员等都来拍照片。

记得那年 7 月份的一天，上午 10 点左右，我们正在铲路边的黄烟地，突然来了一帮人，在田头架起“长枪短炮”。我依旧低着头，弯着腰拼命地往前铲，忽然，耳边响起了熟悉的上海话“侬好！辛苦了！”抬头一看，是两位来自上海的一老一少，我赶忙和他们握手。站在边上的老权笑眯眯地说：“这是从上海来的知青慰问团成员。你收拾一下，陪陪上海慰问团的同志。”我听了非常高兴，扛着三齿小锄，哧溜一下蹿上田埂。

我们一行信步来到了妇女队长崔仁子姐姐家，盘腿坐在炕上聊天，我首先向他们汇报了我和我们集体户的情况。老仇已六十岁高龄了，戴副金边眼镜，眼里布满了血丝，他身形清瘦，看起来文绉绉的。另一个是年轻人，姓余，微胖而老练，我记得叫他老余时，他脸上呈现出一丝尴尬。他们刚刚走了十几里山路，是从成岩大队翻山过来的。

朱队长建议慰问团的两位成员稍事休息再去集体户会见其他上海知青，可他们坚持马上要去。下午，老仇和小余二人跟着崔仁子姐姐、老权和集体户全体成员一起前往防空洞边上的大豆地。人多力量大，不一会儿，大豆玉米串带地的活全部干完了。这时，老仇从仁子姐的背包里拿出了一台照相机要给我们照相。看着这台相机，大伙儿都高兴坏了！老权被安排坐下，我手上拿了本《知青文摘》，被安排坐在老权对面，其他人都按照弧形排列，或站立，或坐着。接着，老权开始给我们讲解文章，这时，摄影师在不知不觉间为我们拍了一张照片，然后换个角度又拍了一张。听说，其中一张被放大成特大型照片张贴在南京西路人民公园后门左侧橱窗宣传栏中。

接着，我们爬上了山顶，一路上欣赏着层峦叠嶂、万木吐绿的美景，不知不觉就走到了西村果树林，老仇兴致盎然地给我和仁子姐姐拍了张田头学习照，又给唐瑾户长和郦伟民拍了张照片。我们继续沿

我的青春

着下坡路走到集体户的菜园子，老仇十分高兴地提议单独为我拍一张，于是我便请慰问团小余为我做“导演”。我戴着老仇的手表，挎着崔仁子姐姐的写有“为人民服务”标语的挎包，迎着太阳，手扶着向日葵。就这样，一张记载着我青春的照片诞生了！后来，老仇和小余多次来到集体户看望我们。

感谢上海慰问团为我们留下了在延边农村生活的美好的、永恒的瞬间，我会永远记得上海出版系统知青慰问团的老仇和余祖德。

集体户的拖拉机

施建平

1969年3月1日我们从上海出发，一路上坐火车、汽车、牛车，3000多公里的路程整整用了七天时间，终于在3月7日到达延吉县太阳公社横道大队第十生产队。生产队是个朝鲜族村落，坐落在山脚之下。全生产队还不足二十户人家，水田旱田各一半，一共只有28垧田地。队里很穷，什么机械化农具都没有，只有几头老牛和破车，社员们习惯使用原始的耕作方式。村里仅队长一人是共产党员。刚下乡时，因为语言不通，我们和朝鲜族队员交流起来非常困难。可我们十六名知青都是有文化有志向的年轻人，什么都可以从头学起，于是，我们开始学朝鲜语，学习做饭、干农活。从第二年开始，我们就变成了生产队里一支生龙活虎的主力军。

集体户知青们高兴地围在手扶拖拉机旁

1971年我们集体户获得了“延边州知识青年先进集体户”的光荣称号。是年11月，上海市革委会为表彰我们集体户，奖励给我们生产队一台手扶拖拉机。我们得到消息后十分高兴，立即把这喜讯告知了正在我们大队学习的上海知青慰问团。拖拉机一进村，我们都高兴地围着拖拉机看个不停，个个笑得合不拢嘴。我们集体户知青围着拖拉机说着笑着，上海知青慰问团的同志及时为我们拍了张照片。这张珍贵的照片我们珍藏了半个世纪，也珍藏在我们全体集体户知青的心中。

这辆手扶拖拉机真派上了大用场。以前我们生产队的水稻脱粒是靠河水驱动风车带动发电机来完成的，天气冷，河水一上冻就不能脱粒了。“铁牛”来了之后，采用柴油机发电就可以顺利进行粮食脱粒了。手扶拖拉机还可以用来翻地、耙地、跑运输，可以说是用途广泛。这辆手扶拖拉机给我们生产队带来了很大的经济效益，为生产队的发展作出了巨大贡献。

广兴大队的难忘记忆

舒培丽

1969 年 3 月，我和广大知青一起高唱着:“到农村去！到边疆去！到祖国最需要的地方去！”乘坐火车来到了延边朝鲜族自治州。说实在的，除了以前在地理课上了解到朝鲜族人民能歌善舞之外，这里的一切对我来说都是陌生的。

经过几天的奔波，我们终于抵达了长安公社广兴大队，社员们用牛车将穿着棉大衣的知青们运上了山岗。由于恐高，我坐在牛车上几乎不敢睁开眼睛。当我们翻过高山，来到一片开阔、平整且被白雪覆盖的山顶时，乡亲们已经在那里迎接我们，带着我们走进了集体户草房。乡亲们帮我们准备了一锅粥和几个馒头，虽然初来乍到，食欲不佳，但那份热情与关怀让我们倍感温暖。

广兴大队“农业学大寨”誓师大会留影

我们住进了用土坯砌成的“套间”，每天吃着窝窝头和咸菜。面对呼啸的风雪，努力适应并生存下去是我当时最迫切的愿望。我从记分员开始做起，逐渐融入了田间劳作的生活。春天，我挑起冻得像石块一样硬的牛粪撒向田地；夏天，我站在滚烫的地面上薅谷子；秋天，我冒着雨雪去收割苞米，双手被叶子划出一道道口子；冬天，我穿着厚厚的大棉袄，在腰间扎上草绳，与农民并肩作战。最令我害怕的是去周围都是冰的井里打水，生怕自己一不小心掉进去。

1974 年我光荣地加入了中国共产党。同年，大队召开了“农业学大寨”誓师大会，我也参加了此次会议，并用实际行动践行了自己的诺言。

那一年冬天特别寒冷，许多知青都选择回到上海，但我选择了留下来。白天，我和老乡一起挖梯田、挑牛粪，晚上我则组织当地青年在集体户学习。深夜，青年们散去后，房间里空荡荡的，阵阵寒意袭来。

炕底没有多余的柴火，我只能用牛粪烧炕，寒冷的空气让我直打哆嗦。屋梁上挂满了冰溜，半夜，我被一声脆响惊醒，原来是糨糊瓶被冻裂了。尽管如此，我仍咬牙坚持，直到春回大地。

那时我暗自下定决心，一定要为自己选定的目标努力，要为自己选定的生存方式负责。

1975 年，我准备回上海读书，老乡们杀鸡宰羊，送我离开了那座大山。尽管后来的岁月里我也遇到过许多困难和曲折，但那段知青岁月给予我的磨砺，让我有了克服一切困难的决心和勇气。

今天，当我再次翻看那些老照片时，我为我们有一个共同的名字“知青”而感到自豪，同时也为那些与我同时代的知青们点赞！这是我们共同的记忆和情感，我们将永远铭记那段岁月。

打土坯盖房

唐其伦

1969年3月，在上海彭浦车站，一列绿皮列车在尖厉的汽笛声中缓缓启动。我们告别了黄浦江，告别了校园，告别了父母兄妹，向着陌生而遥远的北方驶去。当到达吉林省延吉县长安公社时，朝鲜族社员载歌载舞地热情欢迎我们。在“知识青年到农村去接受贫下中农再教育”的指示下，我们开启了插队落户的生活，这是一段苦涩而新奇的生命历程。

被安置在长安公社河龙四队的上海知青共有十八人，我们组成了一个集体户。刚到这里的时候，生产队没来得及给集体户盖房子，我们被分别安插在五六户社员家里住，生产队刘队长家的厨房让给我们做饭用餐。刘队长，三十六七岁模样，体格健壮，原籍山东，是当地为数不多的汉族生产队长。他不仅是生产队的当家人，每日负责向生产队社员派工派活，还是集体户知青的监护人，既要安排知青劳动，又要照顾知青生活。生产队又指派一位热心的汉族老社员赵方科分管上海知青，我们都管他叫老户长。

到生产队后不久，上级根据下乡知青人数给生产队下拨了一笔安置费，主要用于盖房。有一天，老户长找我们讲了生产队打算为集体户盖房的事。他告诉我们，房子选址在海兰江道旁，整体朝南，并排分成五间，中间一间做厨房，其余四间为卧室，厨房的东、西两边各置一个锅台，每间卧室按照当地汉族人的方式垒炕，炕的大小约占房间一半，炕比地面高出七八十厘米，厨房锅台和卧室的炕相连。

对老户长的建房方案，我们提出了自己的想法：第一，希望在厨房两旁各设三间卧室，共六间卧室，女生用两间，男生用四间，正好做到每三人一间；第二，房子的北面留一条走廊，让每个卧室的房门对着走廊，在对着每间房门的北墙上开个窗，便于通风和采光。

老户长觉得可以采纳我们的意见，并对原来的建房方案作了调整。他将房子总长度从 20 米加长到 22 米，宽度也从 4.5 米加到 5 米，这样能让每间卧室的实际使用面积达到 12 平方米。再就是考虑东、西两头的卧室距离厨房太远，怕土炕不热，因此在这两间房内分别增加一个小锅台与土炕连通。必要时，用锅烧些水便能让每间卧室的土炕热乎起来。

不久，在老户长的引领下，集体户住房正式开建，我们几名男生被叫来参与盖房。生产队规定，凡是参与集体户盖房的人，都给记工

知青们一起打土坯

分，这样一来大家也很愿意来干活。当地农村盖房所用建材多数是就地取材，垒房基要用石头，需要去离生产队不远的山上采适用的石料。砌墙要用土坯，老户长就发动大家自己动手做土坯——把草和泥和在一起，然后放入固定的模子中压制。每块土坯长约一尺，阴干后可直接使用。

一天，吃完早饭，老户长领着我们来到打谷场一角，场上堆放着事先采集好的大量黑土，旁边还散放着几只木匣框，也就是打土坯用的模具，说实在的，我们都是第一次见到这个东西。在老社员的指导下，我拿着铁锹在土堆中刨出来一个坑，女同学们往坑里倒满水，撒上稻草，然后我们将这些材料搅拌成半干的湿泥，再铲进砖匣，压实并抹平表面，最后取下木框，一块规则整齐的长方形土坯就做成了。

制作房梁要用圆松木，当地盛产这种松木，但要经过审批才可以砍伐。房间之间的隔墙是用晒干的高粱秆扎好支架，再用泥沙抹平而成。建房要用细黄沙，在海兰江边可以取到符合要求的黄沙。当然，做门窗要用到的白松木料和盖房顶用的红瓦片，都是队里花钱买来的。

为保证集体户房屋的建造质量，生产队调派了各类能手援助我们。朝鲜族大叔老金木工活很好，队里请他做木工，而汉族社员廉大哥和老户长抹泥的技能过硬，就请他们抹墙、抹房顶。下乡之前我们从来没干过建房这些活儿，开始只能给老户长和其他社员打下手。我们干得最多的是和泥，然后用铁桶提送给砌土坯或是抹墙的人使用。每个铁桶装满泥后，估计有七八十斤，用手提起来至少要走二三十米，所以，和泥、送泥也是个苦力活。知青小傅对木工活有些兴趣，下乡之前，曾经做过些小木工活，这时派上了用场，老金在制作门框和窗框时，小傅就在一旁帮他打榫眼或者锯木。几个月后，在四队社员和上海知青的共同努力下，老户长为集体户规划的建房“蓝图”变成了现实。

集体户的住房造好了，不可或缺的配套设施——卫生间，也必须作为收尾工程认真对待。由于刚刚参加过集体户盖房工作，大伙儿的技艺水准大有长进，所以造卫生间也不在话下，两名知青主动包揽了这个活儿。他们在集体户房子北侧约三四十米远的海兰江岸边一个相对隐蔽的位置忙碌了整整三天，一个双开门的集体户专用卫生间就完工了。

由于集体户住房位于海兰江沿江的路旁，来往人员较多，引来了很多人参观。我们不时能听到一些肯定的声音，有的人称赞说房间布局蛮独特的，每三人一间，房间面积也不小，还有人说这房子施工质量好，墙体平整，门窗制作考究。一时间，我们集体户的房子成了其他集体户盖房效仿的范例。

根据集体户女同胞的提议，我们还在每间房间朝南方向的窗户上挂上了蓝色塑料布窗帘。接着，我们又平整了房前房后的场地并补种了一些蔬菜，这就更为我们集体户增添了生机与活力。

乔迁新居之际，集体户每个人的脸上都露出了灿烂的笑容。大家都觉得，比起刚来的时候，我们更像一家人了。

我的集体户

何永根

我选择去延边插队落户有一个重要的原因，那就是被一首节奏明快、极富朝鲜族韵味的歌曲《延边人民热爱毛主席》吸引。我特别喜欢学习语言，在校时还是俄语课代表。我心想，如果去延边，在那个以“朝鲜语”为主的社会环境下学习，一定会获取到许多知识。

想不到事与愿违，1969 年下乡，我被分到了三家子公社古城三队。古城大队共有五个生产队，成员全部都是汉族和满族。我们集体户共有十二名知青，男生十人，女生两人，其中包括我在内有六名高中生，大部分来自上海市第五十八中学，这是一所重点中学。我很自豪，因为我们集体户成员个个都是出类拔萃的，个个都很棒，事实也证明了这一点。

我们在上海过惯了衣来伸手、饭来张口的生活，现在到了农村，根本没有生活经验，连做饭都不会。那个年代物资匮乏，一年之中，知青们只有在春节和中秋节才能吃到肉，可吃完了大家就开始拉肚子，因为肚子里长期没有油水，突然吃肉，肠胃也不适应。那时候我们常吃的是在大铁锅里炖的白菜汤和在锅边贴上的玉米饼子，没有一点油水，闻起来寡淡无味。当地老百姓知道怎么做高粱米饭，他们提前一天把高粱米泡好，然后用慢火煮。而我们知青不知道，淘完米直接下锅蒸煮，所以每次吃高粱米饭时，就像是往嗓子里塞沙子。

以前在上海学校读书时，也吃过忆苦思甜饭，而知青做的高粱米饭比忆苦思甜饭还难以下咽。但是在那个时候，能够吃饱饭就不错了。四五月份青黄不接，每当我路过老乡家门口，闻到屋里豆油炝葱花的味道时，都会浮想联翩。

下乡第一年，我们必须过生活关和劳动关，这也是我们最艰苦的时期。春天，水田里还有很多冰碴儿，即便如此，我们也要光脚下地插秧；夏天，需要铲地的垄沟一眼望不到头；秋天打场时连轴转，晚上都不能睡觉。但是，这些困难我们都克服了。

在乡亲们的帮助下，我们学会了最基本的农活。有时候乡亲们会指导我们种自留地，还会送蔬菜和其他食品给我们，贫下中农户长也经常来集体户关心我们的生活。当时，乡亲们的日子也不好过，但是只要知青踏进他们的家，他们都会热情地说："上炕，吃饭！"哪怕他们只有一碗粥，都会毫不犹豫地分半碗给知青吃。

20 世纪 70 年代的农村，别说是养猪了，哪怕是养鸡鸭，也得按

古城三队男知青留影

照国家指标要求，每户不能超过规定数量。虽然日子困难了一点，但每当老乡家做了好吃的，都会请知青们去品尝，乡亲们就是想让知青们别太想家。现在回忆起来，那个时候吃过的黏火烧，那充满豆油的香味和外焦里滑的口感，至今都令我难以忘怀。

经过半年的锻炼，我们逐渐把集体户的活安排得井井有条，自留地也种得很好，集体户的粮食也基本上够吃。集体户知青们很团结，在户长胡光祥的带领下，连续两年参加了珲春县“知识青年积极分子代表大会”。

那时，我们晚上还要参加农业学大寨和评工分的会议，学习有关会议精神。在昏暗的灯光下，我们坐在充满着烟草味和汗臭味的热炕上，昏昏欲睡地听生产队长讲啊，讲啊……

由于工作需要，我在集体户只待了两年，1971 年春天就去县城当老师了。下乡时间虽然短暂，但这段刻骨铭心的岁月令我难以忘怀。

知青是走过无数磨难和坎坷的一代人，我们用汗水与热血写就了自己的历史，我们度过了狂热和蒙昧的岁月，我们都有一段被耽搁、被牺牲的青春时光，我们有许多要抱怨的事情，但唯一不能抱怨的，是那个风雨如磐的年代。在那个年代里，是延边的父老乡亲们接纳了我们，同时也呵护着我们，是延边大地养育了我们。如果没有他们，我们很难度过那段艰苦的岁月。我们不应该忘记他们，内心应该时刻充满感恩之情。

集体户新房子

徐恩慧

1969年3月，金塘大队第一生产队集体户宣告成立。集体户第一任户长由贫下中农俞珍权和一名知青共同担任。集体户成员包括八男八女，共计十六人。

集体户，是一个特殊年代里的特殊产物、一种特殊的户籍、一种特殊的组织结构，从字面上理解，就是若干人集中在一个户籍下。

集体户知青之间以“同学”相称，可能是因为在一个户内学习“最高指示”“老三篇”或“两报一刊社论”。不管怎么说，在那个年代，集体户就是知青在农村的“家”，集体户同学也就是一个家庭里的成员。

1969年夏天，五七办（后来改称知青办）给金塘大队每名知青拨款400元作为安置费。一个集体户十六名知青，安置费合计有6400

元，这笔巨额现金一次性拨给生产队，引起了广泛关注。按照县五七办的规定，安置费必须用在建造知青住房和购买农具方面。生产队经过讨论，作出了一项重大决策，决定建造“干打垒”住房。

所谓“干打垒”，就是北方农村特有的以生土作原料建造的房屋，这种房屋当年在东北农村最为常见。在建筑学上来说，“干打垒”属于版筑建筑，又称夯土建筑。这是通过模板造型，用生土夯筑而成的建筑。其夯土部分主要是具有围护与承重功能的墙体，因此又称为土筑墙或版筑墙建筑，民间俗称“干打垒”。

建造“干打垒”房子谈何容易，朝鲜族贫下中农从来没有盖过这种类型的房子。队长在动员大会上挥动着有力的臂膀，学着英雄人物，说出“没有困难要上，有困难克服困难也要上”的豪言壮语。集体户住房的布局在当时较为经典，号称“四室一厅”，中间进门是厨房为一厅，右侧为两个男生房间，左侧为两个女生房间。

史无前例的巨大工程开始了。

朝鲜族住房的隔断是在用梢条和芦苇编制的“墙体”外面裹上一层泥。这样的墙体可以节约建材，但是在寒冷的东北，墙体单薄会使隔热隔冷效果不良，集体户不适合这种类型的住房，所以生产队决定用土坯材料和“干打垒”的方法盖房子。土坯是什么呢？就是将草和黏土混合在一起，放在固定的模子里按压，做成一块块一尺长短的土砖，这种土砖就叫土坯。土坯阴干后就可以用来砌墙，民间将制作土坯的过程称作“脱大坯”，是“东北四大累活”之一。脱坯时要先将坯土堆积在宽阔的地面上，把土中的疙瘩等杂物挑出来，再把铡好的草一层一层均匀地撒于坯土中，然后浇上凉水。经过一天或半天的“闷”制，土和草都被泡软浸透后，人们开始用脚踩，或者牵一头牛来踩，经过反复的踩踏和搅拌，让水、草、土充分黏合，接着把黏合好的材料放在木制的模子里填平抹平，最后再把模具抽掉，这样一块土坯就做成了。“干打垒”就更简单了，把和好的泥直接垒在墙体上，干了一层就再垒一层，直到将整个墙体垒好，而关键的部位和角落则用土坯砌起来。

墙体终于砌好了，门窗框架也安装好了，有人仔细检查后发现北面的墙有点往外倾斜。队长眯着眼睛看了一眼，大手一挥，豪迈又爽快地说：“没事！上梁！”

上梁结束后要用泥土抹好防寒棚，接着要安装门窗的玻璃。门窗用的木材和玻璃都是从县里买来的，尽管玻璃是半透明的，木制门窗框保持原色没刷过油漆，但是在那贫困的地区和极其贫穷的年代里，这已经算是豪华的了。建房的收尾工作是抹平里外的墙体及垒火炕和锅台。

在漫长的冬季，没有空调，没有集中采暖系统，火炕是住房里唯一的取暖设施。但是它的热力仅能覆盖炕的狭小空间。一般汉族家庭住房，炕只占一半的使用面积，而朝鲜族住房“屋小炕大”，炕几乎占了屋里绝大部分的使用面积。“屋小炕大”是为了尽可能地取得更好的取暖效果和节省燃料。火炕长约 4 米，宽约 2 米，火炕两头堆着箱子等物品，这样每人在炕上的空间不到 1 米宽，以沙丁鱼罐头的排列方式，正好能铺下四床被褥。屋子的大小并不重要，有炕就暖和，毕竟外面寒风呼啸。从此以后，我们有了一个能遮风挡雨的“家”了。

火炕在白天是东北人吃饭和活动的主要场所，晚上则是睡觉的场所，家庭成员挤在同一张大炕上，尽可能让脊背去接受有限的温暖。

垒炕和垒锅台属于同一项目，是东北农村盖房子的核心技术，其技术含量极高。炕和锅台是相连在一起的，垒得好就不会倒烟[1)]，可以节省燃料，反之则会导致炕烧不热、费燃料。对此，生产队抽调了经验丰富的老社员朴大爷来负责实施，朴大爷极其认真地一一施工落实。

竣工在望之际，北面的墙体却不以队长的意志为转移，继续往外倾斜，并出现了裂缝。眼看着裂缝越来越大，怎么办？队长找弄来了两根松木杆顶在北面的墙体上，阻止了墙体的进一步倾斜。

集体户的房子终于竣工了。生产队会计赶紧把6400元的支出账目给知青代表“审计”，并详细说明了各项支出，包括农具工具的购置费、社员建房的工分折算、玻璃和木材及钉子等的材料费等，以示分文未差。

在萧瑟的秋风中，集体户的房子在两根松木杆的支撑下，顽强地屹立于金塘一队。金塘大队七个集体户盖的都是这种类型的房子，这也成为金塘村一道亮丽而独特的风景线。

乔迁新居之际，我们非常高兴。王林根借来了照相机，同住一个房间的三兄弟王海根、周培兴和我立即翻箱倒柜，把最好的羊毛衫穿上，并把珍藏的毛主席像徽章别在胸前，喜气洋洋地留下了这一历史性的瞬间。

1) 倒烟是指烧火的烟不是从烟道里顺着烟囱出去，而是倒过来从锅台灶坑里出来。

知青们在集体户新盖的房子里

第一夜，睡在烧得滚烫的炕上真不习惯，犹如在烙饼。因为炕还未干透，所以我感觉被子很潮湿。睡不着的我打量着四周，突然发现，其实我们是处在泥土的包围之中：四周的围墙是泥土砌的，火炕是泥土垒的，房顶的防寒棚也是用泥土抹的。

日子一天天过去，泥土的分子一点一点地融入我们的肌体，润物细无声般，深入到我们的细胞内，最终形成了泥土基因。如今五十五年过去了，集体户房子早已不见踪迹，但当时在集体户生活的场景依然铭刻在我们心中。

朝阳三队

范文发

1969年3月1日，我们离开了上海，3日下午到达图们，4日凌晨抵达珲春，于6日中午来到我们的第二故乡珲春县敬信公社朝阳大队第三生产队插队落户，开始了务农生活。

我们初来乍到时，大家都分散居住在老乡家里，他们准备了热饭热菜热炕，让我们吃住无忧。开春后不久，队里有经验的社员为建造集体户住房而忙碌起来，只见他们与生产队干部一起在村里勘察，寻找最为理想的建房位置。当冻土上的积雪尚未融尽，老乡便带领我们放炮排石、填土夯基；待春暖花开之际，我们砍来树木做梁、割下柳条织墙，再把泥和在墙上，抬沙压顶，在山脚下建起了一座新房。

搬家前夕，金塘大队的照相师正巧来到我们集体户，戴着大花头巾、穿着短袄长裙的妇女们都想来拍照。

这时，大队支部书记走过来对我们说："集体户的新房子真好看啊！全体知青在自己家门口照张集体照吧！"我们大家你一言我一语地说道："我们住上新房要感谢贫下中农，我们就在新房前面照一张吧。"支部书记高声喊道："要感谢共产党、毛主席啊！"于是，男同学穿着劳动时的衣裤站成一排，而女同学坚持要回屋里更换干净的衣裳才出来。

记得当时我们每个人都用 5 角钱加印了照片，人手一张。拿到照片后，我们十五个人都将照片寄回了上海家里。不料上海的父母看到这张照片后，都十分担心，刚建起来的新房怎么还需要用木柱子支撑？

朝阳大队第三生产队全体知青留影

碰到刮大风、下暴雪，会不会垮塌啊？为此，我们专门在信中向父母做了解释，还保证这座房子很安全。

说起来，这房子倒是没有垮塌过，就是遭遇过一次险情。新房盖在小山旁边，地基是通过将山坡土地进行平整而形成的。有一次下雷雨，一块直径大约半米的石块从山上滚落下来，砸中了库房，后墙也被砸出了一个大窟窿，幸好没有砸到火炕，也没有伤着我们。这件事情我们也是离开珲春后才敢告诉家里人。

由于大家把这张合影留在了父母身边，所以照片都得以保存，日后便原封不动地回到我们的手里。斗转星移，时光荏苒，我才慢慢悟出了这是一张多么珍贵的照片。

四十年间，每每拿起这张照片端详时，那十四名集体户同学的音容笑貌总会一一浮现在我的眼前。

陈艳菊是一个果敢坚毅的人。记得那年战备深挖洞，她自告奋勇地到第一线去撑钎擂锤，不慎将手指骨砸碎了，还瞒了大家好一阵子。

朱雅丽注重风度，平时总是穿着整齐得体，在深山老林里也要保持体面。

周坚看上去清秀瘦弱，然而做起知青的思想工作来，那种思辨能力与果敢不亚于基层的党支部书记。

潘龙娣是一个文艺爱好者，曾经在这栋草屋里教男同学跳《抬头望见北斗星》的舞蹈，她是集体户唯一一位留在农村的知青，是真正的“扎根派”。

邢雅仙有着胖胖的脸蛋，老乡昵称她为“小胖”。虽然她岁数小，干活却是争先恐后，在“大寨式评工计分”时屡屡得到高分。不幸的是，她在 2000 年因病去世了。

曹桂菊是集体户的好当家。柴米油盐酱醋茶这“开门七件事”被她安排得井井有条。当时集体户成员轮流做饭，因为她做的饭菜最为可口，所以大家都盼着尽快轮到她做饭。

董德华来到农村没几个月，就从老乡那里学来了为母猪接生的本事，在集体户里大显身手。

林道游十分内秀，手抄了三大本外国民歌，故而集体户经常回荡着《照镜子的姑娘》等富有异国风情的旋律。

林声远热爱哲学，在艰苦的日子里，嘴里也没有忘记念叨尼采、艾思奇等哲学家的名字。

王枝良是集体户第一任户长，处处以身作则。记得有一次他头痛得直冒冷汗，仍不肯休息。他头上紧扎着一条白毛巾，那弯着腰快速铲地的样子，给我留下了深刻的印象。

林世国力气大，饭量也大。记得有一次部队请我们去参加忆苦会，他吃完一碗忆苦饭后，又去盛了一碗，结果被部队首长误以为思想觉悟高，其实他是饿的。

孙阿根是最快与老乡打成一片并结成哥们儿的知青。他包揽了打鱼、架桥等派工活。

任群和聿农虽是亲兄弟，但是二人性格迥异，一个稳当且耐得住性子，另一个聪明机智做事麻利；一个经常在窗边吹奏口琴、朗读俄文，另一个经常和户友一起去侍弄自留地。令我印象最深的是有一年初春时节，聿农在山上碰见队里的母牛产下了牛犊，便用自己的棉大衣将小牛犊裹好，将其从山上抱到了村里。

林道苏来得比较晚，是我们插队第二年才来的。谁知他后来居上，当上了生产队长，干得比谁都强，成了我们集体户的一大骄傲。

而我喜欢写诗，高兴起来可以站在炕头高声诵诗两个小时也不觉得累，大家认为我是集体户里最开心的人。

我们十五名上海知青在朝阳山村组成了一个大家庭。五十多年一晃就过去了，我们都从青春年少变成了鬓发斑白的模样。现在我们大部分人都已经退休在家，虽然生活过得很简单，但很充实。我会永远保存这张合影，因为它印证了我们上海知青与朝鲜族老乡的深情厚谊，寄托着我们知青在艰难困苦中对生命的热爱以及对未来的期盼。

温暖的集体

方 增

在我的知青生涯中，最值得追忆的就是我们徐家六队这个温暖的集体了。

1969 年 3 月 21 日，我们坐着大马车，穿着上海市革委会统一下发的棉大衣，头戴大棉帽，冒着北国的风雪严寒，来到了吉林省怀德县柳杨公社徐家六队插队落户。

农村的艰苦远远超出我们的想象，农村的落后，更使我们的思想回归现实。每天，我们都承受着超出体力负荷的艰苦劳动，还要吃那吃不惯、咽不下的玉米面窝窝头。好在我们有一个温暖坚强的集体，大家互相帮助、互相鼓励，特别是“户委会”，有责任、有担当，把集体户的生活安排得井井有条，带领我们度过了那段最艰苦的岁月。

最初的户委会由魏国瑞、邹荣中、郁宝倜三人组成。

集体户最初的生活从建立一个“新家”开始，从劳动工具的配备，到生活用品的添置，方方面面，缺一不可。下乡第一年，即便知青有一定的补贴，户委会领导也精打细算，只有油盐酱醋和点煤油灯用的灯油是动用补贴的钱购买的，吃的粮食则是由队里先赊给我们，以后再用我们的劳动工分来抵扣，而吃的菜就要靠自己种了。

对于从未干过农活的我们来说，种好自留地不是一件容易的事情。最令我们吃不消的，是种自留地需要利用出工回来后的业余时间来进行，一般是在中午时间。虽然很累，但只要户委会领导一声令下，大家就去自留地忙活。蔬菜好不容易长出了小苗，结果被邻家农民散养的鸡一啄而空，真是令人沮丧。于是，户委会决定在自留地周围修筑篱笆，不让小鸡有可乘之机。将篱笆筑得又密又高是一项不小的工程。户委会的领导个个以身作则，带头苦干，每次劳动现场都有他们的身影。种瓜得瓜，种豆得豆，到了夏天，我们吃到了自己种的各色新鲜蔬菜，有黄瓜、茄子、西红柿、豆角等，还有我们从上海带来的蚕豆也结出了果实。我们终于改变了春季以来一直吃咸芥菜疙瘩的单调饮食，北方的茄子、豆角等蔬菜都是很美味的，这极大地改善了我们的生活。

冬天，储存在地窖里的大白菜、土豆和萝卜是主打菜。为了改善伙食，户里养了一头猪，到年底时足有 80 多公斤，膘有四指厚，那年我们都在东北过年，多亏了这头猪。农村吃猪肉，就是将大块肉放进锅里用开水煮，没有其他花样，而我们集体户在大年三十晚上用猪肉做了几十道不同花样的菜，还特地请了生产队长和老户长来吃年夜饭，令他们大开眼界、惊叹不已。我还记得郁宝倜切肉丝切得又快又细，连肉片也切得很薄，这让我非常惊讶，想不到男知青这么会烧菜，相比之下，我们这些女知青的烧菜技术则相形见绌了。

我们还在自留地里种了许多大豆，记得当时郁宝倜学习当地农民用大豆做大酱。做大酱有很多道工序，其中有一道是将经过一两个月自然发酵、形状方方的大酱块掰开并弄碎，然后放到大缸里继续发酵。当我掰开一块酱块时，只见一条条蛆虫从里面爬出来，吓得我尖声大叫。郁宝倜随即批评我说："蛆虫怕什么，挑出来就可以了。"可我说什么也不干了，郁宝倜则耐心而又仔细地坚持做完。这种榜样的力量经常鞭策着我。在农村的日子，虽然我们的饮食只有粗粮、蔬菜和咸芥菜疙瘩，但从未挨过饿，这使我们有足够的体力去慢慢适应繁重的农活。几十年过去了，现在再回过头来看，徐家六队集体户有如此好的当家人，是我们莫大的幸运。

农村落后的现状使我们的思想从浪漫的理想回归到理性的现实，我们明白仅凭自己微弱的力量，是改变不了农村面貌的，但是，尽自己所能帮助农民，这是可以做到的。到农村不久，正值春耕播种，生产队需要买化肥却没有钱，户委会得知后，动员知青把从上海带来的钱拿出来，凑了 200 元交给队里，帮生产队渡过了难关。

东北的春天经常刮西南风，风至之处，沙石飞扬，人都无法站稳。那天，刘建义家房顶上苫的谷草有几处被强劲的大风掀起，如果不马上采取措施，就有可能被全部掀掉，这样一来，他们不但会遭受漏雨之苦，经济上也会蒙受巨大的损失。就在此危急关头，邹荣中带领集体户全体男同学迅速爬上他家屋顶，冒着被大风刮落的危险，手拉手一起趴着压在被掀动的苫草上，给其他人进一步采取措施赢得了宝贵的时间。大概半个小时后，风势逐渐减弱了，大家便用绳子和石头加固房顶的苫草，让他们家免受“掀顶”之灾。要知道，与强风抗争是一种极其危险的举动，这种时候，连农民自己都不敢上屋顶。因此，村民们都十分感动，四十年后我们重逢之时，他们还对此事念念不忘。

集体户内，大家相互体贴、相互帮助、相互照顾，形成了一种良好的风气。柳文丽体力比较弱，干农活实在是很吃力，然而她操持家务却是行家里手，所以大家把做饭的机会都留给她。后来，大家干脆就叫她负责做饭，不用去农田干活，由大家给她补贴工分。她的饭菜做得很好，每当大家出工归来时，都有热饭热菜可以吃，而这也让有些不会做饭的同学消除了思想负担。

在一个炎热的夏天，我经历了一件刻骨铭心的事情。当时，我在干农活时不小心把左手掌划破了，伤口感染导致手掌红肿疼痛。正当我不知所措时，邹荣中凭借自己的经验，没有丝毫的犹豫，也没有害怕担责任，果断地决定开刀将伤口里的脓水放出。集体户的钱征麟是赤脚医生，他们两人相互配合为我治疗。邹荣中将手术刀用酒精火消毒后，在我的伤口上划了一刀，挤出脓水，然后撒上药粉并包扎，我的手很快就痊愈了。困境中得到的帮助，使我终生难忘。我十分信赖集体户的兄弟姐妹，回想起在我决定去吉林插队时，我妈妈问我：“为什么不去离家近一些的大丰农场，而要去遥远的吉林农村？”我的答案就是，我信赖这些好兄长、好姐妹，他们让我非常有安全感。实践证明，我从比较单纯、缺乏生活经验、不能吃苦的人，逐步成长为一个能独立思考、经得起农村各种艰苦劳动和生活考验的人，并在之后的生活道路上时刻保持乐观、向上的心态，正是得益于这个温暖的集体，得益于榜样的力量。生活在这么艰苦的农村，如果没有这样的一个集体，我真不知该如何面对难以想象的艰难和曲折。

记得第一年过春节，户委会考虑到知青们比较想家，于是将平时省吃俭用、精打细算积攒下来的生活费发给准备回上海探亲的知青，每人 20 元用作路费。这里还有一个小插曲，我与钱征麟等人一起回上海，在四平站我的钱包被小偷偷走了，当时我的大脑一片空白，接下来还要换乘轮船，没钱了怎么回家？万分焦急之时，钱征麟安慰了我，并为我垫付了剩余路途的费用，直到上海。无私的帮助、无价的情谊让我难忘。

由于我们的集体户表现出色，第一年就被评为省、地、县先进集体户。户长魏国瑞经常去县里或其他公社传授经验，带动了其他集体户。邹荣中被调到徐家二队当户长，把徐家二队集体户管理得井井有条。最使我们受益的是，上海慰问团老朱和老王来到我们集体户，他们加强了集体户的思想建设。此外，还为我们集体户争取到了一定数量的煤炭，解决了我们的取暖问题。上海市政府还送给我们一台手扶拖拉机。

更令我们感到开心的是，一年后，集体户就有了招工名额，接着又有大学入学名额，大部分知青走上了工作岗位，一批又一批集体户

徐家六队女知青。左起依次为赵林珍、钱征麟、季瑞琴、柳文丽、李建民、方增（上海慰问团摄）

知青离开了农村，又有新的知青来到了集体户。户委会所倡导的优良管理经验得以传承。

时过境迁，当我们再度聚首时，往日那些难忘的场景依然历历在目。刮风下雨天，我们围坐在炕上，轮流唱革命歌曲和样板戏；向日葵成熟的季节，我们捧着满满一盆的葵花籽，享受丰收的喜悦；谁在生活劳动中有了思想波动，就在生活会上谈体会，坚定信心。公社、大队，经常有我们文艺演出的身影；田间地头，留下我们艰苦奋斗的身影。在农村，我们挣到了工分，养活了自己，当然我们也犯过一些幼稚的错误。最值得庆幸的是，我们有这么一个温暖的集体，以致后来我们每每相聚在一起时，依然会感受到满满的温暖。

梦回金塘

姜书成

1969年3月1日，这是一个难忘的日子，是一个在接下来五十多年里被无数次填写在各类登记表格里的日子。这个日子改变了一大批“知青”的生活轨迹。

上海市杨浦区一千多名初高中毕业生将作为首批上山下乡的知青离开上海，奔赴吉林省延边州珲春县。

首批知青将奔赴位于中苏边境的反修防修第一线，因此政审特别严格，对家庭出身特别重视。杨浦区是著名的老工业区，是工人阶级最集中的区域，产业工人有六十多万人，其后代都是“根正苗红”的工人阶级后代，自然就成为响当当的革命接班人。保卫边疆和建设边疆的大任，舍我其谁？

出发那天，天空雾蒙蒙的，沉重的乌云压在低空，空气好像都凝固了。

那天一早，靖宇中学的知青先在学校集合，随后出发前往杨浦体育场，杨浦区的全体知青都在此会合。在杨浦体育场参加完动员仪式后，知青们便再次出发了。

杨浦区首批赴延边珲春插队落户的一千余名知识青年，身穿军绿色大衣，大部分人拿着“红宝书”，乘坐公交车向彭浦车站出发。一路上，被组织起来的群众载歌载舞地送别知青。

下午5点钟，各个学校的知青集中在彭浦车站。彭浦车站呈现出“一片红”的景象，红旗招展，锣鼓喧天，红色的标语上满是激动人心的口号。知青们根据乘车证找到了各自的火车车厢。

知青们刚一上车，还没来得及与家人道别，火车便启动了。

“赴吉林兵团”专列渡长江，跨黄河，过长城，进东北，于3月4日凌晨进入了吉林省境内。吉林省革委会主任和广大革命群众顶着凛冽的寒风在站台上迎送专列，他们双手捧着“红宝书”，呼喊着革命口号。4日下午5点多，专列到达终点站——图们站。我们稍事休息后，乘坐解放牌敞篷卡车连夜奔赴珲春县，到达珲春县后受到了珲春各族群众的热烈欢迎。

来到珲春的知青被分配到敬信公社、春化公社、马滴达公社等，其中敬信公社位于中苏朝三国交界的边境地带。我们靖宇中学一百多名知青被分到了敬信公社金塘大队七个生产队。每一个生产队分配了十几名知青，基本上按照原来在上海中学的班级来划分。我被分到金塘七队，这是个汉族队。

只有做过农民才知道农民的辛苦，知青们没有落下一样农活，日升而起，日落而归，积肥、春耕、插秧、铲地、收割、盖集体户住房、打柴、挖菜窖、打场、送公粮等。好不容易熬到过年，大家都没回上海。下乡后的第一个春节到了，金塘七队十七名知青决定请大队照相馆的老金为大家拍一张集体照。

在农村的日子里，生活中的酸甜苦辣摆在面前，每个人的感受都是不一样的。然而经历过这十年的磨难，今后便没有什么能称得上是磨难了。

十年再教育终有所成，我也收获了美满的爱情。1979 年知青大

金塘七队十七名知青唯一一张集体照

返城，我们回到了家乡，回到了父母身边。

说来奇怪，在农村时，我们总是思念着上海，在上海时，我们却又思念着集体户。有时从梦中醒来，一时竟分不清自己是在金塘还是在上海，不知道自己是躺在炕上还是在床上。

我人生最美好的十年、最有活力的十年、最有创造力的十年，是在金塘度过的。每每梦回金塘，往事便历历在目，那么的清晰可辨。今日，当我再看这张老照片时，才终于明白上海和金塘其实都是我的家，都是我的故乡。

集体户的养猪往事

张正平

1970年，我们集体户为了改善生活决定养猪，去怀德街集市买回了几只小猪崽。

我们在房子东面垒起一个猪圈，我找了几块木板钉成猪食槽子，并将淘米水、剩菜剩饭和猪草、猪饲料混合在一起喂养小猪。小猪经常从猪圈里逃出来，有时是拱门，有时是翻墙，本事很大，这些小猪很有“个性”啊！它们大概是想要通过体育锻炼，把自己培养成瘦肉型的猪。可是在那个年代，我们是希望能吃上大肥肉的。于是我们加固了猪圈门，又加高了围墙，杜绝小猪“越狱”事件再次发生。

我和另一位知青曾为集体户做过一个炕桌，在完成开榫、凿眼后，我俩没用一根铁钉就制成了一个造型漂亮、结实耐用的炕桌。这个“作

我在集体户喂猪

品”也受到全户知青的夸奖。从此，我们吃饭、写家书时都能用上它。等到我们饲养的猪体重长到一百多公斤可以宰杀的时候，炕桌又充当了“断头台”，真是一个“多功能家具”啊！准备杀猪的时候，集体户请来了我们的老房东——老吴头来掌刀。大家费了好大的劲，才在猪圈里逮住了这只大家伙。接着，我们绑住猪的四条腿，将它按在了小炕桌上，它知道自己大难临头，便拼命地嚎叫挣扎。

老吴头迅速且冷静地完成了他的工作。我们按照当地习俗，将猪的头、蹄和下水都送给了老吴头。老乡们听说集体户杀猪了，纷纷前来买肉，他们说集体户知青喂养的猪，粮食饲料喂得多，所以猪肉的味道肯定好。

我们还做了“杀猪菜”，招待了老吴头和其他几位老乡以及队干部喝酒。“杀猪菜”是东北的特色农家菜，在比较贫困的年代里，人们只有在杀年猪的时候才能吃到这样的菜，所以才被东北人形象地称为“杀猪菜”。大伙儿围坐在一起喝酒吃饭，一大盘肉，一大盘酸菜，一大盘血肠，杀猪菜肉嫩汤鲜，猪肉肥而不腻，开胃解馋，让人看了就流口水。那个时候，杀猪菜是最受我们欢迎的一道菜，现在回想起来，我仍能感受到无尽的美味与浓浓的温馨。

一年半的时间，我们经历了买猪崽、饲养猪、杀猪、吃猪肉的整个阶段，这也算是集体户生活中一段难忘的经历。

图们江畔

蔡军荣

我们集体户的知青都来自同一个班级，其中有三名同学来自上海市级重点中学——复兴中学。由于当时特殊的社会历史原因，他们失去了继续深造的机会。

1969 年 3 月 1 日，我们从上海到延边插队落户，从此金色学生时代落幕了，一去再不复返，而我们的生活轨迹深陷于这偏远的异乡土地。

下乡两个月后，为了缓解艰难生活带来的压力以及排解内心的苦闷情绪，我们决定组织一次游玩活动放松一下。于是，我们坐车前往图们江畔。在图们江畔的绝壁下面，集体户知青俞强拿出相机，为我们记录了这难忘的时光，留下了不可磨灭的回忆。

知青们在图们江畔游玩

图们江发源于长白山脉主峰东麓，周边群山环绕，江水缓缓流淌，空气格外清新，我们感觉很凉爽，两个月来积累的疲惫一下子被抛在脑后。望着那滔滔不息的图们江水，我们的内心不禁憧憬着能从图们江启航，开往更为广阔的世界。

很多年以后，集体户的同学中有的成为大学教授，有的拥有了多达百项的发明专利。或许，当年图们江一游打开了我们心灵深处的那扇窗吧。

解放三队集体户

樊淑芹

1969 年 3 月 7 日，我们奔赴吉林延边珲春密江公社解放三队插队落户。我们集体户由同一所初中 1967 届、1968 届毕业生组成，六名男生，五名女生。

当时，我们满怀豪情壮志，踏入接受贫下中农再教育的行列。但当真正被分配到离公社有六七公里，离最近的大队部也有近两公里的穷山沟时，我们感到十分困惑迷茫，因为当地的语言、饮食、居住环境与我们想象中的状况实在差距太大。解放三队有十八户朝鲜族农民，生产队坐落在三面环山的地方，人们出行或到大队部买油盐酱醋等生活必需品必须蹚过密江河。

面对这些实实在在的困难，我们是进还是退？应该怎么办？

当天，上海工宣队的干部先带着我们住进了一间茅草屋。正在难以抉择之时，又有两位下放干部来到了我们生产队。在这两位下放干部的鼓舞和带动下，十一名上海知青坚决要求留在队里，虚心接受贫下中农再教育。

因为生产队穷，所以春耕时没有牛可以耕地播种。在下放干部的带领下，我们集体户知青在前面拉犁，下放干部在后面扶犁。四五月份的水还是刺骨的凉，我们光着脚在水稻田里拉犁，虽然身上穿着棉衣，但还是冻得瑟瑟发抖。下放干部和贫下中农一边劳动，一边教我们唱朝鲜族歌曲，大家身上虽冷，心里却暖暖的。

我们每天凌晨五点下地干活，留一个人在集体户做早饭。干了两小时农活后回到集体户时，桌子上已经摆放好了热气腾腾的早饭。虽然父母不在身边，但集体户的成员却如兄弟姐妹般亲近，让我们感受到了家一般的温暖。劳动很累，我们每天都累得直不起腰，可没有一个人偷懒，没有一个人掉队，我们集体户的出勤率和贫下中农相比不差分毫。

刚到生产队时，我们集体户没有自己的房子。在下放干部的带领下，知青们利用空闲时间，用一块又一块的泥、一把又一把的草，硬是盖起了属于知青的草屋，男女各住一间屋子，中间是厨房。那时的我们非常开心，因为终于有了属于自己的家，每个人都很爱这个家。每当放工归来时，男生打水劈柴，女生洗衣做饭，晚上大家一起围在桌边，在煤油灯下学毛主席语录。

生产队实在太穷，产出的粮食只够每个人的口粮，没有任何额外

解放三队集体户知青。前排左起依次为樊淑芹、江仙英、王冠华、石松明；后排左起为李和、翁德荣

产出。而且粮食也很紧缺，所以绝对不允许浪费。轮到女生做饭时，她们都会为其他人盛上满满的一碗饭，而自己只吃锅巴。一年下来，我们解放三队集体户没有断过一顿粮，也没向队里要过一粒米。我们将生活安排得井井有条，不论男女出勤率都很高，基本和社员的出勤率保持一致。1970 年，我们解放三队集体户有幸被评为吉林省首届上山下乡知识青年先进集体户。

1971 年 8 月，一次惊心动魄的落水事件改变了解放三队和我们集体户的命运。

当时，我们知青要去体检，要去县里必须过河，而 8 月份正值涨水季节，因此，队里安排了一辆牛车送我们去公社体检。当时，十一名知青中，陆兴宝已考上同济大学，郭建光被抽调到石砚造纸厂，沈美娟被抽调到军马场，于是我们一行八人前往公社体检。王冠华赶着牛车，李和、石松明和杜育棣三人跟在牛车两旁蹚河行进，我们四个女生则坐在牛车上。由于河水已经没过牛车，我们都把鞋拿在手上，将裤脚卷高。没想到当牛车行至河中央时，水流突然变得很急，牛车一下子漂浮起来，我们四个女生全被掀翻到水里。虽然河水并不深，但水流湍急，再加上河底的石头很滑，导致我们难以站稳。我和翁德荣紧紧抓住牛车，江仙英落水后拽住牛鼻绳，任丽萍试图站起来却没站稳，被水冲出 50 米开外。在这千钧一发之际，沿岸的村民纷纷跑来施救，王冠华水性好，他立即游上岸以百米冲刺的速度抓住了任丽萍，如果她再被冲到地势更低、河水更深的地方，很难想象会有什么后果。最后，在社员和村民们的协助下，我们总算被救上岸了。

经过这件事，县领导及上海知青办认为解放三队的地势不适合居住，只适合种地，于是 1973 年解放三队所有社员和知青正式搬迁并合并到解放四队。

我们在集体户最大的收获就是，在劳动中磨炼了吃苦耐劳的意志，在接受再教育中提高了思想觉悟，在艰苦的环境中培养了正确的价值观，这使得我们十一名知青在各自的工作岗位中表现得更加出色，为社会作出了应有的贡献。

敬信“王开”照相馆

范文发

这张照片于1971年底在敬信供销社照相馆拍摄。当时照相馆还没开张，只有一盏主灯，没有辅助灯，所以照片的右上角发暗。当时，王枝良与曹福康都在敬信中学当老师；黄秉鑫是公社团委书记，张妙旗是公社派出所民警；顾群益是供销社党支部委员，我则是照相馆的“老板”。我们六个是同一批到敬信插队落户的上海人，下田劳动、吃饭散步都在一起，互相十分熟悉。

说起我这个照相馆“老板”，还得跟大家介绍一下原委。我插队的公社东临图们江，对岸是朝鲜;北靠水流峰，峰下是苏联。1970年，图们江边设立了出入境检查站，作为中朝双方探亲通道。当地居民大多是朝鲜族，不少人在对岸的朝鲜有亲戚，因此探亲往来比较频繁。

但出境得办证件，证件需备照片，可离公社最近的照相馆在 50 多公里外的县城。公社书记曾算过一笔账：老百姓若要照张相，车费、食费加住宿费至少需要花费 5 元钱。这对当时的农民来说是个沉重的负担。于是公社决定开办一家照相馆，并推选作为供销社员工的我到县里唯一的一家照相馆去学习。

功夫不负有心人，我用五十多天就基本掌握了照相的整个流程和技术。

学成归来后，我在一个月内就独自承担起照相馆的工作。虽然没

上海知青摄于敬信供销社照相馆。前排左起依次为王枝良、曹福康、黄秉鑫、张妙旗，后排左起依次为顾群益、范文发

有招牌，名声却很响，被大家称为“国际照相馆”。从朝鲜回国探亲的人大多要在这里和亲友一起拍张合影。照相馆旁边是供销社的农副产品收购站，有些本地姑娘拿不出现金来照相，就拎着鸡蛋来。那时，一斤鸡蛋的收购价是 6 角 5 分，正好与照一张二寸照片的价格一样。于是，我和收购站也有了密切的业务往来。

当年，我们那里有不少从四川、河南等地来当兵的人，其中不少还是文盲，他们请求我代笔写信，连同照片一起寄给父母兄弟或妻子。我不抽烟，却又无法推辞他们送来的烟，一天收到的烟可以装好几包，我便把烟分送给抽烟却买不起烟的知青们。公社知青共有四千多人，自然经常光顾照相馆，致使照相馆的生意一直兴隆不衰。当时照相馆每天的营业额都在百元上下，可我的日工资还不到一元，但是我的工作积极性很高，上午照相，下午洗相片，晚上修版，全然不知道有加班费这一说。

我还请县文化馆的美术老师绘制了一幅碧海椰林的背景布，并将沙子铺在画面底部沙滩前，又在地上摆放几块涂了颜色的石头，这些道具和画面的景致融为一体，拍出的照片能达到以假乱真的效果。那时，大家都很喜欢在照相时扮演其他角色和职业。除了农民，只有工人和士兵好扮演。我就用硬纸板剪了个梭子，在下端接一根毛线，再从集体户知青小潘那里拿来她母亲在纺织厂上班时用的白围裙，围裙上面印着“上海第五纺织厂”的红色字迹，我又自制了一顶白帽子，这下吸引了很多女青年来拍照。我还向公社武装部借了一套军装以及一支报废的步枪，这又替我招揽了许多顾客。

当时来照相的人总会要求我在照片上题字，题字频率最高的有“她在丛中笑”“革命友谊深似海”“革命战士最听党的话”等词句，可写多了我总觉得乏味，因此，我往往会做一些修改，但有一条原则，那就是不能脱离革命内容。当时，有位女知青身穿一身朝鲜族衣裙、头顶水罐照了张相，她要求我在照片上写“广阔天地，大有作为”。我在修版时琢磨出这么几句：“让山风吹红脸膛，让厚茧布满手掌。这模样，谁还能认出是上海姑娘？”她看了之后连连赞叹，我自己也特别满意。

我这里既是照相馆，又是上海知青的联络站。每天一趟来往县城的客车就停靠在照相馆门口，这里可以说是公社最繁华的地段，在知青眼里犹如上海的南京路一般，而照相馆也被知青们称作山沟里的“王开”。“王开”照相馆是当时上海南京路上的一家有名的照相馆。我这个照相馆里常常挤满了候车的知青，大家或烤火，或说笑，我都满面春风地接待。我不知给多少知青传递过书信、保管过物件，因此，知青们待我极好。圈河大队杀了牛，建兴会给我送来一大块牛肉；二道泡大队套住了狍子，福生就会给我端来一碗红烧狍子肉；朝阳大队的赵敏收到上海寄来的月饼，不会忘记给我留下一块；大肚川大队分了鱼，徐懿润也会托人送几条新鲜的给我……吃着这些食物时，我心里别提有多高兴了。

临别仲兴之际

张则群

我们集体户十四名上海知青，大多来自上海市复兴中学。1969年4月，我们来到吉林省延吉县太阳公社仲兴七队插队落户。在当地各族群众的亲切关怀下，这些自幼受到良好家庭教育并深受校园氛围熏陶的年轻人，始终保持着一种积极向上的精神风貌。我们以务实的态度对待集体户这一生存空间，正视现实，每天起早贪黑、吃苦耐劳。几年来，我们与当地朝鲜族社员建立了深厚的感情。

农村生活的方方面面基本凭借自己的劳动得以自给自足。我们集体户受到了有关部门的赞赏，多次被评为州、县、公社的先进集体。这段集体户的生活经历，让每一个人终生难忘，其间的酸甜苦辣，始终萦绕心头，令人难以忘怀。

1971年9月，我们知青户长周志宏（后排左二）被抽调到长春一汽，这个消息给大家带来了喜悦，也给大家带来了鼓舞与希望。于是，我们欣然提议照相留念。在集体户房前，张则群（中排左二）等同队插队青年和政治户长金昊日（中排左三）共同留下了这张珍贵的合影。

离开农村后，大家坚守在各自的工作岗位上，为国家建设作出贡献。虽然身处不同环境，但彼此始终亲如兄弟姐妹，相互尊重，和睦共处。这份真情保持了数十年，我们每年都会相聚，每天都能在微信上互致问候。回想起在集体户的岁月，那些在我们生命中最宝贵、最青春的时光里共同度过的日子，心中的波澜便难以平息。

仲兴七队集体户知青留影

如今我已年过七十，许多往事只能依稀记起，但仍有无数的回忆值得追溯，有无尽的友情值得抒写，有无数的故事值得叙述，还有太多的经历值得回味。

大北城的日子

雍秀兰

我是上海国棉三十一厂子弟中学1968届初中生，于1969年3月1日赴珲春下乡。我们一同下乡的六男六女共十二个人被分配到了距离春化公社所在地25公里的大北城大队。春化公社到大北城大队之间没有马路，只有一条羊肠小道。小道的两旁，一面是大山，一面是大河。那个时候没有交通工具，人们步行到公社所在地需要五个小时。我们来到生产队后，看到生产队不但没有电灯，老百姓的住房也是破旧不堪，大家一度感到绝望。

第二天早上，我们十二个人开会商量去留问题。其中，只有户长褚梅芳以及知青白庆华、顾正琴三个人坚持留在这里，而其他九个人则背上行李，悄悄地沿着结冰的湖面回到了春化公社所在地，找到领导反映情况。正巧春化十二队还没有知青来插队，所以我们一行人就在那里落户了。

想不到集体户新房子盖好不久，几个知青在屋里烤毛豆，不慎引发火灾，导致新房子被烧毁，我们连一个安身之处都没有了。因此，我们又不得不回到大北城大队生活。

说实在的，在大北城的生活真的非常苦。当地老百姓都是朝鲜族，知青和老百姓之间语言不通，说话交流全靠比画。因为没有水田，当地人吃的都是粗粮，相比于种地，老百姓更倾向于采挖中药材和上山打猎。

1970 年，大北城大队知青与社员留影（珲春县知青办摄）

尽管生活困苦，乡亲们还是非常关心我们，教会我们许多生活技能，帮助我们克服生活中的各种困难，并且经常给我们送蔬菜、辣白菜等。每逢家里做豆腐，乡亲们都会邀请知青去品尝，那个时候觉得能吃上豆腐，就像是过年一样。

生产队有两位下放干部，他们经常与队长一起带领我们学习政治理论知识，坚定我们上山下乡的决心。

我们集体户知青很团结，在户长的带领下，大家将生活安排得井井有条，在边远山区接受再教育的决心越来越强，户长褚梅芳还代表知青到天安门观礼，这是我们集体户的光荣。

我是集体户知青中年龄最小的，也是最早被招工离开集体户的。每当我回想起那段历史，虽有苦涩，但更多的是激情，令人难以忘怀。

忆往昔

杨培源

上海的平民百姓家中，常藏有几本精美的影集。当我翻开这本西江一队上海知青集体户建户四十周年纪念册，特别是看到这张集体户知青喂猪的照片时，思绪便会瞬间被牵回到绵延千里的长白山下、奔流不息的松花江畔，过去的岁月在眼前徐徐展开，美好的往事也随之涌上心头。

想当年，我们曾聚在火热的炕头上有声有色地讨论着几年、几十年后再相会的情景，那发自内心的阵阵欢笑声仿佛一直在耳边回荡。那时感到不可思议，如今才明白“光阴似箭”四字毫不夸张。五十五年前的伙伴们，如被唤作“娃娃”“阿玲”“十六岁”“小余子”的，还有来自广东、宁波的知青，以及那几位“好哥俩”“亲兄妹”，如今

我和周容、余惟强正在喂猪

都已过了花甲之年。

五十五年，两万多个日日夜夜，冲不淡我对“集体户”的记忆。我们永远忘不了那香喷喷的大饼子、热腾腾的小米粥，迷你型的地戗子、烙饼式的热土炕，出工的敲钟声、日落后的评工分，还有 56 次列车上那清一色的“强盗包”和包内的炒麦粉、云片糕。最忘不了的是我们中的成员进工厂、上学校、回上海……那各奔东西、难舍难分的时刻。后来，我们中有的从政、有的教书、有的搞技术、有的办实业，但不管从事什么职业，谁都有相同的体会：我们这个大“家”难觅，我们这批曾经有过激情、豪情更有亲情的“兄弟姐妹”更难寻觅。这种感情从过去延续到今天，还将延续到未来。

在那战天斗地的日子里，我们同吃过一锅大饼子，同喝过一口井水，同睡过一铺热土炕，同耕过一片水稻田，同养过一口猪，不是兄弟却胜似兄弟，有的还相亲相爱结成连理。虽然我们也曾红过脸、斗过嘴，如今回想起来，却觉得那些都是最美好的回忆。

愿这张老照片能留住那难忘的岁月。

春化忆事

赵冬英

1969 年 3 月 1 日，一列满载着知青的列车朝着祖国的东北方向驶去，这是从上海出发去往吉林珲春的知青专列。

我们到达图们后下车转乘大巴，目的地是珲春春化，一路上不时能见到当地老乡为欢迎知青准备的横幅、标语和彩门，还有朝鲜族老乡载歌载舞的场景。到达珲春县城后，我们继续往东北方向进发，盘山公路上，头车望不到尾车，在晚上，这么多车行驶起来，车灯全部开启，那情景甚是壮观。从上海到春化整整用了六天时间。我们十六名上海知青被分到了春化公社的葫芦头沟大队，就这样，我们组成了一个集体户。

大队书记和生产队长代表全体老乡为我们举办了欢迎会，这下我们也算是安顿了下来。集体户有五间干打垒房，中间作为厨房，有两个灶台和两口大铁锅，西面两间给男生住，东面两间给女生住。知青们同吃一锅饭，俨然是一个大家庭了。

休息几天后，我们正式开始接受贫下中农再教育。锄地、插秧、收割、开荒、伐木、巡山、刨粪积肥，我们和社员干的是一样的活，拿的是一样的工分，整个集体户能全员满勤。锄地、薅苗是最磨人的活，一垄地一眼望不到头，而且完全是人工作业。薅苗是细活，干得

1971 年春，葫芦头沟大队集体户知青及干部留影。前排左起依次为丁庆生、曹平生、罗守柱、忻永祥、陆国荣；中排左起依次为赵峰、王金妹、周健华、陈敏、陆佩芬；后排左起依次为慰问团老金、龚治平、蔡燮清、陆家方、蒋文汇、徐龙华、慰问团团长

快的人一天也只能薅完一垄，干得慢的人还需要别人帮忙接垄。我经常在干完自己的活之后，再去帮助别人。虽然劳动了一天很累，但是胜在年轻，经过一夜的休息，第二天我们照样下地干活。最苦的劳动当属插秧了。东北的天亮得早，不到六点我们就得下地干活。那个季节，稻田里还结着一层薄薄的冰，光脚踩在冰碴儿上，如同无数把尖锐的冰刀扎在脚底，疼痛难忍，稍不注意还会划破皮肤。同样难受的还有手上的血泡。上山开荒用镐头刨地时，一用劲就会把血泡震裂，血和受伤的皮肤粘在镐把上，难受至极，可咬咬牙还是继续干，直到血泡变成了茧子，痛感似乎才消减了一些。

收割的季节到了，我们便把收获的粮食上缴国库。

为了祖国的领土安全，我们有时还要去巡山。冬季，我们顶着凛冽的寒风，踏着齐腰深的积雪一步一步艰难前行，有时还能看到信号弹升向天空。

渐渐地，我习惯了每天的辛苦劳作，也习惯了和乡亲们一起“面朝黑土背朝天”，逐渐成为队里不可或缺的劳动力。当地百姓都很纯朴，他们很关心上海知青。生产队不管是杀牛还是杀猪，都会想到我们集体户知青，每到分口粮、分蔬菜，或是磨了豆腐时，也会多分给集体户一些。

知青们和老乡的关系也很好，至今还有知青和老乡保持联系。他们把我们当作自己的孩子一样看待。就拿我来说，生产队长家包饺子、烙饼、蒸馒头都会邀请我去家里，我和队长盘腿坐在炕上，一起喝着自家酿的酒，唠着家常。临走时，队长的爱人还会给我拿点吃的让我带走，哪怕是几个鸡蛋。有时，我也会把家人从上海寄来的东西分享给他们。不管是在生活上还是在劳动中，只要我们集体户知青遇到了困难，老乡就会伸出援手，帮我们解决问题。几年的插队生活让我经历了许多不寻常的事，增强了我克服困难的勇气，也让我明白了生活中没有过不去的坎，办法总比困难多。这段经历无论从哪方面来讲，都极大地增强了我的底气。

几十年过去了，往事还历历在目，我常常怀念那片土地。2020年8月1日，我全家和妹妹一家特地来到春化的葫芦头沟。去往村里的独木桥已然变成了钢筋水泥桥，村里的道路很整洁，路两边的房屋十分整齐，好多人家屋顶上还安装了太阳能热水器，大队的后山成为野生动物保护区。村书记带着我去看望了老乡，有的老乡竟还能认出我，围上来嘘寒问暖，甚是亲切。集体户前面的那条河还在流淌，集体户的五间房却没了踪影，取而代之的是两幢漂亮的瓦房。这一趟珲春之行，实现了我的心愿，衷心祝愿我的第二故乡越来越好。

我将青春的一部分留在了春化大地，春化大地也使我感悟到人生的真谛。几十年过去了，直到现在我还会常常想起春化的山、水，还有那里的老乡……

难忘在哈达门公社的知青岁月

范增生

1969年3月13日下午，我们在上海彭浦车站上车，经三天三夜的长途跋涉，于16日傍晚到达图们火车站，再换乘解放牌汽车前往目的地。当时我们也不知道被分到了哈达门公社的哪个大队，心想，反正送到哪里算哪里吧。

到达目的地时已经是晚上9点多钟，生产队社员提着马灯，把我们领到牛圈旁边一间饲养员休息室过夜，此时才知道我们被分配到了哈达门公社松树大队。第二天，天刚蒙蒙亮，社员通知我们到附近的老乡家吃早饭。一进门，一股浓浓的酱汤味扑面而来，当时我们还闻不惯这种味道。老乡家做的是小米饭、酱汤和小咸菜，因为吃不太习惯，大家都没吃几口。不一会儿，生产队长通知我们，分配给我们集体户的宿舍已经被其他知青占用了，要求我们去公社找知青办寻求解决办法。当天上午，我们集体户全体人员只好步行30多公里来到哈达门公社找负责知青安置工作的领导。当时，公社武装部郭部长负责上海知青的安置工作，我们向他详细说明了有关情况，他表示要请示公社领导后再给我们答复，并安排我们暂时分散住在当地社员家里，每天三顿饭可以在公社食堂免费就餐。虽然伙食不太好，但我们每顿都能吃到馒头、大米饭和海带汤，这在当时来说已经相当不错了。大约住了一周，郭部长通知我们，公社决定把我们安置在中心三队。中心三队本来没有安置知青的计划，因此也没盖宿舍，我们只好暂时分散住在本队的社员家里。那年秋天，队里终于把集体户宿舍盖好了，我们搬了进去，一场小小的风波才算平息下来。

哈达门公社距珲春县大约30公里，中心大队有四个生产队，其中三个是朝鲜族队，唯独我们中心三队是汉族队。中心大队地处哈达门公社所在地，不仅有商店、邮局、银行，而且交通方便，每天早晚两班长途汽车可直达县里，各方面条件要比松树大队要好得多。我们中心三队集体户共十一人，三女八男，只有一位高中生，其余都是初中生，分别来自上海市第十五中学、图们中学、沪东中学、扬州中学。

下乡第一年，国家为集体户知青提供生活费和粮食，主食是高粱米、小米、苞米碴子、苞米面，以及少量的大米和白面。生产队安排一名社员为我们集体户人员做饭。一天三顿全是粗粮，偶尔能吃上一顿大米饭或者馒头就算是改善伙食了。蔬菜的种类很单调，做出的菜也没有什么油水，都是些自己种的白菜、土豆、萝卜。我们从小没有吃过高粱米饭、窝窝头和大饼子，如今每天都是这样的伙食，对我们来说是一大考验。有时候肚子饿了，我会偷偷地到附近公社食堂去买个馒头吃。那时买馒头要用粮票，还好来时家里给我带了一点全国粮票，让我能买点馒头解解馋。

经过几天的休整和适应，四月初我们就下地劳动了。第一天干的活是刨苞米地里的茬子，也就是将去年秋天割完苞米后留在地里的根刨出来。晾晒几天后，把茬子上的土打掉，这样处理过的茬子可以当柴火烧。别看这活儿不起眼，却是个力气活，一天干下来我们满手是大泡，第二天继续干活，水泡就破了。那时哪有创可贴，为防止感染，只能是抹点红药水或碘酒。苞米茬子打完了，紧接着就开始到水田地里"抹埂子"[1)]。由于经过一个冬季，水田地里的埂子已经被冻鼓，四周都渗水，这样不利于水稻的种植。社员教我们用铁锹把泥堆在埂子上，然后再用铁锹把泥在埂子上抹一遍，保证放水后不渗水。东北的四月天气依旧十分的冷，水田里还结有冰碴儿，在没有水靴的情况下，光脚在有冰碴儿的地里干活，那是怎样的感受，没有经历过的人绝对无法感同身受。最后我们实在挺不住了，找生产队借款给每个人买了一双水靴。

转眼到了1970年冬天，当地开始在知青中招工。由于政审不合格，我失去了多次招工、招生、征兵机会。1974年6月，高等学校招生工作又开始了，大队和生产队的领导都要我报名，我对他们讲就是报了名我也去不上，他们对我说："你可以作为'可以教育好的子女'

1）指修整水田田埂。

1974 年 10 月 4 日，哈达门公社中心三队集体户知青留影

报名，政审时我们两级班子集体向公社和县里反映你的情况。”这样一来，我才得以报名参加了考试。当时，院校是否录取学生不仅要看你考分是否达标，还要看你政审是否合格。我找了各种学习材料，认真准备考试。功夫不负有心人，9 月初我收到了黑龙江省齐齐哈尔铁路工程学校铁道栈桥专业录取通知书。当时，我激动的心情久久难以平复，一连几天也没有睡好觉。社员们听说了这个好消息，纷纷前来祝贺我。几天后，我去县教育局领取了 30 元的路费。10 月 4 日清晨，生产队派人开着队里新买的手扶拖拉机送我到县里的长途汽车站。临走前，我与前来给我送行的知青户友在珲春县照相馆拍下了这张弥足珍贵的照片。

照片中当年的帅哥靓女，如今已经鬓角斑白，步入古稀之年。时间可以改变年轻的容颜，却改变不了户友们之间深厚的友情。

从1969年3月起到哈达门公社插队，直到1974年10月离开，我在这里度过了六年不平凡的岁月，品尝到农村生活的酸甜苦辣，留下刻骨铭心的青春记忆。

在之后的人生旅程中，无论是在辽吉大地修建铁路，还是到柬埔寨和非洲参加援外工作，每当遇到挫折时，我总会情不自禁地想起在农村插队的日子，那些青春记忆成为我应对挑战、克服困难的动力。

现在，我们集体户户友会在每年的3月13日和9月13日相聚。令人欣慰的是，大家都安享幸福晚年。

我深深地体会到，通过六年插队生活，我意外收获了许多在学校里学不到的生存本领。从这所“农村大学”里积累的社会阅历、生活经验以及锻造出来的坚强意志，让我们这代人终身受益。

难忘知青情谊

杨人俊

人生难免聚与合，相逢有缘亦有散，有缘再见喜相逢，聚散如梦亦如真。在我的人生历程中，我无法忘记与好友周培兴的相识。

我与培兴是插队到金塘大队后才认识的。金塘大队位于敬信东南边的平原上，全村共有一千三百余人，分为七个生产队。一队至六队是朝鲜族队，均驻在金塘村内；七队是汉族队，位于金塘村北边三里地远的黑顶子山脚下。农业生产以小队为单位开展，而包括开批判大会等阶级斗争活动和民兵训练等则是以大队为单位进行的。培兴所在的金塘一队驻在金塘村的东北角，而我们六队在西边，两队相距 500 米左右。

由于刚刚来到农村，知青们会经常开会学习。我常常要到一队集体户去向当时我们这队知青营长王林根汇报和请示工作，去的次数多了就与培兴相识了。随着时间的推移，我们在农村的生产劳动和生活经历逐渐增多，我和培兴之间的互动也就日益频繁起来，在思想上、情感上的交流也不断深入。集体户的宿舍、村外的小路和小溪边都印刻下了我们俩的足迹，留存着我们俩的身影。

1971 年初春，那时大部分知青回沪探亲还没回来。由于各种原因，包括我和培兴在内的少数知青留在了集体户度过寒冷的冬季。有一天，我们俩守在六队牛棚土灶旁边烤火畅谈。室外零下十几摄氏度，而灶里烈火正熊熊燃烧，我们俩紧挨在一起，一边烤着火，一边闻着炒黄豆的香味。时至深夜，门外西北风呼啸，我们的思绪随着火苗的跳动在天南海北飘荡，畅想着未来。

培兴是一个非常稳重的人。他博学睿智、思想敏锐、目光远大，这在我们当时的知识青年中是少见的。他还是一位非常易于相处的人，善于倾听他人的意见和见解，不时也会发现一些十分关键的问题和察觉常人注意不到的现象。

我在与他的接触交流中增长了知识、开阔了视野，增强了在农村的适应能力，坚定了我对美好愿景的信念，明确了我对人生的展望。可以说，我们俩互为良师益友。

1971 年 12 月我被招工到延边水利工程处，他也于 1975 年进入延边财贸学校就读。他的学校离我工作的单位只相距几百米，在他读书的那几年里，我们互相往来也十分密切。现在回想起来，那段时光真是美好而难忘。

培兴和我

1976 年 11 月中旬，我因工作需要将离开延吉市。培兴得知消息后赶到我的单位与我话别，并到火车站为我送行。延吉站是一座具有鲜明民族特点的建筑，是在延边插队的上海知青心目中的圣地。进入车站，站台的墙角处还有残存的标语。

上午 10 点左右列车即将进站，分别之际，我们满心不舍，心情难以言表。我们单位给我送行的同事带着相机，赶忙为给我们俩在延吉车站的站台上拍下了一张珍贵的照片。

这张照片我们俩各持一张，长期珍藏。没想到那一别便是悠悠数十载，我们俩天各一方，为生活奔波。二十多年后，我们在上海再度相逢，见面之时，相对无言，唯有泪两行。

时光如梭，几十年过去了，我们都已步入古稀之年。回忆过往，感慨万千，这段聚散离合深深镌刻在我的内心深处。

明月镇的小公交车

肖俊锋

吉林省延边朝鲜族自治州安图县地处长白山下，是一个偏远的山区小城。我当年插队落户就在这里。刚去的时候，安图县政府设在松江镇，距离位于明月镇的火车站 125 公里。

当时，安图县人口共计十一万多，包括插队落户的上海知青。知青要回上海或者从上海回来，必须要从 125 公里外的明月镇中转。可那时每天只有两三班长途汽车开行，为了能挤上塞满乘客的长途汽车，我们每次出行都十分艰难。何况那时的路面都是沙石路，汽车一路上颠簸五六个小时，不少人都会晕车、呕吐。而且冬天坐在车上实在冻得不行，只能不断地跺脚活动，实在是活受罪！

后来，安图县政府从松江镇搬回明月镇。那时，这个小县城只有两条街道，一条东西向，一条南北向。这两条路晴天灰蒙蒙，雨天水汪汪，却是镇里的交通要道。尤其是东西向的这条大街，白天总是车水马龙。因为这里地处山区，加上人口有所增长，土地资源显得十分紧张，所以县政府机关办公楼全部建在二龙山的西面，名曰“新区”。每天都有许多人前往新区上班、办事。我们平时出门可以骑自行车，不仅省力，还能节省时间。若是到县政府各机关办事，全程都是上坡路，只能靠两条腿步行前往，至少要走二十分钟。

改革开放后，各级政府决心改变明月镇交通落后的状况，决定在镇里开通一条公交线路。

1979 年 1 月 1 日，虽然那天的气温是零下十几摄氏度，虽然这是一个难得的休息日，我却没有睡懒觉，而是与上海知青张通华、吴文华夫妇一起，早早地来到安图火车站站前广场看即将开通的明月镇内首条公交线路班车。

只见广场上停着一辆小面包车——这就是全县人民翘首以盼的小公交车，它正等待着迎接 7 点 45 分抵达的从敦化方向开来的火车上的旅客。因为首次运行，很多旅客事先不知道安图县城有公交车，更来不及询问该车途经点，所以车上乘客并不多。我们仨每人花费一角钱，坐上了这趟车。公交车从老城区经过新城区，跨过二龙山公园桥，环绕二龙山，穿过铁路桥，避开了大街上熙熙攘攘的行人，半个多小时后又回到了始发地——安图火车站站前广场。那天我戴着一顶花了近半个月工资购买的羊剪绒皮棉帽，围着一条羊毛围巾，与张通华一起微笑着站在小公交车前，让吴文华为我们拍下了这张照片。事后，

张通华和我

我们还特地写信把这个消息告诉了上海的家人。

时光如梭，近几年我几次回到第二故乡——安图县，发现交通变得越来越便利。明月镇到松江镇的沙石路早已经变为柏油公路；长途客车每天有很多个班次，可随到随走；车上的座位不再狭小局促。

我们当年所在的生产队位于太平沟，离松江镇有 9 公里，途中要穿过两座山和一片沼泽地，被人称为“不适宜居住”的深山沟。那时走这段路程最快也要一个半小时，现在情况大为改善，从松江镇乘坐公交车不到二十分钟就能到达。

2023 年夏天，我带着亲属再次踏上了第二故乡的土地。途经延吉，惊奇地发现这里的公交车竟然也有空调。坐在空调公交车里，我的心情不由得倍感舒畅。我从内心里为第二故乡高兴、自豪。如同我当年站在下乡之地那高坡处向前眺望时希望的一样，现在这里高速铁路、高速公路、高架桥尽收眼底，呈现一派美好繁荣的景象。

同学情谊浓

范文发

那年，我们第一次从上海探亲归来。我们都是上海控江中学1968届高中生，由于“一片红”政策，全部都要前往农村插队落户。我和道游、阿远、枝良四人是最早决定去寒冷的东北吉林延边的。

1969年3月1日，我们先坐火车后转汽车，前后用了六天，才到达珲春敬信公社。我们到达后不到三天，刘文溪也来到了延吉县插队落户。不知道是不是我们的感召力起了作用，我们的同学王敏珠、李雅琴、杨宪妹、堵菡儿也报名来到了珲春马川子公社插队落户；没过一个月，王世俊、沈麟、陈玲珍、张来珍、王惠飞等几位同学也到了延边烟集公社磨盘大队。这样，到吉林延边插队落户的同学总共有十四名，占了班级总数近三分之一。一同来延边插队的同学中，男生之间彼此都有过接触和了解，而与女生的关系则疏远得多，有的在学校里甚至都不曾说过一句话。但不管之前的关系是否亲密，一来到离家3000多公里的异乡，我们便自然而然地成了亲近的邻里和伙伴。

三个月后，刘文溪与王世俊从延吉赶到珲春来看望我们四人。当天夜里躺在炕上，从同学聊到老师，从数学聊到英文，就连学校组织学工学农时的琐碎小事都能津津有味地谈论，一聊就聊到了凌晨。下半年农闲时，我和道游、阿远、枝良四人又徒步跑去马川子看望四名女同学。第二年探亲归来，我们四人又在长春到图们的列车途径磨盘山时下车，去看望同班同学。

我们在磨盘山火车站前留影

列车启动前，王世俊在磨盘山火车站为我们拍下了这张照片。磨盘山火车站是个小站，火车只停靠一分钟。我们从上海返程，行李特别多，每人都有三四个旅行袋，于是我们在前一站就将大量行李堆放在车门口。列车员一打开车门，我们就迅速将行李一件件往站台上扔。因为若缓慢地往下拖动，一分钟时间根本不够。磨盘山的同学早已在站台上等候，等我们下车，他们赶忙接过行李扛着就走。尤其是女同学，都学会了头顶行李的本事。陈玲珍抱起硕大的网袋，娴熟且平稳地放置在头顶，丝毫不逊色于土生土长的朝鲜族妇女。当年同学间的情谊，如今回忆起来，心里依旧觉得非常温暖。

家书抵万金

范文发

如今人们有了电脑手机，再加上这些年盛行微博、微信等社交软件，写信、寄信、盼信、读信时的激情与亢奋已经荡然无存。

但我对信笺的热忱却依然如故。

当年，我们作为知青千里迢迢来到延边，是意味着要在农村扎根一辈子的。但是当时我们的行李却极其简便，不像是要在那儿落户的样子，每人只有一个木箱或者纸箱，再加上一个铺盖卷，口袋里通常揣着二三十元——那是一年的零花钱。大家面对着如此贫乏的物质条件，都十分懂事与节俭，很少有人随便开口向远在上海的父母要钱，除非是生病或有急事。

然而，从离开上海的那一刻起，那种思乡的愁绪便油然而生且日渐加深，对亲友的思念从未中断，于是书信就成了联络天南地北亲友之间感情的纽带。尤其是刚下乡时，每月写个十封、二十封甚至四五十封信的情况极为普遍。可以说，我们的零花钱大多都花在了邮局里，给农村的邮递员们增加了数十甚至上百倍的工作量。那时一张邮票只要八分钱，为了能更节省，有时自己糊信封，随处可见、背面空白的油印材料是最经济便利的信纸。好在那时村里没有电话，否则，有先进的通信设施却无钱支付使用，思乡的滋味只会让人更加难耐。这长途来长途去的，一个月不打个百八十块钱，怎么能够慰藉知青们的这股思乡情？

我们白天胼手胝足，夜晚便独缩于角落，铺纸提笔、挑灯疾书。在这种情意绵绵的举止里，年轻的心灵不存在现今那种时髦的拈酸吃醋、爱恨情仇般的无病呻吟，更没有为蜗角虚名、蝇头微利而表现出连篇累牍的虚情假意。这份牵肠挂肚纯是为了故乡那一缕难以消除的萦念……

信笺一旦书就，便于第二天清早赶在出工前候在路口，央请来往的行人捎去公社投寄，紧接着就是没日没夜地对回信的盼望。每天有一班客车捎带着公社每日来往的邮件从县城开来公社，大队里每隔两三日会有人到公社办事，或是在公社上学的中学生回来时便将本队的邮件带回。毫不夸张地说，所带回的邮件中 99.9% 都是寄给知青的信件。

有一次，因打场活紧一连数日无人上公社取信。几天没有收到亲友的音讯，使得知青们失魂落魄。负责做饭的我便早早起来将早饭、

1971 年范文发在珲春照相馆

午饭合在一顿做好，又将猪喂饱，然后徒步去公社取信。我出门时只是零星小雪，不料返程时雪已经大如鹅毛。由于前两天下过雨，地上的积水全结成了冰。此刻，大朵大朵的雪花早已填平了冰面与泥地的界线，让人无法辨认哪儿滑哪儿不滑。我当时穿的是一双上海式样的蚌壳棉鞋，是塑料底的，干硬的鞋底受冻后像镜面一般光滑。于是，上坡时我滑得嘴啃雪，下坡时摔得脚朝天，这七里山路我几乎是连滚带爬地走过来的。

我经历千难万阻回到集体户，也不知是因为寒冷还是因为疼痛，竟是一把眼泪一把鼻涕地哆嗦起来。当我从自己怀里掏出一封封热乎乎的书信时，知青们那渴望与期盼的眼神，那一双双大手，那一份份激动，不亚于“阿波罗”登上了月球、“淮海战役”打了胜仗……

知青们双手捧着封封家书，可以不吃饭不睡觉，翻来覆去地读。没收到信的，酸楚地羡慕着收到信的；收到信的，又向没收到信的炫耀着甜蜜的幸福，使得没收到信的更加思亲念友，眷恋与失落齐上心头。显然，这书信于我们是十分宝贵的精神食粮。

我在延边生活了近十年，其间筛选并积存了百十来封亲友书信。随着时间的推移，知青们的抽调，集体户的分化，思想问题由简单变复杂。因此，家书的重点逐渐由对父母家人的嘘寒问暖转向与知心朋友的精神探讨。我每每触摸到这些薄如蝉翼并已经发黄的信笺时，心里总会翻涌起那份真挚的感情，它曾经在我灰暗的心底里投射出一道

为了省钱，用油印稿的背面当信纸

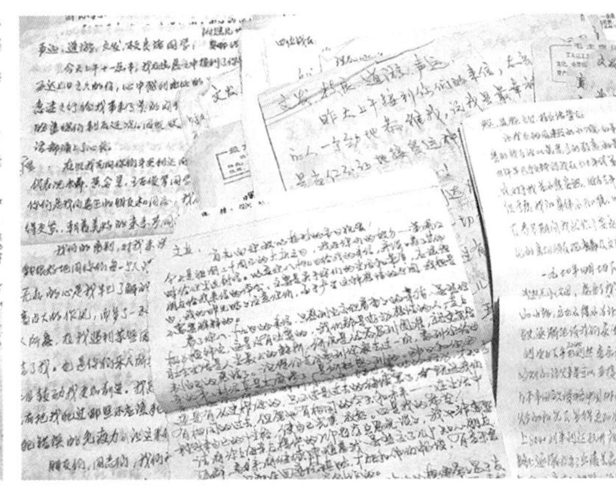

亲友书信

亮光，在我失衡的躯体中搭起过支架。

别小瞧信件中言语的稚嫩与笨拙，加之残留着些许无法回避的旧式思想，而静下心来细细品味字里行间这火一般的情谊和真切的生活，由此及彼，能叫人联想起多少曾经为之激动、为之悲怆的岁月里的人和事，这份怀旧足以让人在精神上得到慰藉。

以此将书信作为永久纪念。

书信（一）

这是文通兄在我们离开上海的前几天创作的。我们四名一起来珲春的同学相互传抄，人手一份。细想起来，当时感动的并非全是字面上的豪言壮语，倒是骨子里的深情厚谊激发了我们的共鸣。

我羡慕你们，年轻的朋友
诚然我们没有真正相识
也许在路上遇见只点了点头
青春的热情在你们身上
已汇成一股使雪化冰融的暖流

是时候了
雄鹰张开矫健的翅膀

去搏击长空，去际会风云的时候
你们用同一个时代的旋律
在年轻声音的节拍下
演奏了一曲革命的五重奏

你们用毛泽东思想的精神原子弹
要叫长白山低头，图们江倒流
让珲春大地也添上江南的锦绣
你们把红色的宝书揣在怀里
昂首挺立在社会主义的门口

让敌视者隔岸观火吧
只能是望洋兴叹、永远发愁
我希望你们，年轻的朋友
北去隆隆的列车把你们带走
南来的燕子将传达你们的问候
不要学辛稼轩的愁情满腹，“个人第一”
去搞个什么“万里觅封侯”
亦不必看李易安的见花掉泪，遇秋伤情
落得个“人比黄花瘦”
紧跟人类最伟大的舵手
“到中流击水，浪遏飞舟”

要亲手埋葬世界上的豺狼虎豹

把毛泽东思想的红旗插遍全球

文通兄赠于 1969 年 2 月 26 日

1969 年在朝阳村小溪旁

书信（二）

这封信是我们班级素有“学生头”之称的刘文溪刚到延边时给我们写的第一封回信。我们于3月1日离开上海，他是3月4日走的。他所在的公社离州府延吉市只有半小时的车程，条件要比我们所在的山区好得多，加上他的要强以及成就大事业的雄心，信中的激情常常溢于言表。然而，在他那昂扬的措辞间依然掩饰不住恋家思乡的情绪。

文发、枝良、道游、声远：

昨天上午接到你们的来信，太高兴了！周围的人一个劲地恭维我，说我是最幸福的，我当然是接受了这种好心的恭维。首先向我的朋友和战友们问好！

我于3月8日到达延吉县烟集公社，被分配至兴农大队第七生产队。这儿的一切都比较令人满意。首先我对朝鲜族的老百姓有一定的好感，他们能歌善舞、热情好客。这儿的物质条件是不错的，有电，每天能听广播、看报纸，主食一半时间是吃大米，另一半时间是吃小米或高粱。这儿的自然风光无疑是很美的，我喜欢爬山，经常在早晨和傍晚到屋后的山坡上散步半小时，有时还能看到十分壮观的落日景象，鲜红的落日将它的影子映在雪白的冰河上，不仅十分别致还十分振奋人心。所以，我的感情一直是比较澎湃的，我很难用短信的形式记叙这种自然美景所给予我的种种感受。

我变得很勤劳，每天要干许多活，也已经学着做饭、洗衣服、缝补。我基本上能够打理自己的生活了，但同时我又因为这些事挤去我看书的时间而惆怅，我竟然至今没有翻过一页书。

一切都令人满意。

但有两点是让我感到很伤心的，一是缺少亲人们的爱抚，二是缺少精神营养。你们可能也有过类似的感受，但我希望你们勇敢、坚定、积极、向上、乐观，这些都是无产阶级的优秀精神品质，也是我一直要求自己的。记住，消极的态度是十分危险的。

我希望你们经常给我来信，经常鼓励我，给我精神上的帮助。否则，思想是容易枯死的。我们最好能对一些思想问题和学术问题进行讨论，那是有益的。你们都爱好古文，也爱好辩论，这是我最欢迎的了！文发和枝良能否抄一些古诗给我，温润我的头脑。你们说有许多轶事和感受，请不厌其烦地告诉我。

这些天忙于写信，总数已达卅封，还欠债不少，所以只能草就，希谅。将来我一定会写出令你们满意的信的！

祝

健康！

文溪于 1969 年 3 月 17 日

1972 年在朝阳山沟

书信（三）

插队落户刚开始时，娄延勋同学因患气喘病，工宣队同意他暂缓下乡，因此，他在上海做了我们这些去往天南地北的同学间的义务联络员。后来随着动员的加剧与升格，他还是下乡了，但是没到一年就因病发被遣返回上海。这是他在上海写给我们的第一封回信。

声远、道游、文发、枝良：

今天上午十一点半，我在期盼之中收到了你们来自远隔千里、历时七日之久的信，心中感到无比的兴奋。说实话，你们的急速之行给我带来了莫大的忧虑，多少天来，我一直盼望着了解你们的别后情况。在此，我向平安到达的你们问好。让我怀着对朋友的忠诚，并代表沈麟、黄强、王世俊等同学，衷心地祝你们身体健康。你们是我们真正的朋友和同志，虽隔千山万水，但我们的手将携得更紧。

我们的离别，对我来说是一个极大的损失。至今，我都没有机会同你们每一个人谈过话，但你们那种纯洁、热情、无私的心是我早已了解的。比起另一些人来，你们少了一种自高自大的作风，多了真诚和实事求是的品质。是你们以急人所急的心情，在我遇到困难和犯错误的时候帮助了我。同样，你们以乐人所乐的心态，在我稍有进步的时候鼓励我继续前进。

我现在仍然处于“病休”状态，因此没有像其他同学那样被动员去这儿去那儿。沈麟今天上午被工宣队动员要去云南。工宣队表示，云南地区85%是农场，具体情况上了火车就能知晓，还是不错的。工宣队动员走了一批同学，他们有的去了江西、有的去了吉林。军垦是铁饭碗，大家都十分向往，但名额有限，竞争十分激烈。

于一号送你们离开后，我日日期盼着何时能收到你们的电报，接到电报以后又期待着信件的到来。是月五日下午五点，收到了你们发来的“四日顺利抵达珲春”的电报，我连夜依次到王枝良、范文发、林道游、林声远家里报信，恰好，你们的父母都在家，他们听到你们安全抵达，心情比前些天安定多了。他们热情地和我交谈，我深切感受到了他们作为父母的无私和无奈。道游母亲说："四个孩子，只要留下一个孩子照顾生病的父亲就行了。"我觉得这种心情是完全可以理解的。你们应该为有这样的父母感到自豪，这也是你们能够安心生活工作的基础吧。

在你们去吉林之后，上海有几个人开始造谣，有的说去吉林的人全变成矿工了，有的说变成了军垦战士，还有的说是火车从天津没有直接进关，而是拐入了北京，接受周总理的会见，每人发了一件呢大衣……虽是谣言，但作用非凡。是月九日是星期天，许多学校老师纷纷加班，原因是许多同学争先恐后要去吉林，结果，吉林的名额不但提前完成，而且还超额了许多。你们的来信完全证实这是谣言，与到延吉插队落户的同学相比，你们的生活是要艰苦得多，相信你们一定能够战胜困难而且决不向困难屈服。

黄强的情况可谓一言难尽。在与你们分别之后，他总是提那句"离开他们对我是一个重大损失"。学校天天动员他去边远地区，可他是独子，他母亲舍不得，出于身份原因，近边的或军垦之类又轮不到他。他告诉我准备返乡到苏北，但他说一个人去农村生活，缺乏家人和朋友陪伴，这样的日子难以想象。我了解他，他是一个有头脑的人，是决不会使自己消沉下去的。

余言后叙。

祝健康

远方的战友：娄延勋

1969 年 3 月 18 日

难得回到上海，坐在外滩的长椅上过一把城市瘾

书信（四）

王世俊同学在我们抵延一个月后也到达延边插队落户，这是他到生产队后寄来的第一封信，信中谈到“横下一条心”的情况。当时，这在知青中是非常普遍的现象。

共产主义家庭的成员范兄、枝良、道游、阿远四位：

继你们之后，我来到了延吉县长安公社磨盘大队第五生产队。这里因在这一带山区中的主峰上有一块大石头像磨盘而得名“磨盘山”。这里没有电灯、没有大米，万幸的是有一个小火车站，交通还算便利，到延吉三角钱，去图们六角钱，回上海三十三元八角钱，转大连是十六元六角钱。这个小火车站，给我们的出行提供了不少便利。生产队有一张乒乓球案子、一根单杠可供我锻炼身体，还有一间日本式的厕所。

至于你们都很关心的我是怎么来到吉林的这个问题我也很难回答，现在回想起来，也觉得有点稀里糊涂，原因可能是多方面的。一是因为工宣队动员得很紧，班级同学一批批走了许多，我的脑子也乱得厉害，便横下一条心想要早点走。二是之前我有机会去军垦，但你们都不在那边，没有朋友陪伴，而且军垦的探亲假一生中能有一两次就不错了，插队落户倒是可以随意出入，吉林离家近一些，两年回一次家没什么问题。三是我当时一心只想吃大米，但黑龙江地区气候寒冷，可能会吃不到大米，大家都说在吉林能吃到大米，没料到我来这里也是吃杂粮。再者，我原以为有个邻居会和黄强一起来，没想到一个也没来。但我并不后悔来到这里。

学校曾动员我去黑龙江农场，我拒绝了他们，他们又动员我来吉林，那时我开玩笑似的答应了，没想到后来真的来到了吉林，就像你们一样，许多人都对我的决定感到吃惊。但我是考虑了两天一夜，直至上个月二十四日才正式决定的。

我在这里肯定会遇到一些困难，但我坚信，在我的努力和同志们的帮助下，一定能克服的。我请求你们以后多给我写信，你们的信会给我勇气和智慧，给我克服困难的力量。我无法用言语来形容我收到你们来信时的激动和幸福。

现在，我很想读点书，提高自己的语文能力。于是，我从老刘那里借来了《安娜·卡列尼娜》，但读后不知它究竟在歌颂什么，又在唾弃什么，主人公的结局又想表达什么。听说文发把它改编成了电影剧本，请来信介绍介绍，我主要想了解一下它的思想意义。

磨盘山人：王世俊

写于 1969 年 4 月 14 日

离开学校前，同学们拍了一张集体照

书信（五）

黄强同学的这封信，是在大家都经历了半年农村生活后写的，所以信中对于思想改造、朋友相处及命运前途方面谈得比较冷静、严肃一些，没有了他以往的浪漫与诗情。但革命辞藻仍掩饰不住他那份孤独且矛盾的复杂心理。

文发：

首先向你致以热烈的节日祝贺！

今天是中华人民共和国成立二十周年大庆之日。读完你于8月19日给我的来信，我觉得我们都是好动感情的人，走上社会是人生的一大转折，何况是从城市到山村，从读书到务农，从容易到困难，这更需要我们去调整和控制自己的情绪。记得你走后，我曾去过一次你家，看到你写给母亲的第二封信，真是令人感到凄凉！这也是我没有预想到的。那日和你母亲、姐姐谈了许久，了解到你童年时期在西安、福州的经历，才知道你自小走南闯北，遇到过许多困难，十分不容易。既然我们有相似的过去，但愿也有相似的现在和未来，在生活的磨炼下，希望我们的性格能更加成熟。

请分享你从上海亲友那里得到的一些哲学思想，我很需要。孤独，看来将继续跟随着我。我虽然交了几个知心朋友，但他们都不在乡下，只有我回镇上时，才能和他们畅谈。他们中有音乐爱好者，有美术爱好者，也有爱好文学创作的。

没有什么比孤独更危险的了，我是深有体会的，但我坚信，自制能战胜孤独。在这个革命大熔炉中，我们没有必要人为地制造痛苦，我们只有踏踏实实地战斗，从战斗中寻找生活的乐趣，并在战斗中前进。我们应该拥有建筑在稳固基础上的理想，而不是建筑在沙滩上的理想，需要看看这个理想包含什么内容。

今天这封信也没有附带我的创作给你。从世俊的信中得知，你希望朋友们经常给我来信，不让我的智慧“停滞”，这是个很严重的问题，我已经深深感到这种威胁了，你应该

相隔五六年后再相聚的同学们

知道我是孤独的，是指在精神生活方面彻底的孤独。我已经许久没有进行创作了，但生命还没有停止，尚要努力挣扎一番。你对《北方的云景》提出的缺点是切中要害的，如果以后还要创作的话，我必须提醒自己。

离开你们半年了，从其他朋友的信中得知，你们的生活中出现了矛盾。虽然这是预料之中的事,但不希望你们"远则亲,近则疏",要尽量在矛盾中求得统一。人往往是这样的,十年以后再来看今天的矛盾，会觉得它们是非常可笑的。我殷切地希望你们能够永远团结前进。

黄强于 1969 年 10 月 1 日

富民一家人

祁秀娟

1969年4月6日12点38分，伴随着长长的汽笛声，满载着上海知青的专列正缓缓驶向祖国的东北边陲——延边朝鲜族自治州。一批年仅十七八岁至二十二三岁的年轻人，怀着不同的信念离开了黄浦江畔的故乡上海。他们中有满怀激情去广阔天地战天斗地、施展才华的，也有想换个环境出去闯一闯的，但是此刻，离家告别父母亲的不舍，对上海的留恋之情却是相同的。当火车的车轮“咔嚓咔嚓”地响起时，每节车厢不约而同地爆发出一片哭声。从此，七十九位来自上海的初中生和高中生紧密联系在了一起，组成了富民一家人。富民一家人有七十九名成员，四十名女生，三十九名男生，组建了五个家庭：三队集体户有三个家庭，九队集体户有一个家庭，大队内有一个家庭。

富民二队集体户是公认最有互助精神的集体户。富民二队集体户主要由北郊中学的同学们组成，其中大多数是北郊中学1968届高一六班的，此外还包括两名初中生和一位需要他们照顾的外来干部的子女。二队地处山区，是富民最贫困的一个生产队，工分给得很低，一天的劳动只能换来一两角钱。户里有几位不怕吃苦的农活能手，比如舒利平、季金水、蒋月琴、曹葆琴和王吉龙等。尤其是舒利平，无论是种地、犁地还是割地，各类农活都能轻松应对，他的工作效率和质量都得到了队里老农的高度评价，称他为“年轻的老把式”，完全不像一个上海人！知青工分有高有低，户里打了个统账，一起把下一年集体户的口粮买了回来。知青们谁也不向家里要钱，他们在这里相互帮助，像一家人一样一起生活，过得非常快乐。

张佩佩说：“富民三队集体户是最有创收精神的集体户，很了不起！富民三队知青平均年龄较小、女知青多，是一支单纯又实诚的队伍。这支队伍共十七人，女知青十三人，男知青四人。有老乡曾问，你们上海男人是否怕女人？年长的顾兆虎大哥回答说，上海男人历来尊重和保护女性，这是上海男人的美德。由于集体户成员年龄较小，搞副业没经验，一头小猪养了一年也不见长，最终只能无奈地放弃，之后改养狗，一只母狗生了六只小狗后将其售出，这成了集体户的第一笔收入，大伙儿高兴极了。对于当时的我们来说，这笔收入是非常了不起的成就！很遗憾！我们的队伍本该出现大企业家的！”

王金森说：“五队集体户是最有‘护花助草’精神的团队。五队有十一名男生和五名女生，颜值都很高。我们十六个人特别团结、和谐，生活充满活力。刚下乡时，由于初次离开父母的呵护，我们的生活自理能力真的很差，尤其是男生们特别不习惯，日常生活几乎无法自理。好在女生们及时伸出援助之手，帮助这些‘妈宝’洗衣、缝被等，男生们则仗义地承担了集体户所有力气活，让大家再次感受到了家的温暖。有一次，有一位女生遭到骚扰，两位男生闻讯赶到现场，狠狠教训了那个‘癞蛤蟆’，接回了我们的‘白天鹅’。生产队的劳动很繁重，砍柴、修坝、炸山、采石、挖煤、伐木，我们样样活都干过。强健民、盛保根是户里的劳模，连当地老乡都竖起大拇指，连声说：‘佩服，佩服！’队里的工分很低，加上我们又值青春期，分配的口粮根本不够吃，常常是吃了上顿愁下顿。尽管如此，我们依然笑对困难，乐观开朗，小幽默、小笑话层出不穷，令人捧腹大笑。沈小兔就是我们队里的开心果。这就是我们——一群个性鲜明的五队知青。”

韩克蕴说：“富民七队集体户是能工巧匠最多的集体户，有三名女生和九名男生，女生属于贤妻良母型，集体户中的大部分家务活都由女生们来承担，好让男同学们腾出手来去队里展示才能。林华明被生产队选举为生产队长，队里的农活全由他掌管，而生产队的木工活和电工活以及农具修理，全部由王吉生承担。集体户成了生产队的活动中心。当然男同学对女同学也是爱护有加，富民七队的知青们是团结友爱的典范。”

富民八队集体户是最会过日子的集体户，有十五名知青，六男九女。其中，有三位北郊中学的高中生，分别是1966届的孙光贤、1967届的崔锡梁和1968届的我——祁秀娟。户里的人在居家过日子方面都愿意听我们三个安排。下乡时国家给了每名知青 800 元的安置费，这对我们八队十五个人来说可是一笔巨款！我们决定把这笔钱划到集体户的名下，从农户手中买下了一套带厢房、果园和院子的房子，这套房子原有三间屋子，我们又额外盖了两间，这样一来，八队集体户的住房成了生产队里最好的房舍，而且这是我们集体户自己的房产。我们用剩余的钱购置了实用的农具和下水田的高筒水靴等，每个月还会换点大米，到队里油坊打点豆油，到街上买一些猪肉等等，改善一下生活。当邻队的同学来串门时，我们就用大米饭招待他们，也是很好地尽了待客之道。集体户的生活从第一年起就渐入佳境，户里的哭声逐渐变少了，大家的心也安定了下来。集体户还养了一头猪，由于饥一顿饱一顿的喂养方式，养了一年多的猪最后只有几十斤，索性杀了吃了，猪肉倒是挺香的。集体户最引以为傲的“战绩”是养了几十只鸡，每天去鸡窝掏鸡蛋是男生最大的乐趣，可惜鸡窝里的鸡逐渐变少，一开始大家以为是被黄鼠狼偷走了，但是夜里也没听到鸡挣扎的叫声，这才怀疑是有人在偷鸡。于是，男生在鸡窝周边撒了松软的土，顺着脚印最终抓住了偷鸡贼。贼抓住了，鸡窝也平静了，鸡蛋的数量也逐渐多了起来。

王为荣说：“我们九队集体户最喜欢演唱京剧样板戏，这让我们的生活充满了乐趣，也让我们变得更加乐观。我们集体户九名知青的年龄都在十九岁以下，而且大多数是同班学生。当时，演唱京剧样板戏是我们的共同爱好，所以在清晨的田野里，在夜晚的煤油灯下，我们时而独唱，时而合唱。我们还参加过公社的巡演。我们集体户有四

富民一家人

男五女共九人，刚下乡时，没有一个人会做饭，于是妇女主任穆秀梅就成了我们集体户的临时保姆，我们从学做饭开始，慢慢地融入了这片土地。”

在这块土地上，我们集体户知青和当地的老乡们一同劳作，不分昼夜。无论是在劳动中，还是在运动会、文艺晚会上，大家都齐心协力，为了共同的目标而拼搏。每个人都以己之所长，以不同的方式诠释着人生的价值，为农村奉献着青春。这期间有汗水、有泪水、有幸福、有感动、有苦恼，也有痛苦，尽管农村的艰苦劳动充满挑战，但丰富多彩的生活确实磨砺和滋养了我们的心灵。这是一段永生难忘的经历，它为我们的人生打下了坚实的基础。

回沪汇报团

林永海

1971 年 11 月，吉林省革委会决定组织在吉林省下乡的上海知青组建回沪汇报团，前往上海开展汇报工作。回沪汇报团由省革委会副主任张洪恩担任团长，延边州革委会副主任、军代表担任副团长，成员包括延边八个县市的上海知青代表（每个县市各两名）、贫下中农代表以及下放干部代表。

各县市经过严格的选拔推荐流程后将代表名单上报，延边汇报团代表们于 1971 年 11 月到延吉服务大楼集中学习，并在服务大楼的平台上拍摄了这张照片。

学习班结束后，延边汇报团代表们乘坐列车前往四平市，与四平的知青代表会合，一起参加了四平的学习班，而后组成吉林省知青回

延边汇报团代表与下放干部合影。照片中第一排左起依次为林永海、下放干部、延吉县铜佛公社小马三队贫下中农户长许国贞、军代表、下放干部、褚梅芳；第二排左起第六位为图们市新农公社牡丹大队上海知青殷爱武；第三排左起依次为安图县上海知青付吉生、延吉县上海知青惠洪生、和龙县上海知青、延吉县铜佛公社上海知青吴三宝（已去世）、汪清县上海知青、汪清县上海知青周涵锷、安图县上海知青俞雷（已去世）

沪汇报团，全体代表一起乘坐列车前往上海。

抵达上海时，吉林省知青回沪汇报团受到了当时上海市革委会领导以及各界人士、群众和学生们的热烈欢迎，并被安排入住上海大厦。第二天，汇报团首先到上海市革委会礼堂向领导和各界与会人员进行了汇报。之后的几天，他们白天应相关区及街道革委会邀请前往汇报，晚上又要接待众多知青家长，经常忙到深夜。每到一处，他们都受到了隆重而热烈的欢迎。汇报讲用工作于 12 月初圆满结束，当他们返回延边时也同样受到了热烈的夹道欢迎。这段经历是众多知青心中难以磨灭的记忆，也见证了那个特殊时代知青们的独特经历与奉献。

我的绘画

徐梦嘉

1973年初，我从集体户调入白河林业局团委工作，担任团支部书记，组织青年突击队，带领全体团员青年为建设新林场“出大力，流大汗”。

这年夏天，白河林业局筹办“阶级教育展览”。局领导委托宣传部编写文字稿，再由局团委制作成二十余块两平方米左右的展板，我负责筹展和美编工作。团委还从基层调来一位美术爱好者，比我大八岁，我叫他老付。我们与几位基层调来临时担任讲解员的女青年一起，到吉林市毛主席伟大实践陈列馆参观学习，当时该馆也有一个“阶级教育展览”，我们需要复制部分内容。从吉林市回来后，老付不好意思地跟我说他绘画基础差，觉得自己不能胜任美编工作，我告诉他不

绘制宣传画

要紧，我可以胜任这份工作，而他可以参与其他筹展事务。我从小师承名师学习书画篆刻，自学过水彩宣传画和油画等，还出过专栏，画伟人肖像与工农兵形象，这些经历使我得到了充分的锻炼。

复制了部分由吉林展馆提供的相关资料后，我们还需要根据文字稿创作两组反映白河林业局老工人苦难家史的连环画，每组十多幅。我一边完成版面编排设计和安排人员着手制作，一边分别用白描与水墨形式完成连环画创作，最后，我用三天时间创作了一幅表现当代林业工人精神风貌的刊头宣传画，吕师傅来现场看后赞不绝口，提出要给我与宣传画拍张照片。为了让照片画面更具艺术感，我取小号油画笔蘸白色颜料在破碗的高光处落笔并摆出画姿，这张照片最终呈现出的效果很是出色。之前，他还拍摄了若干张连环画及版面的照片，记录了我们筹展的过程。

筹备工作结束后，局领导们在审查版面时提出，此展除了要在局俱乐部举办开幕式，还要到白河林业局多个基层单位进行巡展，一般情况下是露天展，雨雪天则安排进室内。考虑到宣传效果，刊头画最好是一直放在室外，可是刊头画是画在展板的裱纸上的，不能接触水，广告颜料遇水也会溶解褪色。于是我便用清漆把展板表面、四周及背面都刷了两遍，清漆干后，展板上的画就像照片一样，微微泛出光泽。经过三个月的巡展，经历了雨雪天的考验，刊头画仍然完好无损。

1976 年夏，我被调回上海，1995 年秋到台湾定居。2003 年新春，我在桃园市一家颇有影响力的艺术中心举办了书画篆刻展，同时出版发行了个人书画篆刻论文集，在作品集自序《用笔墨刀石讴歌中华民族》的行文中，还插入了附带说明的白河林业局“学习照”与“绘画照”。隔着海峡，我将当年在祖国北疆的难忘岁月痕迹带到了宝岛台湾。

如今时光流逝，几十个春秋过去，无论走到何处，这张珍藏在我内心深处的老照片总能唤起对那段岁月的回忆。

半个世纪的内疚

肖俊锋

滚滚海兰江翻腾过各种浪花，在海兰江畔发生过的各种精彩故事中，高梦龄内疚的故事让人唏嘘不已、感慨万千。

1969 年 2 月底，延吉县革委会召开了关于迎接上海知青的专项会议。会议决定，金明济带领包括高梦龄在内的八名组员组成迎接小组，赴大连迎接上海知青。时任延吉县宣传报道科科长的高梦龄正值鼎盛年华，血气方刚，全身上下洋溢着青春活力。他身着一套旧中山装，脚穿一双旧皮鞋，鞋底还补了一块鞋掌，总是背着一架苏联产的卓尔基 4 型 135 照相机、一架德国产的禄莱弗莱 120 照相机和黑白胶卷，还有不太灵光的国产万次闪光灯和一次性闪光泡，以及手柄灯架，肩上挎着印有“为人民服务”字样的军绿色挎包。

3月3日，在大连码头，迎接小组迎来了“工农兵14号轮”和“工农兵4号轮”。一千多名赴延吉县插队落户的上海知青第一次踏上东北大地，受到了热烈欢迎。高梦龄手执相机，用一张张照片记录了历史性的瞬间，此后，高梦龄与上海知青们建立了深厚的友谊，他的镜头为无数上海知青留存下了永恒的记忆画面。他的朋友来自各界，有知青、干部、博士、普通工人等。

鞋不在新，能穿则行。一双打着补丁的旧皮鞋陪伴着他走遍了海兰江畔，田间地头处处留下他的足迹。1972年初秋，他到八道公社采访，上海知青周光跃交给他3元5角，托他买一件秋衣，一贯助人为乐并善交朋友的高梦龄立即将此事答应下来。

然而，这件看似简单的事情却出乎预料地不顺利。当他买好秋衣准备送到八道公社时，突然接到工作变动通知，需要立即去新岗位报到，这一耽搁就是十天。接着，他又被安排参加社教工作组，高梦龄对工作不敢有丝毫懈怠，因此，送秋衣的事情又被拖延了。为了不耽误周光跃拿到秋衣，高梦龄托一位同事送去。然而几天后，同事回复他说集体户的知青都回上海了。高梦龄心情沉重，过完年再次托人去八道公社，也没能找到周光跃。大返城的浪潮使高梦龄陷入了长达四十多年的内疚，他始终没有机会向周光跃解释这件事。

高梦龄在十五岁小学毕业后就走上了工作岗位，在志愿军后勤第二医院工作。临行时，妈妈送他到村头，没有过多的叮嘱，只是说：“你这算是国家的人了。”“国家的人”，一个多么令人骄傲、自豪的称谓，这让高梦龄觉得自己已经长大了。人生中有些紧要关头，一句话、一件小事就能影响深远，甚至改变一个人的一生。在近半个世纪的职业生涯中，高梦龄始终谨记母亲的这句话，这成了他做人做事的准则。而那次未完成的托付，成为压在他心头的一块巨石。四十几年来，高梦龄一直带着这块巨石，走过天南地北，却始终未能遇到周光跃，也打听不到他的消息。每当秋风起，天转凉，高梦龄便会牵挂起周光跃。花开花落，年复一年，即将过去半个世纪，他的内疚从未减少。

2018 年 11 月，在海南疗养的高梦龄与在上海的周培兴商量老照片登录事宜。当看见八道公社的知青老照片时，他再次想起那份嘱托，一时间内疚与自责之情溢于言表，不禁老泪纵横。当周培兴与他通电话时，他依旧心潮难平。我听闻此事后十分感动，极力安慰他，并表示："上海知青都了解您的为人，更敬佩您的人品！感谢高老！感谢高老当年的辛勤工作，为上海知青留下了宝贵的历史照片，并毫无保留地奉献。"

尽管上海知青们通过各种途径寻觅，至今仍未找到周光跃的消息，或许这段故事还将继续下去。

第五章 砥砺前行

人生道路往往不尽平坦，难能可贵的是知青在艰难中懂得了在现实社会中应该如何进行人际交往，如何为人处世，在面对人生困境时又该如何保持一种达观的心态。磨难和逆境不仅助知青们成长，更为他们的人生增添了一抹底色。历经拼搏努力、砥砺前行的一代知青成功改变了自己的人生轨迹，并为社会作出了卓越贡献。

路的选择

张雪珍

1969 年我才十六岁，还不太懂事，正赶上“上山下乡”热潮。当时我连上海都没离开过，就要选择去云南、贵州、江西、吉林、内蒙古等既遥远又陌生的城市，我将走向哪里？这是我人生中一个重要的选择，听人说到黑龙江军垦农场能挣工资，于是我就报名了，但因我条件不够没被批准。我的哥哥姐姐都在上海工作，我只能去插队落户，正当我拿不定主意，也不知道上哪儿时，高音喇叭中的一首流行歌曲《延边人民热爱毛主席》吸引我来到了延边插队落户。

当插队落户的通知书下来时，家里开始准备，给我买了日用品。

临下乡前几天，我穿上学校发的黄棉袄——胸前别着“大海航行靠舵手”三个大徽章，戴上黄棉帽——帽徽还是我当兵的哥哥所在部

我的下乡留念照

队发的，手拿《毛主席语录》，由家人陪着到四川北路“蝶花照相馆”拍了十六岁下乡留念照片和全家合影照片。当时，下乡留念照还被蝶花照相馆展示在橱窗里，没想到，这张老照片竟然伴随了我五十多年。

1969 年 4 月 6 日下午，我在亲人的送别下上了车，两点，火车准时启动离开上海彭浦火车站。我坐了三天三夜的火车来到了吉林省延吉县八道公社插队落户。

那是一段让人心碎而又令人难以忘怀的知青岁月。

当我和其他上海知青风尘仆仆地来到这里的时候，没想到命运真的和我开了个玩笑。我从繁华的大上海来到偏远的山区农村，生活失去了光彩，想象成了泡影，特别是思念亲人的情感难以抑制，我经常会情不自禁地掉下眼泪。但就在这单调的劳动中，我切实地领略到边疆人民“敢教日月换新天”的豪迈气概和勤劳质朴的品格。他们的精神激励着我，唤起了我对生活、对人生、对事业的必胜信念，我下定决心要在祖国的东北边疆生根发芽，干出一番事业来。因此，我虚心向贫下中农学习播种、插秧、铲地、种菜、赶牛车等农活。农忙时得早上三点起来，走五个小时的山路去铲谷子，来回得十多个小时，夏天像背着个太阳在干活，人都被晒掉了一层皮，确实苦啊，但我都克服了。

根据我的表现，贫下中农推选我当“赤脚医生”，我先后被派到延边军分区医院、延吉县医院、公社卫生院参加培训。在大队卫生所实习一结束，队里就在生产队牛棚边上的会议室里搭了一个小屋，挂了“赤脚医生服务网点”的牌子。在这里，我尽心竭力地给社员看病。

白天，只要有时间，我就帮老乡做豆腐。在上海时我只知道吃豆腐，不知道怎么做豆腐。有时候我还要起大早出发，和政治队长的父亲李大爷赶着牛车，拉着两口大缸进城去买卤水。从生产队到城里得走上百里路，拿着鞭子、赶着牛车，一路上饱览着北国的山村风光，我好奇地问这问那，让大爷讲故事给我听。

晚上有时还要到社员家送药打针。因为我很喜欢赤脚医生这份工作，所以干得也很投入，并且敢于钻研，时常在自己身上扎针试验，如翳风穴、地仓穴、下关穴等，包括一些针刺深度有严格限制的危险穴位。我还用针灸为贫下中农治好过面部神经麻痹、关节炎、腰酸腿疼、盆腔炎等疾病，当年用过的针盒，我至今还留着。在当赤脚医生的那段日子里，我从未发生过任何医疗事故。农民高兴，我更高兴，在这里，我找到了自身的价值，同时也看到农村医疗保健领域落后的现实，我好着急啊！在东北寒冷的气候中生活的村民患哮喘病、气管炎、肺气肿、感冒的人数相当多，有的因长期得不到较好的治疗，就变成慢性病了。农村妇女患妇科疾病的也较多，我曾亲眼看到一个妇女在山上背柴时把小孩生在山上，又自己抱回家。那时候还没有实行计划生育，妇女不知道避孕，怀上了就生，产后得病的也不少。因缺医少药，我急得不得了，有时自己上山采药，天黑、路险、摔伤、害怕，所有这些都不要紧，当时小小年纪的我只想把他们的病治好，帮助贫下中农消除疾病带来的痛苦。有一天晚上下雨，我到村东头给大娘打针，大娘得的是肺病，耽误不得。由于天黑路滑，我掉进了水沟里，疼得半天没起来，现在身上还留有疤痕。村民们知道此事后，心疼地拉着我的手问这问那。后来我再出诊时，他们就会派人来接我。

1971 年，我被招工到图们铁路分局，在站段当工人，后来又到财务室，兼任工会、青年团、妇女联合会等组织中的多项职务。我还是段里的广播员、分局优秀宣传员代表，曾被选送到北京参加“全国铁路优秀宣传员”代表会议，参观了中南海，还参观了毛主席居住过的中南海丰泽园。由于工作成绩突出，我于 1981 年入了党。

1981 年末，由于工作需要，我被调到图们铁路分局机关主管计划生育工作，同时负责机关工会、青年团、妇联组织开展的人口文化宣传工作。

我还把在农村学到的针灸技术带到铁路，为阿妈妮的爱人治好了面部神经麻痹。我和阿妈妮之间的母女亲情维系了四十多年。阿妈妮给我缝制了八套色彩鲜艳、宽大飘逸的朝鲜族裙子，让我带到上海，伴随着长鼓之声，为我的舞姿带来梦幻般的魅力。阿妈妮还教我唱很多朝鲜族民歌。延边、上海的记者都采访过我和阿妈妮的故事。

由于工作成绩突出，党和人民给了我较高的荣誉，我曾荣获铁道部优秀宣传员、新长征突击手标兵、铁路局三八红旗手、民族团结模范等称号，并三次在人民大会堂登台领奖，受到党和国家领导人的多次亲切接见。

如果说故乡上海对我有十分的吸引力的话，那么延边的一山一水、一草一木就有二十分的感召力，这种力量是无法抗拒的。

人生在追求中闪光，人生在奉献中结果。半个多世纪以来，老照片见证了我对生活、对人生、对信念的每一次选择！

我的人生从这里起步

吴绍鈨

经历使人认识世界，阅历使人眼界开阔，体验使人不断成长。

弹指一挥间，在我们下乡五十五周年纪念日即将到来的时候，当年青春洋溢的我已步入了古稀之年。虽然岁月不堪回首，但是，我心中依然能腾涌起一股难以遏制的感情，万千思绪汇成一句话："南溪，延边，我的第二故乡，感谢你！"青年时代的我在农村广阔的天地里，在艰苦的劳动生活中锻炼了自己的意志，在朝鲜族乡亲们的关怀下茁壮成长，逐渐了解了农村生活的艰辛，从生活细节中学到了劳动人民的许多优秀品质。我的人生从这里起步，我也在农村逐渐成长。延边大学，我感谢你！你传授了我无数的知识，将我培养成为一名育无数桃李于南北的人民教师。

五十五年前，在知识青年下乡的时代洪流中，我离开了父母，离开了兄弟，到遥远的延边朝鲜族自治州延吉县烟集公社南溪三队插队落户。我在这个朝鲜族聚居的小山村里生活了五年半，把我最宝贵的青春年华奉献给了这片土地。南溪三队有十几户人家，大都是亲戚关系，有几名党员，还有三名参加过解放战争和抗美援朝战争的复员军人。全村基本上是贫下中农，队里风气纯正，乡亲们纯朴善良，待人真诚友善。我们下乡后，队长、村民们都把我们上海知青当作是自己的孩子。

在生活上，村民们很照顾我们。插队初，我被安排在申阿姨家解决一日三餐，这位寡母有三个儿子，家里养了几只鸡。我当时很瘦弱，申阿姨每天早餐都会为我准备一个荷包蛋。鸡蛋虽小，但这份关怀我却永远铭记在心中。下乡第二年，集体户缺少蔬菜，好心的村民得知后，这家送来几个萝卜，那家送来一盆土豆或几棵白菜，纷纷自愿拿出自家也稀少的蔬菜支援我们，解决了我们的燃眉之急。春耕最忙的时候，全队人都忙于春耕春播，无暇上山采摘山菜。记得有一天傍晚，老队长的母亲在孙女的搀扶下，执意要把她亲手从山上采摘的山菜送给我们，我们不收，她还生气，非要我们收下，以此表达她对我们上海知青的一番心意。村里谁家做点好吃的，总会来邀请我们去他家做客。我永远不会忘记，有一次我因为青霉素过敏而身体消瘦虚弱，大队会计赵哲勋把他家那只养了四年的老母鸡杀了，处理好之后送到我的手里，并给我传授了朝鲜族民间补身体的秘方，让我用鸡和黄芪、当归、党参隔水蒸煮后喝其汤汁，好好地补一补身体。

在生产劳动中，村民们向我们传授了农业生产技术。记得夏锄的第一天是到谷子地里去铲除谷稗子，队里特地派了经验丰富的老马给我们讲怎样区分谷子苗和稗子苗。他当时幽默地说："铲地要分清谷子与稗子，在社会交往时要分清朋友和敌人。"他的这番话让我们感觉自己是在上一堂生动的农业技术传授课，以及一堂开智明目的社会经验传授课。我跟着赵家老六管理队里的果园，他教会我给苹果梨点花粉、制作"药引子"，以及果树修剪技术。当跟着村民去打柴、打洋草时，他们手把手地教我们捆柴、捆洋草等，还教我们利用野草来积肥。李惠淑阿姨教会我们腌制朝鲜族辣白菜等小菜，石队长教我们搭炕和搭锅台的技术……

插队期间，我跟随残疾军人赵今山在山里放了三年牛。春夏时，他会带我到山坡上和沟壑边采野菠菜、覆盆子、野百合等来充饥，教我辨识山上形形色色的中草药和辨别毒蘑菇。他还教我在山中识云看天，从而激发了我对花鸟的兴趣，为我后来创作花鸟诗词积累了丰富的素材。

生活就是一本教科书。在南溪插队时，传授这本"教科书"中知识的老师是这些朴实的朝鲜族村民。插队经历拓宽了我的视野，村民们那些充满正能量的语言和行为在我的心灵深处积淀，他们乐观的生活态度和不畏劳苦的精神始终激励着我，也让我懂得了在社会中应该如何与人相处，在艰难的时候应该如何达观地直面人生。

我与南溪有着剪不断的情缘，这段青春岁月是我一生中最为宝贵、最为珍视的经历、阅历和体验。这些经历、阅历和体验在我的人生中就像一盏明灯，不断为我照亮前进的道路，促使我健康成长。

离开农村后，我到延边大学读书。延边大学是较早在少数民族地区建立的高校之一，在这所学校里，老师的教导与帮助激励着我，使我更加刻苦学习，不断成长。毕业后，我留校担任学报编辑、中文系古代文学老师、出版社副总编辑以及古代文学教研室主任等职。校领导对我的成长给予了深切关注，他们不断鼓励我努力工作，并培养我入党，我在教学、科研上都取得了可喜的成就。1995 年，我荣获了吉林省政府授予的“吉林省优秀教师”称号。我所取得的这些成绩都归功于学校对我的细心关怀和培育，对此我由衷地感谢延边大学。

在上海知青到延边插队五十五周年之际，我怀着一颗感恩的心，再一次向延边人民致以诚挚的问候和深深的谢意。感恩是一种美好的情感，当我心中充满感恩之情时，就会联想到过去对我成长提供关怀和帮助的乡亲们、领导们和老师们。感恩、报恩之心比什么都高尚。如果说南溪是我成长历程的起点，那么，延边大学对我的培养，是我人生事业发展的根基和加速器。

在艰苦的环境中培育起来的深厚感情不会轻易消逝。延边人民对上海知青真诚的关怀和照顾体现出的深厚感情，就像长白山的天池水，是那样的清澈，那样的纯净，而上海知青对延边的热爱及对延边人民的感激之情就像海兰江水那样明澈，不时涌起激情的浪花。

五十五年的坚韧

高晓虎

2024年是我们赴吉林农村插队落户五十五周年。回想起知青岁月，我心潮澎湃，回忆不断涌上心头。五十五年前，青春年少的我从上海赴吉林省珲春县敬信公社金塘大队插队落户，那是一个坐落在边境的小村庄。第一次离家的我，来到这个穷乡僻壤，心里难免有些忐忑不安。3月，那里仍是冰天雪地，白雪皑皑，眼前尽是茅草房。这荒凉的景象确实令人难以接受，有的女同学当场就哭了。但这从未见过的雪景和四周新奇的事物却吸引着我，让我对未来生活充满了期盼。

一切从头开始学。在生产队，我学会了插秧、除草、收割等农活。虽然会遇到种种困难和意外，但在集体户同学们的陪伴及乡亲们的鼓励和帮助下，我经受住了各种考验，坚持了下来，并逐渐学会了更多的劳动技能。我们将汗水洒在了金塘大队的田野山川，将脚印留在了这片土地。在那里，我们最大的收获是学到了乡亲们质朴、耿直、吃苦耐劳和坚韧不拔的优秀品质。我们在生活中慢慢和乡亲们打成了一片，渐渐适应了当地的习俗，也喜欢上当地的辣白菜、打糕、酱汤等朝鲜族美食。

下乡劳动一段时间后，知青们逐渐产生了对文化生活的需求，毕竟我们正值青春年华，意气风发。金塘大队组织了文艺小分队，知青和社员共同参加。大家八仙过海，各显其能，有的唱歌，有的跳舞，有的伴奏……我从小就喜欢文体活动，吹笛子是我的专长。有一次，珲春县举办文艺会演，我代表金塘大队文艺小分队去珲春参加会演，没想到竟然有森林警察部队领导观看演出。会演结束后，珲春县森警中队领导到金塘四队找我，让我加入森林警察部队。这真是一个天大的好消息，我毫不犹豫地答应了。

谁承想，我的一次演出，我的一项特长，竟改变了我的人生，我从农民变成了战士，走进了武装森林警察部队的大熔炉。

我被分配到珲春森警中队担任通信员。在新的岗位上，我虚心向老战士们学习，认真完成每一次领导交给我的任务，并得到了领导和战友们的好评。1971 年，我被调到吉林省森林警察总队文艺宣传队，成为一名文艺兵。森警宣传队在吉林省有很高的知名度以及很好的口碑，是一支具有较高水平的专业文艺团体，而且每位队员都是一专多能。我当时不仅被要求吹笛子，还被要求学习小提琴。虽然在我这个年龄学习小提琴难度颇高，但我下定决心无论如何都要学会它。为此，我几乎放弃了休息时间，首先“啃”下了五线谱，然后从基础练起，废寝忘食地练着……对于我来说，这是一段痛并快乐着的回忆。夹小提琴的部位皮肤发黑，还起了厚厚的茧，即便如此，我也只有一个信念，那就是坚持到底。就这样，我逐渐能够和乐队一起伴奏了。除了伴奏，我也经常表演笛子独奏，如《扬鞭催马运粮忙》《牧民新歌》等，我的笛子演奏水平在省里颇有名气。

宣传队走遍了吉林省的城市和乡村，为部队战士和老百姓送上了一场又一场精彩的演出。在部队十年期间，我为部队下连队、到地方演出，作出了一名文艺战士应有的贡献。这是一段难忘的日子，它深深地留在我的脑海里，刻在我的心中。

1980 年，我转业到地方，在吉林省图书馆办公室开始了新的工作，我内心无比欣喜。图书馆，一个知识的海洋、文化的殿堂、思想的宝库，是一座城市的灵魂所在。从古至今，知识始终是人类不断进步的驱动力，正是通过不断学习和探索，我们才得以站在巨人的肩膀上，拓展自己的视野，发掘自己的潜力，成就更好的自己。工作之余，我如饥似渴地阅读学习，不断充实自己，提高自己的文化素养。我从小酷爱书法，曾在书法比赛中屡次获奖。这一爱好，我一直未放弃，如今有这么好的学习条件，我更是加强练习和学习，钟情翰墨，临池不辍。我从经典入手，着重研究书法艺术，像古人一样从前贤那里汲取智慧经验。我临摹了大量的书法碑帖，经常临摹到深夜，楷书以柳、颜体为根基，隶书综合《曹全碑》《张迁碑》《乙瑛碑》的风格，篆书取石鼓文、钟鼎文、甲骨文的精华等，行书则专攻赵孟頫、兼学“二王”的书法。凭借多年来的细致推敲，兼收并蓄，集古人众家之长，我的书法有了显著的进步，并渐渐形成了气韵生动、飘逸隽秀的独特风格，书法作品受国内外人士赞誉并被收藏。

我还进一步钻研了篆刻，并临摹了大量的名家作品，如赵之谦、徐三庚、吴昌硕等。书法与篆刻的水平并进，使我的知名度越来越高。有一天，我在刻一小型方印时，萌生了尝试微刻的想法。说干就干，我借助5倍的放大镜，在一块寿山石印章侧面2厘米×15厘米的长方形石面上刻了《岳阳楼记》全文，这是我的第一个作品。完成作品后，我异常兴奋，虽然这个作品不成熟，不够精致，也不够微小，但毕竟刻出来了。从此，我又有了新的钻研方向。让方寸之石承大千世界，使有限的空间可以蕴藏无限的文化底蕴，这对我来说是一种艺术上的飞跃，既可以练笔力、腕力和功力，又可以拓展一门崭新的艺术领域，以弘扬祖国微雕石刻艺术。我翻阅了大量的书籍来研究微刻艺术，为熟练掌握刀法不断练习，手指结了一层又一层老茧，我家桌子上和茶几上也摆满了各种石料。每次微刻时必须屏息静气，全神贯注，一刻就是三四个小时，有时甚至五六个小时。每当这个时候，我仿佛进入了另一个世界，家里人走路说话也是轻声细语，生怕打扰到我。我全神贯注地刻出每一个字，那一件件展现在青田石、寿山石、长白石以及巴林石上的作品，使我倍感欣慰。多年来，我精心雕刻的作品数以千计，微刻水平不断提高，从放大镜到显微镜，字越刻越小，在米粒大小的石头上可以刻一首唐诗，在7厘米×8厘米的石面上可以刻三百首甚至五百首唐诗。我经常将五六千字的《道德经》《孙子兵法》《金刚经》刻到漂亮的石头上，有诗的石头充满生气，有诗意，更有生命。每个字放大后仍能清晰地看到一笔一画，俨然是一幅漂亮的书法作品。

1986 年我又被调入吉林省文化厅；1993 年被调入省外事办，担任礼品部经理。当时的吉林省政府办公厅秘书长也想调我去省里，因为他们需要宣传、文化、艺术方面的人才，但为了我自己毕生的爱好，我还是留在了外事办。辛勤的汗水浇灌了我的艺术作品，它们承载着国际友谊，飞向五大洲。我曾多次代表国家和地方政府将作品馈赠给国内外友人，这些作品散发着中华优秀传统文化的璀璨光芒。由于我的作品频频被国内外友人欣赏、珍藏，吉林省政府特授予我“自学成才奖”，我还受邀参加五一国际劳动节观礼活动，登上了天安门城楼，这是党和人民给予我的至高荣誉。我曾多次参加政协会议，积极参政议政。同时，我还积极参加慈善活动，把款项捐给贫困地区。

迄今，我的书法和微刻作品已遍及东南亚地区及欧美部分国家，多次在国内外参赛并获奖。我的名字被载入《当代篆刻大辞典》《中国当代书画家名人大辞典》《当代印社志》。

尽管我取得了一些成就，但这些成果与许多人的慷慨协助密不可分。部队的领导和战友、单位的领导和同事及亲如兄弟的朋友，每当关键时刻，他们都会鼎力相助，还有书画界的许多老前辈也在不断地帮助我、支持我。我在他们身上学到的东西不胜枚举，对他们的感激之情难以言表，是他们成就了今天的我。

离开珲春五十多年了，如今我已是古稀老人，这期间我也回去看望过那里的乡亲。在农村插队的那段经历，磨砺了我的意志，让我懂得了什么是坚持，也培养了我吃苦耐劳的品格。那一段坚韧不拔、砥砺前行的岁月，已经成为我一生中最宝贵的精神财富，我能取得今天的成就也有它的功劳。我深深地爱着东北这片黑土地，至今，我每年有一多半的时间在长春度过。我将以坚韧不拔的毅力，在追求艺术的道路上永不停歇。

为人生铺设基石

王宏刚

五十五年前，我们下乡到珲春的场景一幕幕宛如昨天，转瞬已至知青下乡五十五周年的纪念日，叹日月如梭。

1969 年 4 月 9 日，我们来到珲春英安公社富民二队，地上的黑土显露，还有正在融化的大冰块。在这块黑土地上，当地农民教会了我们如何踩格子和种谷子，集体户的季金水、舒利平很快就学会了这些农事技能，他们的工作效率堪比乡村中的能工巧匠，甚至连资深农民也纷纷竖起大拇指赞许。

马川子公社有上海北郊中学的知青曹宝琴、张露露，她们甘愿到这个没有一分水田的山谷，就为了和北郊中学的同学们相聚。她们的同学情谊感动了生产队长马学臣和政治队长马荣敬，毫不犹豫地安排车辆将她们接到了生产队，使集体户的其他同学开始真切感受到农民的质朴和热情。

当时，我们知青住在生产队的场院里，没有菜吃，贫农户长韩大爷等人几乎每天都给我们送来新鲜的蔬菜。当时在这个不通电的小山谷里，大家的日子虽过得比较艰难，但二胡、口琴等乐器还是经常奏出欢快的旋律。尤其是集体户知青王吉龙的弟弟王吉荣，他吹奏的优美笛声久久在山谷里回荡，为艰苦的生活增添了一份乐趣。

那年初夏，集体户的男同学大多都去修图们江堤坝了，由于干得出色，不久就当上工地的连长、排长；而我留在集体户挑水劈柴，和生产队的李大爷一起放牛，每天可以采集到一书包的新鲜榛子。

那年国庆节前，英安公社的党委书记祖国林来到我们集体户，为了让我们的土炕不冒烟，他经过连续五天的改造，给我们盘出一个新炕。晚上，我俩躺在炕上聊天到深夜。我这才知道，他是满族人，已有五个孩子。我与他分享了我们带到集体户的那本柳青的小说《创业史》的读后感，他鼓励我们要像梁生宝一样在生产队的建设中发挥作用。他的话给了我很大的启发。

他走后不久，我和集体户的蒋月琴就参加了大队的整团建团工作。后来，我任大队的团总支副书记和英安公社五七领导小组组长。自此，我和蒋月琴经常到公社开会。离公社近的是以祁秀娟为户长的富民八队集体户，祁秀娟和户友范毓民、韩韵梅、陈兰刚、徐振麟等人为我们准备了当时最好吃的大米饭和炒豆腐，使我们感受到无比的温暖。有一次在山上迷路，误入了位于山腰的富民五队，以庞兆国为户长的集体户热情地接待了我们。英安十队的刘纯益对我们也是一片热心肠。秋天，凉水公社的上海知青孙小莲迁至我们集体户。孙小莲心系集体，她宁可卖掉自己从上海带来的肥皂，也要给集体户每一名成员买牛肉包子。知青之间的情谊，使农村生活变得更加丰富多彩。

冬天，寒风凛冽。当时，集体户实行“共产主义”分配制度，即每个成员的工分收入归集体户所有，但大家仍然抢着去 15 米深、坑道宽仅 1.2 米的小煤窑挖煤，女生在地面摇辘轳[1)]，把井下装好煤的篮子摇上去，而男生则在井下挖煤。虽然这项工作的危险性大，但大家毫不畏惧。我经常要到大队和公社开会，也参与过挖煤工作。那时，在我们生产队不远处发现了大型煤矿，大队的张师傅经常告诉我们有关煤矿的最新消息，那时我的愿望就是富民二队能划入矿区，我可以当一名电工。

1970 年初春，我们集体户的张露露被派往富民大队的 920 科学实验室，她为农村的科技事业贡献了自己的一份力量。

我对农村生活充满了无限憧憬。但是在下乡第二年初夏，我就要到延边大学上学了。当时，为了送我到延边大学，生产队长马学臣和政治队长马荣敬卖掉了生产队的两只羊，筹得 80 元。他们在珲春城里的回族饭店为我举行了告别宴会，我们还在照相馆拍下纪念照。由于珲春的公共汽车是凌晨四点出发，乡亲们担心我饿肚子，特意将煮熟的鸡蛋装满了一个旅行袋。当时富民二队加上我们集体户的十个人

1) 辘轳是利用轮轴原理制成的一种起重工具，能有效降低物体提升过程中所需的作用力。在过去，矿井作业常借助辘轳将装载煤炭的容器从井下提升至地面。

才六十一口人。在我前往珲春车站时，集体户的同学们都来为我送行。汽车准备启动时，我们的哭喊声惊动了警察。当警察了解实情后，不解地说：“上大学是天大的好事啊，为什么要哭呢？”

在延边大学的两年中，我的同学祖国林经常给我来信，勉励我要学有所成，将来成为一名优秀的老师。毕业后，我在吉林省林学院担任了八年的语文老师。

1980 年，我考入吉林省社科院文学所攻读西方美学史专业，并在吉林大学学了半年的美学课程。但半年后，我决心投身于满族文化文学研究，因为对祖国林的怀念激发了我对满族文化文学的浓厚兴趣。

1982 年春，我和同一研究室的于又燕前往珲春的哈达门公社，祁秀娟曾在这里任党委书记。我们进行了为期二十余天的满族文化调查，发现这里的满族保留了用神树祭祀红罗女、绿罗女之俗，这为唐代镜泊湖瀑布的红罗女传说提供了重要的考据。我们还收集了一批如月亮阿沙[1)]的满族神话故事，以及《跑南海》《跑珲春》等十七首满族民歌。在这以前，人们仅发现了三首满族民歌。这次田野调查的丰硕成果增强了我以田野调查为基础开展研究的信心。

这是我上大学后第四次回珲春，每次回来我都要去看望韩大爷夫妇和祖国林。祖国林已从县委办公室主任岗位退休，当他的儿子从钓鱼地将他接回家看到我时，他仍如同在集体户时那样朗声大笑。

2000 年春节，我进入上海社科院宗教所工作。2000 年初夏，我带领宗教所的十几名同事去吉林珲春旅游，这也是我第五次踏足珲春

1）满语中嫂子的意思。

这片土地。我和在珲春自来水厂工作的孙小莲一起回到了富民二队，集体户时代的熟人一个也没有找到，但望着那时生活和劳动过的地方，我俩都泪目了。随后，住在珲春城里的富民二队社员严淑华热情接待了我们，他的热情好客再一次延续了我们对珲春的浓浓乡情。

回上海后，我仍然热衷于知青事业，协助周培兴办好知青的电子报、为上海珲春知青舞蹈队联系免费排练场所等。而我的学术研究及交流工作也得到知青们的有力支持，2002 年我到日本千叶大学讲学一年所需要填写的表格，就是复旦大学国际交流学院教授范毓民的学生帮我填写的，我到复旦大学、华东师范大学、上海大学、莆田学院、长春理工大学、长春师范大学、辽宁省文化厅进行讲学，所使用的幻灯片均由我林业专科学校的学生——赴公主岭下乡的上海知青张安巡精心制作。

在后来的岁月里，我在学术研究与文化探索的道路上不断前行。我与众多志同道合的伙伴一起，投身于田野调查工作，将那些珍贵的文化现象以纪录片的形式记录下来。从 1985 到 2004 年，我和富育光、于国华、郭淑云等人拍摄了二十部文化纪录片，其中一些作品还荣获了中国民间文艺山花奖等奖项。

自 1992 年起，我有幸在众多国际知名大学和研究机构讲学，足迹遍布世界各地。在吉林省社科院及上海社科院工作期间出版了二十七部著作，包括学术著作和文学作品，累计字数达三百万。这些成果的取得，离不开下乡经历对我的磨砺，它为我后续的人生发展奠定了坚实的基础，让我在追求知识和文化传承的道路上不断前行。

转眼间，我已经七十五岁了，我的知青朋友和珲春老乡们也已步入老年，但是他们身上所展现出的乐观、勤勉、敬业、豁达的优秀品质，一直激励着我。如今的珲春，随着动车的通行展现出更多的美丽与青春。这一切，也使我忘记了年龄，决心继续将我所拥有的一点点历史文化知识，投入吉林省满族旅游景区的设计中去。

珲春老乡和知青朋友在精神上永远不会老。他们激励着我不断追求生活的美好，尤其是那些实实在在的诗情画意。

微积分的证明

周培兴

1983年，延边第一届电大开设了会计专业并开始招生，当时，我正在珲春县五金交电化工公司担任计财科科长。由于职业发展的需求，特别是工作上的需求，以及根据组织部的建议和我本人的意愿，我考入了电大。开学仪式上，我看着一百多人挤在一个教室里听老师讲解注意事项，不禁怀疑我能否顺利毕业。果真，电大第一学期的课程中，竟然有我完全陌生的经济应用数学——微积分。由于我是1968届初中生，数学水平可想而知，下乡数年，我本就有限的数学知识基本归零。尽管读了两年全日制的中专，但我的知识结构存在明显缺陷。高等数学是我前进路上的第一道障碍，在我看来攻克微积分难于上青天，顺利毕业似乎遥不可及。

扬帆可能会失败，但是不扬帆只能永远停留在原地。所以说，目标应该是人生旅途的起跑线，更是扬帆远航的动力。经过深思熟虑，我决定勇敢地面对艰难险阻，攻克微积分课程这一难关。

一切都要从现在开始，立即开始。

万里长征始于足下，我和一切娱乐活动决断，每天两点一线，上班埋头工作，下班废寝忘食地学习，分秒必争。初中数学课本、高中数学课本、大学数学课本、数学词典以及各类模拟考试题堆满了我炕上的小桌。“书山有路勤为径，学海无涯苦作舟”，书山有路，因此更要认真对待每个题目、每个公式；学海无涯，因此更要珍惜每分每秒。

学校为了提高学生的成绩，特意抽调了最优秀的高中数学老师来带领大家复习高中三角函数。高中三角函数是微积分的基础课程，不能熟练掌握就无法学好微积分。黄老师是一位优秀的朝鲜族高中数学老师，有着丰富的教学经验，特别擅长三角函数课程教学。但是对于我而言，这实在难以称为复习，因为我根本就没学过三角函数，何谈复习？面对一连串的公式，我仿佛置身于云雾之中。

为了学好数学，我不放弃任何一堂辅导课，不浪费任何一点时间。那时，春寒料峭，天寒地冻。有一天，为了听一节三角函数辅导课，我下班后急忙赶往近郊的教室，不料突降暴雪，天地白茫茫一片，看不清路面，辨不清方向。但是我早已在广阔天地里锻炼出了与暴风雪搏斗的技能，一路跌跌撞撞，最终按时赶到了教室。建校初期，第一届辅导课暂借一间破旧的教室开办，学员们架上火炉，等候老师的到来。我用冻僵的双手摸遍破棉袄的里里外外，发现带的两个苞米面锅贴不翼而飞——也许是在雪地上连滚带爬时掉落了。没有了晚餐，我只好猛灌一肚子凉水。在四面透风的教室里，“火烤胸前暖，风吹背后寒”，然而遨游在三角函数的海洋中，饥寒早就被我置之度外。短短的一节课让我茅塞顿开，收获了一个关键的计算公式，值了。

当我慢慢揭开数学那神秘而美妙的面纱时，我被数学殿堂里的壮丽景象深深震撼了，这也进一步激发了我攻克微积分的主观能动性。

众所周知，数学是科学的皇后，而微积分拥有着独特的魅力，坐标轴的正直不阿、函数图像的婀娜多姿、数值之间的巧妙穿插，以及解题方法的灵活多变和应用的神奇功效等，都展示了微积分本质上的自然美，它不但有智育功能，更有美育功能。在用微积分解题时，如果从简洁、朴素的视角出发，审视问题结构、分析问题特点，进而转化思考方式，便会有豁然开朗之感。

学习虽是寒窗苦，需要花费大量的精力和宝贵的时间，但同时也是一件趣事。学过数学的人都知道，计算直线长度比计算一条曲线的长度要容易得多，若想求得一条曲线的长度，需要先把这条曲线无限细分成若干条细小的直线，再把这些直线的长度加起来。这正是微积分的基本原理。

微积分的这一原理，也让我们联想到实现理想的道路。我们常说，道路是曲折的，实现理想的道路就是一条曲线，每一件实实在在的小事就是组成这条曲线的直线段。解开每一道难题、背出每一道公式、每一次的复习、每一次模拟考试等都是组成目标曲线的直线段。当我们完成每一个直线段任务时，就如同在求解曲线长度的过程中迈出坚实的一步，离我们的目标也越来越近。这便体现了微积分的核心思想，而这个思想也正是我一步一步攻克微积分的指导思想。初入微积分的殿堂，我对微积分有了更浓厚的兴趣和动力，并在学习中体会到了一步一步实现目标的美妙。

但是美妙境界不是天上掉下来的，而是需要付出艰辛的代价。入学前，我与妻子事先约定，由她带着未满一周岁的女儿，一个学期内我们绝不见面，以节省宝贵的时间用来学习。可是每每夜半时分，我总会想起宝贝女儿禁不住泪洒炕沿，但也不敢多想，只能抹一把眼泪，勤勉学习至黎明。这一切都是为了集中精力，与时间赛跑，努力攻克微积分课程。

人类肉眼能看到的都是有限的东西，比如我的宝贝女儿、我的苞米面锅贴……对于无限，只能通过抽象思维去感知、去想象，比如实现人生目标那美妙的前景。正是通过数学，人类才掌握了无限和极限的概念。

这种对“无限”的深度剖析，不仅使得人类对世界的认识达到了前所未有的深度，也一步一步引导着我对目标的认知提升至一个前所未有的高度。

春去秋来，花开花谢，时光毫不留情地飞逝而过。按照教学大纲进度，一个学期悄然过去一大半，课程很快进入复习阶段，也就是到了攻克微积分的关键冲刺时期。我引锥刺股坚持不懈地奋发拼搏，聚精会神地计算答题，扬帆在题海之中，遨游于数学世界，一碗凉水解渴，两块干粮充饥，忘却外界，遗忘自己，唯独不忘心灵深处的目标。这时我已经将模拟试卷反复做了几遍，基本上达到了一看题目便能立即答题的熟练程度。

一个学期在忙碌中结束，我终于迎来了考试铃声。胸有成竹的我，以平静的心态和兴奋的心情迎接最关键时刻。拿到试卷后，我审题、思考、答题、验算、检查一气呵成，最后满怀信心地交出答卷。我终于以高分顺利通过了考试。我真切地体会到“宝剑锋从磨砺出，梅花香自苦寒来”。

接着，我趁热打铁，一鼓作气完成了全学年全部课程考试，包括线性代数等高等数学课程。最终，我如期毕业——当时全班仅有三位学员顺利取得毕业证。这个毕业证成为我职业生涯中一个最值得纪念的里程碑。追求人生目标之路不可停歇，最佳风景就在眼前。多年后，当我在商学院攻读 EMBA 时，面对高等数学，我依然胸有成竹、游刃有余；当我在用 EXCEL 测算项目时，利用函数建立数学模型更是得心应手。

此后，我不断努力，终于达到了职业生涯的巅峰。凤凰涅槃，梦想成真，一个崭新的世界向我敞开了怀抱。数学有助于一个人形成其完整而坚固的世界观、宇宙观。微积分则是数学史上最伟大的发现之一，不了解微积分，就难以说真正了解数学。在攻克微积分的道路上，我深刻地体会到，实现人生目标的过程也是一个完善自己世界观的过程。

“会当凌绝顶，一览众山小。”微积分验证了一条真理：在实现人生目标的道路上是没有捷径可走的，敢于攀登才有可能实现目标。令我最难以忘怀的是，延边各级组织、领导以及老师们都甘愿成为我们攀登道路上的阶梯，助力我们登上了人生的高峰。

第六章 存史鉴今

拂去尘埃，在史料中寻找一代老知青的人生轨迹，那是一段波澜壮阔、令人难忘并需要认真反思的历史。一切都会过去，一切又都不会过去。过去的是当时的事与景，过不去的是他们留下的触动与记忆。我们研究过去，珍存过去，只是为了走好今后的路。我们岂能忘记从经历中得到的启示。过去的事实永远存在，无法改变。它如一面明镜，照亮前面的路。

让历史告诉未来

何永根

1968年12月21日，毛主席发出号召："知识青年到农村去，接受贫下中农的再教育，很有必要。"我们这一批没有多少知识的"知识青年"来到了农村，开始在广阔天地炼红心，由此造就了知青一代。

2024年，是中国一千七百多万知青上山下乡五十五周年。

历史就像一条长长的河流，奔涌不息。

我们要积极肯定上海知青在吉林省社会主义建设中无私奉献青春与热血的历史功绩，感谢当地干部群众对知青的关怀与爱护。如果片面地否定一切，不仅对知青在那段岁月里所作出的诸多贡献不公平，也对曾经帮助过知青的当地干部和群众不公平。

20世纪六七十年代，上海有一百八十万知青奔赴吉林、黑龙江、内蒙古、安徽、江西、云南以及贵州等地，其中近一万八千名上海知青被分配到延边各县市。他们离开喧嚣繁华的大城市，奔赴农村与贫下中农一起“战天斗地”，延边的山山水水处处都留有上海知青的足迹。

知青生涯是一段不可复制的人生经历。在那段历史中，“知青”是对国家、对社会作出了特殊贡献的一批人。

在那段特殊的岁月里，知青锤炼出吃苦耐劳精神。农村生活让广大知青学会了思考，学会了忍耐和坚持，也使知青了解了什么是农民，了解了什么是中国的老百姓。

历史可以是粗线条，五十五年弹指一挥间；而人生却是细线条，人的一生能有几个五十五年？

有关知青的话题太丰富多彩了，那些奇特又复杂的知青生活，就是取之不尽，用之不竭的写作源泉。

真正的知青史在哪里？它就在我们千百万知青的记忆里。

一、延边大地的知青岁月与坚守

自 20 世纪 70 年代初开始，大批知青通过招工、入学等方式离开了农村。1979 年知青大返城，知青纷纷回到了南方和上海安居创业。1999 年，大部分留在延边的上海知青提前退休，携带家眷回到了上海颐养天年。

五十多年过去了，大多数上海知青早已回到故乡，但是还有百余名上海知青留在延边安度晚年。他们没有选择回到上海定居的原因是多方面的，既有社会因素，也有家庭因素、婚姻因素等。他们有些是在上海没有住房，有些是子女学历不高无法在上海找到满意的工作，还有些是退休工资太低远远不能适应上海的消费需求。我认为这其实也是一个不错的选择。故乡始终召唤着游子归来，可游子的思乡之情也只是一片云彩。

当然，我通过调查了解到，有一些选择留在延边养老的上海知青退休前有稳定的工作，有的是高级工程师，有的是律师，有的是医生，有的是老师，还有的是工人，目前都过着富裕的生活，有着良好的居住环境。还有一小批人，他们在上海、延边都有住房，每年上海延边两头跑，过着快乐的双城生活。

我在珲春教育界摸爬滚打了三十八年后，于2004年办理了离岗退养手续并把户口迁回了上海，与夫人回到了我亲爱的故乡上海，开始了颐养天年的生活。可是我回到上海时已经五十六岁了，由于年龄的关系，我已经无法适应上海夏天的酷热和冬天的湿冷，因此在2007年春天又“逃回”了珲春生活，目前暂时还在珲春养老。

2011年，周培兴先生担任上海知青网吉林频道主编，他对我说：“历史需要一批人拿起笔，写出我们周围知青的真实经历，客观公正地评判我们曾经经历过的时代。我们这些能拿起笔写点东西的人，应该担负起历史的责任，留下真实的历史来启迪后来人。特别是目前仍然留守在延边的部分上海老知青，许多是弱势群体，需要我们去关心、帮助他们，帮助他们解决一些生活困难，需要把他们的生活状况介绍给回到上海的知青们，让大家都搭把手、出点力，帮助那些困难的知青。”

2012年，我被聘为上海知青网吉林频道编委，由于深感责任重大，又受荣誉感驱使，便积极地投入调查采访留守延边的上海知青生活状况的工作中去。

在上海知青网吉林频道《留珲知青系列报道》栏目中，我开始关注留珲知青的生活状况。留珲知青是一个特殊的群体，我一直对他们怀着深深的敬意。

我通过采访得知，目前在珲春市里定居的上海知青大概有二十多人，在农村生活的大概有十多人。在农村生活的上海知青，他们的行为举止和衣着打扮已经不像上海人了，但是他们永远也不会忘记乡音。我每一次鞍马劳顿地走进他们家门，只要一握手，一说上海话，就什么距离感陌生感都没有了。有的是因为采访才认识，采访结束，我们就成为好朋友并经常来往。每一次到农村采访时，我是不会空手去的，我会带着米、面、油或者一些副食品送给生活有一定困难的知青，略表自己的心意，千里送鹅毛，礼轻情意重。山里人特别好客，他们会倾其所有来招待我，生怕亏待了我，把我当成亲人来对待。

在采访留守春化的女知青承玉芳时，我发现她家庭生活的困难程度是我难以想象的。她的丈夫身体一直欠佳，从 1989 年开始，先被确诊为高血压，后又被确诊为脑血栓。2004 年，她丈夫骑自行车摔倒，导致股骨头骨折，于是到珲春市矿区医院进行手术，换了人造股骨头。当时粮库亏损停产，导致她丈夫的医疗费不能报销，所以她东凑西借，欠下了几万元的债，生活进入极其困难的境地。后来，她丈夫突发脑梗并瘫痪在床，经过一段时间的治疗，疗效甚微，最终丧失了劳动能力。于是，他办理了退休手续，但每个月退休金只有 400 元。为了撑起家庭，承玉芳开始了打工生涯。秋天给老乡割豆子、扒苞米、打场，冬天和男人们一起上山拉爬犁、清林、割带，她什么活都干过。她 1.58 米的个子，身体极其瘦弱，却承受着男人的劳动强度，可是也没有多少收入。辛苦工作了两年多，也没能还清 2 万元医疗费。2004 年，粮库要缴纳养老统筹金，承玉芳只能再次出去借钱，好不容易从亲戚朋友那里借来 1.7 万元缴了养老统筹金，办了退休手续，这样她每个月能够领到 1300 多元的退休金。他们一家一直省吃俭用，直到 2006 年才基本上还清了债。承玉芳已经有近十七年没有回上海探亲了。这些情况都深深地牵动了我的心，我写的采访文章《难以承重的承玉芳》得到了《边城盛放金达莱》一书编委会成员范文发先生的重视。范先生特别同情她，在珲春采访时就她的事与珲春市总工会取得了联系。总工会得知情况后，立刻作了安排，不仅给承玉芳的小儿子介绍工作，还将她列为特殊困难照顾对象，每年给她发放补助金，帮助她解决了一部分困难。我也把承玉芳当成自己的亲妹妹对待，力所能及地在生活上帮助她，经常打电话询问情况，而承玉芳也特别懂得感恩，每年春天她会走 30 多里路，到深山老林里采山菜，然后精心晒干，第一时间送到我的家中让我品尝。现在我们两个人就像兄妹一样相处，经常走动。

留守春化的三名女知青承玉芳、刘秀娣、汤海芳得知我要去采访她们时都特别高兴，在电话里告诉我准备在春化镇找一个饭店请我吃饭。为了不给她们添麻烦，我告诉她们什么都不用准备，我会带鱼肉酒等食品去的。采访结束后，我们来到汤海芳家中，她炒了六个菜，我们四个老知青围坐在热炕上边吃边聊。虽然我们四个人从前素未谋面，但坐在一起时话题是那么多，真是很奇怪。我想了想，是因为我们都有一个共同的名字——上海知青。

汤海芳为了让我吃到城里人吃不到的山菜“刺老芽”，特意让她儿子骑摩托车 20 多公里，然后再走 5 公里多的山路去采摘。当看到这些新鲜的城里人难以吃到的稀罕物时，我的眼泪都快流出来了。那天，我采访结束踏上回家的路程，看到汤海芳和刘秀娣站在路口，看着我的车驶向远方，我心里特别地不舍。

留在珲春市区的上海知青也是一个非常好的群体，大家有一个微信群叫“珲春上海人”，我们每个月都要聚会。在我的倡导和群主耿玉林的精心策划下，2017 年端午节，我们十几个人包了一辆中巴车，驱车往返 200 多公里，到春化东兴镇去探望留守在那里的承玉芳、汤海芳和刘秀娣。那天中午大家相聚在饭店，畅谈自己的生活，传递温暖，大家都激动得流下了眼泪。

在编写采访文章《阿宝，一个孤独的守望者》时，我看到了主人公阿宝生活的窘境。他家里连一个与上海亲戚联系的电话都没有，于是我给他买了一个新手机，好让他能经常与家里人联系。文章发表后，我也经常到他摆摊的地方，与他聊聊家常，和他探讨许多双方都感兴趣的话题。不幸的是阿宝于 2016 年突然去世了，这真的让我十分难过。

在我去安图采访女知青王龙娣时，她为了招待我，竟然把自己家里唯一一只下蛋的老母鸡杀了。这份来自老知青的情谊，真的让我感动极了。虽然我和王龙娣从前并不认识，但她却把我当成最亲的亲人一样来对待。

在采访中，我会尽量寻找他们生活中的闪光点，赞许他们在第二故乡养老的勇气，尽量将采访文章写得客观公正。个别留珲知青看到大部分知青回上海而自己留下，会对自身情况有所思考和疑虑。我对他们说：“珲春气候宜人，空气新鲜，环境美丽，特别适合养老。改革开放这几十年来，珲春已经变成国际化的都市了，高速公路、高铁都开通了，回上海探亲也很方便。我们大家在珲春住的新楼房都是 80 平方米到 100 平方米的，如果你在上海生活，很难住上这么宽敞舒适的大房子。珲春的变化实在是太大了！你们看，我之前已经把户口迁到了上海，准备在上海定居，现在不也回到珲春养老了吗，这说明是珲春优越的生活环境吸引了我。再说了，现在每年都有大批的上海知青回来旅游、探亲，有的还在珲春买了房子，过起了上海、珲春双城生活，多好啊！”

几年来，我在《留珲知青系列报道》栏目里发表了《留守在春化的上海女知青们》《一个乡村教师的坚守》《雪岱山的儿子》《大山深处养蜂人》《阿宝，一个孤独的守望者》《永远的“维纳斯”》等十七篇文章，引起了知青们的共鸣。

在采访中，我会因为他们生活得富足而与他们一起高兴，也会为他们在生活中遇到挫折而与他们一起难过。我经常会被他们与命运顽强抗争的勇气而深深地折服。每一次采访结束后，我是第一个受教育，也是第一个被感动，更是第一个灵魂得到净化的人。

二、情牵两地的奉献与回响

2013年，吉林频道开辟了一个新栏目《后知青时代报道》，我通过QQ视频、微信视频等手段，远程采访了在上海定居的知青。通过收集这些回沪知青的后知青生活片段，我先后写出了《樊淑芹和她的舞蹈队》《费名琰和他的京歌〈情系延边〉》《张根发，一个永远的珲春人》《范文发和刘舜哲——绿叶与根的追忆》《重访滕长根》《秦国风和他的朝鲜族夫人》《夫君，你在天堂庇佑我》等十五篇文章，受到了知青朋友们的热捧。

许多知青虽然已经回到上海生活，但内心时时刻刻都在牵挂着第二故乡的山山水水和可敬可爱的乡亲们，总想为延边做点事情。

樊淑芹十年如一日地带领知青舞蹈队排练与演出朝鲜族歌舞，坚持在上海这个大都市弘扬朝鲜族文化。2012年是延边朝鲜族自治州成立六十周年，她带领知青舞蹈队在珲春影剧院为第二故乡的乡亲们作了汇报演出。

范文发对珲春老领导给予自己的培养和帮助念念不忘，总想编辑出版一本反映珲春开发开放的书。2012年7月，在上海知青网吉林频道主编周培兴先生的支持下，他与祁秀娟、全立芳、曹平生一行四人到珲春采访。经过编委会马不停蹄地采访和体验当地生活，回到上海后，大家又经过半年的不懈努力，《边城盛放金达莱》一书终于出版了。

曾经在珲春市国税局工作的张根发，在珲春工作的三十年间，两次陪同珲春市领导到上海招商引资。受珲春市委的委托，他还邀请同济大学教授、上海知青程俐骢与同济大学教授严国泰一同为珲春进行城市规划。1999年，他又陪同珲春市的主要领导探望了回沪上海知青。他是一个乐于助人的人，回到上海近二十年，珲春的父老乡亲、领导同事只要到上海来看病或是旅游、探亲，都会第一时间找他帮忙，他也总是千方百计地为他们排忧解难。2010年上海世博会，他和褚梅芳、樊淑琴等知青协助珲春市领导布置了展会会场，大家整整忙了一个多星期。近年来，他年年会因公因私到珲春去探亲访友。2014年9月，作为珲春联谊会副会长的他到珲春后，还与留珲知青座谈，了解他们的生活状况。他说："三十年前我回上海是探亲访友，三十年后我回珲春也是探亲访友。"

张谈兴和张丽华夫妇于1993年通过上海市人才引进政策，被调到了上海工作，然而他们心里却始终放不下还留在汪清农村的集体户成员滕长根。滕长根的生活处境十分艰难。几年来，张谈兴夫妇不仅送给滕长根米、面、油和电视机等，还帮助滕长根买楼房，帮助滕长根两口子缴纳养老统筹金，出钱给滕长根的爱人治病，等等。而当时张谈兴夫妇也只是收入水平不高的老百姓，刚到上海时，每个月都得还房贷，几乎就是"月光族"，为了帮助滕长根，家里连个空调都舍不得安装。几年来，他们夫妇一共资助了滕长根5万元左右。试想一下那个年代的5万元，是怎样的一笔数额。张谈兴夫妇和滕长根只是在集体户一起生活了短短两三年，可"知青情结"这条红线把他们紧紧地连在了一起。集体户的林一平为了解决滕长根的困难，也不断给上海市和延边州的领导写信呼吁。

才华横溢的费名琰先生是一位京剧名家，一辈子致力于京剧表演艺术。他成名成家后，始终不忘延边这片土地对自己的培养和帮助，他经过半年艰苦的创作，于2013年写出了京歌《情系延边》。他把中国京剧艺术的高雅特质和中国民族音乐的质朴韵味相融合，并且把对第二故乡深深的、魂牵梦绕的情感融入这一首脍炙人口的京歌之中。

这些鲜活的人物，都成为我文章里的主人公。

2015年，吉林频道又新增栏目《留延知青访谈录》，聚焦在延边留守的上海知青的生活状态。我先后写出了《李忠福，你平凡的人生是如此的精彩》《孙居巩，他是上海人，也是一个延边人》《甜女刘小妹》《刘惠娣，家在延边》《王龙娣，一只失群的南归雁》《寿林娣，嫁入朝鲜族家门的女知青》等八篇文章。让我没有想到的是《王龙娣，一只失群的南归雁》一文在上海知青网吉林频道发表后引起了轰动，上海知青网微信公众号、红色边疆荒友家园、京津知青网和如意父母帮等平台相继转发了该文章，几天时间点击量超过了十万，评论几千条，许多网友纷纷表示要捐助王龙娣。

延边上海知青联谊会会长肖俊锋和安图知青联谊会会长徐华丽为此做了大量工作，多次打电话与安图县政协的主要领导商榷，最终解决了王龙娣在生活上的一些困难。许多远在上海的老知青也捐钱捐物，尽了自己的绵薄之力。更令人感动的是，有一位原来在黑龙江下乡的上海知青夏永林悄悄给王龙娣邮寄了500元钱，后来经过多方寻找，王龙娣才得以在电话里对夏先生道了一声“谢谢”。这两年许多回延边旅游、探亲的老知青也纷纷到王龙娣的住所去探望慰问，真是“天下知青一家亲”。

留守延吉的上海知青中还有许多优秀的人。延吉市统计局原局长李忠福，为人清廉正直，工作勤勤恳恳，曾经是全国统计系统的劳动模范。退休后，他选择在延吉养老，但心里始终牵挂着知青的公益事业，为上海知青做了大量工作。

延边白山大厦前副总孙居巩，在延边商界打拼了一辈子，为延边的经济建设作出了巨大贡献，是一位难得的经济人才。为了事业，他和妻子分居多年，工作到七十岁才正式退休。现在虽已定居上海，但他和他的太太依旧难以割舍对延边的感情，总想继续为延边作贡献，所以他们两口子每年都会定期回延吉，时刻关心着延边的经济发展。

刘慧娣，一位普普通通的小学教师，在平凡的岗位上做出了不平凡的成绩，曾被评为延边州优秀教师。现在，她在延吉过着幸福安逸的晚年生活。

寿林娣，一个嫁入朝鲜族家庭的上海姑娘，在家里，她孝顺并赡养公婆，直至他们离世；无怨无悔地抚养一个小叔子和四个小姑子，帮助他们成家立业；含辛茹苦地把三个孩子送进了大学。在延边商界，她是一位取得了非凡成就的“女强人”。目前是一位在延吉、上海、北京、韩国四处养老的快乐女性。

这些人物，都是我文章里的亮点。

几年来，我踏遍了延边各地，行程几千公里。我经常背着采访包，坐大巴、高铁、拖拉机，甚至牛车马车，跋山涉水，可我一点都没有感到辛苦，因为我非常热爱这个事业，总觉得有一股强烈的责任心在驱使我把工作做好，我要让回沪的上海知青了解留守延边的上海知青的生活状况。许多知青朋友调侃我说："别人在游山玩水，而何老师辗转各地进行采访，许多知青在花钱消费，而何老师在花钱搞公益。"

在采访过程中，我也会遭到拒绝。个别知青生活得不如意，因此有自卑心理，不愿意让别人了解他们的生活状况，甚至有的时候会讽刺我。我理解他们，并且尽量在平时多关心他们，尽力帮助他们克服生活困难。即使采访未能成功，最后我也和这些知青成了好朋友。

在与张谈兴夫妇一起去汪清采访滕长根时，来回坐车八个小时，行程 400 多公里，虽然我那时身体不适咳嗽不止，但是仍然坚持完成了采访任务。在采访王龙娣时，我先坐公交，然后换乘高铁，最后再换汽车，来回行程也是 400 多公里。这其中的艰辛只有我自己知道，但是每次顺利完成采访任务，都使我感到骄傲。虽然我已经退休，年龄也快到七十岁了，但我仍然能够为知青做点事情，这让我觉得自己还有用。

在我们上海知青下乡的岁月里，当地政府和乡亲们无私地接纳、保护和帮助了我们，延边的乡亲们待我们亲如一家，我们与他们同甘共苦，相濡以沫。虽然在那艰苦的岁月里，我们吃了不少苦，但是在艰苦环境中建立起来的感情是一种斩不断的情缘。这些过往，是曾经在延边大地下乡的我们永远都不能忘怀的，也是不应该忘怀的。

三、上海知青驻延边办事处主任

曾经在延边插队的上海知青是一个"知恩图报"的群体，虽然大家已经回到上海安居乐业，颐养天年，但心里每时每刻都在牵挂着延边的山山水水和父老乡亲，对延边都有一种特殊的情感。每当上海知青的子女在上海办婚宴，大家都会唱起美妙动听的朝鲜族歌曲，跳起欢快的朝鲜族舞蹈，这热闹非凡的场景形成了一道独特的风景线。也正因为如此，每年有大批的老知青不远万里来到第二故乡探亲访友。

为了给知青朋友回延边探亲提供方便，我收集了大量资料，写了《珲春，我永远的故乡》《谈谈吉图珲铁路客运专线》《何永根带你坐高铁，回延边》《回珲春旅游探亲全攻略（行程篇）（旅游篇）（美食篇）（探亲篇）》等专题文章。

这些文章以老知青的独到视角引导已经回上海定居的知青朋友，详细地给大家介绍如何以最便捷的方式来到延边，来亲近延边的山川和乡亲们。这些文章得到了知青朋友的热捧。为方便上海老知青回延边探亲，不管是我认识的还是不认识的，只要是有求于我，我都会尽己所能地帮助他们。例如，帮助他们设计最佳旅游探亲方案，帮助他们预订价廉物美的宾馆，帮助他们联系正规的旅行社和旅游汽车公司，这样他们就能够花最少的钱去长白山、防川等风景名胜地旅游。我也会带他们去逛逛珲春，看看珲春的市容，欣赏珲春美丽的夜景，然后帮助他们预订旅游车，送他们去曾经下乡的生产队，探望亲爱的乡亲们。我就是以一个上海老知青的身份做一些大家需要我做的事情，这些知青朋友戏称我是“上海知青驻延边办事处主任”，对于这个雅号，我感到十分自豪。近些年来，我每年都会接待近十个团体、一百多个回延边探亲旅游的知青朋友。

在这几年的采访中，我也十分关注长眠在延边大地的上海知青。

这些上海知青，因为种种原因，提前下了人生旅途的客车，长眠在延边大地。当年，年轻的生命如花朵坠落在延边的冰雪之中。时过境迁，这些人已经逐渐被人淡忘，但岁月无法抹去他们留在世间的痕迹。正是因为有了他们，知青的画卷才无限美丽；正是因为有了他们，知青队伍才更加完整。长白山下有他们踏过的足迹，图们江边有他们洒下的汗水，山山水水间留下了他们的音容笑貌。

我特别怀念在激情岁月里壮烈牺牲的知青同伴，也不会忘记在艰苦的插队生涯中因病逝世的伙伴。

我先后收集了二十四位长眠在延边大地的上海知青的资料，写下了祭文《永恒的青春祭》，同时，在吴绍釚先生和刘建初先生的帮助下，我发表了《南溪山上，有一座坟茔》一文，在采访后写下了《远在天国的阿林，你还好吗？》等文章，来寄托对这些逝去知青的哀思。

2013年，我因私事去到珲春西南岔金铜矿，特地到烈士王启根的墓地给他扫墓。看到烈士的墓地就是一个土堆，土堆上面还长满了野草，连一个像样的烈士碑都没有，我的心里非常难受。而后我找到政府相关部门了解情况得知，金铜矿子弟学校以前每年的清明节都会组织师生去祭拜，近些年该学校解散后，就再没有人去组织祭扫烈士墓了。我想写一篇悼念烈士王启根的祭文，无奈找不到了解情况的相关人士，事情也就没有成功，这一直是我心头的痛。

2015年10月，延边州政协准备出版《中国朝鲜族百年实录》系列丛书。我想写下上海知青在延边与当地老乡一同建设边疆、保卫边疆的事迹，为此我参与了《中国朝鲜族百年实录》系列丛书之《梦回延边》的编写工作。当我把多篇文章邮寄到延边州政协后，该书的编者、国家一级作家、《山东文学》主编高梦龄先生在微信里对我说："何老师，看了你的文章，我老泪纵横啊，想不到还有那么多上海知青留在了延边安度晚年，有的人生活还那么艰辛。想不到何老师你那么有心，那么关心他们，写出了那么多采访文章。目前能够系统地、不间断地报道留守在第二故乡知青生活状况的作者，何老师可能是全国第一人！"

在《梦回延边》一书中，高梦龄先生特意为我开辟《白发守黑土》专栏，专门收录了我写的二十四篇采访文章，还把从事文学评论工作的老知青施以钧先生对我两篇文章的评论也放进了这个专栏里，我由衷地产生了强烈的自豪感。

我现在是上海知识青年历史文化研究会会员，上海知青网吉林频道编委。近十年来，我的足迹遍及延边大地，行程累计几千公里，共拜访了五十多户留守延边的上海知青。我以一个知青运动亲历者的身份，去记录周围其他亲历者的生活轨迹，共积累了五十万字的文字资料，发表了五十多篇采访文章。我的课题论文《留守吉林延边的上海知青生存状况调查》被上海知识青年历史文化研究会编入《"后知青时代"调查报告》一书，该论文还被美国哈佛大学燕京图书馆收录。此外，我还出版了知青题材的纪实性文学著作《岁月留痕》。

我的采访文章在网络上发表后，得到了广大知青的鼓励和支持，每一篇文章下面都有许多热心网友的评论，他们为我加油鼓劲。我把许多精彩的评论记录在自己的采访本里。每当遇到困难和挫折时，我就会打开采访本看看大家的评论，这大大增强了我克服困难的勇气。

我的几位好朋友特别支持我的工作，不仅给我买了冲锋衣、采访包、笔记本和旅游鞋等日常用品，还给我买了合适的老花镜。大家对我说："你现在不辞劳苦地在延边大地采访留延上海知青，应该穿得好一点，暖一点，体面一点，因为你也是代表了我们上海老知青啊。"有的朋友还表示，愿意在经济上资助我，为我减轻差旅费的负担，但是都被我婉拒了。

特别让我感动的是，一位曾经在安图下乡，如今已是成功企业家的上海知青对我说："何老师，我看了您的采访文章很受感动，也特别想与您一起去拜访这些留延上海知青，他们是最可爱的人，向他们致敬！可是我现在工作非常繁忙，不能放下我的事业不管。我想拜托您，我每个月给您汇 1000 元钱，作为您奔走在乡间调查采访的基金，也作为帮助那些需要帮助的留延知青的基金，我不需要您作任何资金的使用说明，好吗？我实在是被您一直以来为知青所做之事感动！我愿意做您的同盟者，在您需要时随时听从您的安排。何老师，我会更加努力挣钱，也像您一样，为困难知青多做点事情。"我非常感动，但我婉拒了他的赞助，我对他说："谢谢你，但我做知青的公益工作，出发点不是为了挣钱。我每个月也有近 5000 元的收入，虽然这工资不算多，但是够我用了。谢谢你的好意，千万别给我寄钱，即使你汇钱过来，我也不会收的。你是一个好人，好人会有好报的。"

我始终觉得自己在从事一项神圣的事业，始终感到我的身后有许许多多的人支持我，鼓励我，总是在给予我信心和勇气，他们默默地给予了我无穷的力量。

知青作家范文发先生说："永根兄亲力亲为，为上海知青做着实实在在的贡献。他的作品带有某种历史使命的性质，完全是行善之举。只因相隔太远，否则一定跟随永根兄去寻访那些上海知青中的少数群体。"

上海知青夏良怀先生评论说："何老师是我们知青中的佼佼者，为调查留延知青的现状立下汗马功劳。他的奉献，在经济、精力上来讲是无私的；他的作用，是一些知青问题研究部门和政府的某些职能部门无可比拟的；他搜集的调查材料，同其他史料一样具有重要的历史价值。我曾经三次回到延边探亲，问当地一些领导同志目前留守在延边的上海知青有多少，他们的生活状况怎么样，长眠于延边的上海知青有多少……得到的回答模棱两可，而何永根先生在多篇文章里告诉了我们真实情况。为何先生点赞。"

网友杨永钦先生评论说："我多次拜读了何老师的留延知青访谈录，无不为他的辛勤付出和文采所感动。毫不夸张地说，何老师是我们延边上海知青的翘楚，他的每一篇采访文章都是佳作，都触动和震撼了我们的心灵。我多次在论坛里呼吁，希望把网上诸多知青写的文章分门别类地汇编成册，这样不仅能让我们目前健在的延边知青回首往事，也能为知青的后代留下一笔宝贵的财富。"

网友周逢老师评论说："曾经与从未谋面的何老师通过短信联系过，那时何老师想采访和龙女知青佘林妹，虽然最终未能如愿，但何老师的热情和执着给我留下了较深的印象。读完何老师的几篇文章后，我被深深地感动了，不仅为主人公的故事，也为何老师的无私奉献精神。为何老师点赞。”

网友施以钧先生评论说:“何老师了解知青,因为他本身也是知青,所以他是饱含真挚情感写文章的。他善于在知青平凡的生活中挖掘写作素材,能够以朴素简洁的语言将知青的内心思想和具体可观的生活细节刻画出来,以亲和的口吻向读者徐徐道来。何老师的文章语调平和,措辞得当,能够举重若轻,我不得不佩服何老师的才思。”

采访与撰写采访文章是一个非常艰苦的过程。我之前是一个电脑盲,连打字都不会,在学校工作时无论是写计划总结,还是写教育科研论文,都是把纸质文稿交给学校懂电脑的老师,根本不用自己操心,可是我退休后不好意思再去麻烦学校老师。为了更好地完成上海知青网吉林频道交给我的采访任务,我只能从头学起。我慢慢地学会了打字,学会将手机里的照片发送到电脑中并将照片放到文章里以及发送文章等技能,久而久之也就熟能生巧了。每当我采访完回到家中,为了更好地写出一篇翔实的文章,好几天都会沉浸在如何构思文章架构,如何组织行文落笔的思索中,我想把留延知青最真实的生活情况写出来,然后第一时间让知青朋友们看到文章。我这个人性格本来就急,恨不得“一锹挖一口井”,所以经常会因为苦苦思索怎样下笔而失眠。每当灵感涌现时,即便是半夜,我也会马上打开电脑写文章。文章发表后,我会有一种破茧成蝶的感觉。

周培兴先生老是劝我:“干事情不要太着急,大家的年龄都已奔七十岁去了,一定要劳逸结合。”周主编关爱的话语,成为我努力工作的动力。

岁月的流逝容易淹没人们的记忆，但历史的长河应该铭记客观且真实的评价。我没有能力去全方位记录知青的历史，我只是作为一个知青运动的亲历者去记录周围其他亲历者的生活轨迹，为知青公益事业贡献自己的一份绵薄之力。

让历史告诉未来！

情谊永恒

肖俊锋

2024年是我们赴吉林省上山下乡的五十五周年。当年，我从上海到吉林省延边地区劳动、生活、工作了十四年，尽管其中只有四年多在山区农村，但那段时间的情景却时常在脑海里浮现，令人难忘，挥之不去。

我是1969年3月27日离开上海去安图县插队落户的。记得离开上海的前两天晚上，在淅淅沥沥的春雨中，父亲带着我从浦东陆家嘴码头坐轮渡来到对岸的外滩，他语重心长地教导我："不管到了哪里，不管多么艰苦，只要那里有人生活，你就能生活下去。"

我下乡的那个农村生产队在距离公社街9公里远的偏远山沟里，仅有一条很不像样的烂泥路可走，途中要翻越两座山，全程要走将近两个小时。生产队里仅有三辆牛车是集体资产，老百姓常年种植的农作物是玉米和极少量的小麦，晚上照明用油灯，吃水靠浅水井，做饭靠从不远处森林里拾来的木柴。现在常常听一些去其他地区插队的知青朋友们聊起插队落户期间的往事，他们当年的生活环境比我们好得多。

即使在如此艰苦的环境中，我仍保持着看书、看报的习惯。一次，在去松江镇的路上，我认识了一位比我大十几岁的当地满族朋友伊明啟。随着交往日深，老伊成了我最能谈得来的朋友，他家便自然而然地成了我到松江镇时必去的落脚点。老伊的妻子和母亲很善良且待人真诚，三个孩子也乖巧懂事。老伊一家是城镇户口，享有商品粮待遇，但那时他们家每人每月也仅能领一两斤细粮。自从我常去他们家做客后，他们全家人便不再轻易吃细粮了，都攒下来等着我去时，拿出来同我一起享用。现在每到夏天吃西瓜的时候，我总能想起那一年立秋后的一天，老伊家留着三个约一斤重的小西瓜，当我在他家吃完晚饭以后，老伊切开一个西瓜让大家一起品尝。第二天，我离开他家时，老伊的母亲一定要我把另外两个带走，带给我女朋友（现在的妻子）尝尝。你看这是多么感人的情谊，老伊一家都没有先考虑自己家三个年幼的孩子。

还记得当老伊得知我有女朋友时，他们一家一定要我把女朋友带来。后来当我和女友拜访他家时，老伊的母亲坚持要把家里唯一一只还在下蛋的大鹅杀了来招待我们。后来去饭店吃过无数次美味佳肴，却好像始终比不上老伊家的那顿大鹅炖粉条，那顿饭是那样地令人难忘。

老伊夫妇还把我介绍给他们的好友刘兴邦、张桂芳夫妇，这也是一对热情好客的夫妻，这使我们在松江镇又多了一个落脚点。在之后的日子里，不管我们遇到了什么事，都会向刘兴邦、张桂芳夫妇诉说，无论有什么困难都会得到他们无私的帮助。每次我们回上海探亲，他们都会拿出家里的农副产品，让我带回上海家中孝敬父母。记得 1977 年 12 月 31 日傍晚，听说我们要从山沟里的生产队到松江镇来，他们夫妇俩及三个孩子硬是等我们到天黑才一起吃的晚饭。那时东北人家冬天一般只吃两顿饭，一般在三四点钟就吃完晚饭了。

2021 年 7 月，我与家人分别在不同时间回到延边。我十几岁的外孙女是独自一人从上海直飞延吉的，已经八十岁高龄的刘兴邦老大哥得知此消息，硬是要亲自去迎接。他让儿媳帮忙照顾一下正患病的老伴，又让儿子开车带着他去 70 公里外的延吉机场接我外孙女。此情此景，别说是我，就连我的亲家也感动不已。我女儿和女婿本来没打算来延边，这么一来，他俩决定请年假来延边与刘兴邦大爷一家欢聚。

延边父老乡亲给予上海知青如此无私的关爱，让逐渐成长并走入社会的知青们难以忘却，知青们也在用不同的方式予以报答。曾在和龙县下乡的金铁炎夫妇、在安图县下乡的唐瑞昌夫妇等人回到上海生活后，依然惦记着下乡之地的贫困孩子。他们通过当地有关部门推荐，为品学兼优的贫困生资助了学费。金铁炎夫妇原计划资助一名学生，结果有关部门介绍了两名学生由他们选择，他们舍不得放弃任何一个，一合计，干脆都承担了下来。金铁炎退休后收入有所减少，但资助贫困学生的事不能停下来。怎么继续下去？当他在为这事儿发愁时，他的女儿女婿当即表示这件事他们会继续做下去，于是他们一直资助两名学生直到大学毕业。

唐瑞昌夫妇原定计划是资助贫困学生三年的高中学费，后来这个女孩考上了大学，于是他们夫妇决定继续资助她上大学直至毕业。许幸华等几位上海老知青至今还为几位贫困生提供经济上的帮助。

2010 年 7 月，安图县遭遇了史上最大的水灾，曾在安图县下过乡的知青们心情极其沉重，大家都很关心这件事。一百三十多名上海知青在一周内急速筹集到人民币近 14 万元，捐赠给安图县慈善基金会用于救灾。《延边日报》曾在头版报道此事，上海《新民晚报》也作了报道。

改革开放极大地增进了上海和延边两地的交往。为了更快地改变延边州的面貌，自 1999 年开始的往后十年间，多批干部到上海各部门挂职学习。这些来挂职学习的干部们勤奋努力，他们的积极行动增进了延边和上海两地的友谊。

2010 年上海世博会延边馆取得了非常好的效果。直至现在，两地之间的交流还是如此频繁，这与近些年来上海挂职学习的干部们的辛勤工作密不可分，他们可谓是延边派来的友好使者。

几十年过去了，我们这些当年的年轻人也都步入了老年，当年延边乡亲们给予了我们无私的关爱，其精神也在潜移默化中影响了他们的后代。曾在上海工作的雄浩拿到第一个月工资时，没有马上寄给自己的父母，而是买了礼物送到我家里，这叫我们夫妇感动得不知道说啥好。

老伊的儿子伊学义在扶贫工作中成绩突出，获得“2020年全国脱贫攻坚先进工作者”荣誉称号，受到了党和国家领导人的接见，我们为他感到十分自豪。

2024年春节期间，老伊的大孙子带着全家人来上海游玩，我对他们说：“我们老了，今后要你们同我女儿一家来往了。”我外孙女还热情地对他们夫妇说：“以后你们再来上海可以跟我联系，我来陪你们。”这样一来，上海知青的后代与延边父老乡亲的后代又能延续两地之间绵绵不绝的情谊了。这是多么美好的景象啊！

魂牵梦绕的第二故乡

王宝发

每个人都有自己的家乡，谁都认为自己的家乡好。可是，由于上山下乡，我们上海知青拥有了得天独厚的第二故乡——吉林省延边朝鲜族自治州珲春县敬信公社小盘岭大队。自 20 世纪 70 年代起，因招工、招干和上大学，我们集体户的知青相继离开小盘岭，然而，我们心里却始终牵挂着第二故乡。一晃半个多世纪过去了，随着时光的流逝，年龄的增长，思乡之情与日俱增。我想要重返故里探亲访友的心情越来越迫切，毫不夸张地说，日思夜想，魂牵梦绕。

2017 年立春，我们这些曾经的集体户知青，原控江中学部分老三届初高中毕业生在上海团聚时，有人提议春末夏初到珲春去，得到了大家的热烈响应，于是我们八个人便一同前往。远在美国、加拿大的同学也闻讯赶来。周照麟于 2016 年带领兄弟姐妹回过小盘岭，这次便提前托人照顾年事已高的母亲，然后匆匆赶到珲春与大家会合。

6 月 8 日那天，天遂人愿，晴空万里。我们乘坐老乡郑胜七驾驶的小车从珲春启程，沿着高速公路向敬信镇进发。透过车窗望着远处群山连绵、山高林密的景象，我们不禁从内心发出了“第二故乡，我们来了”的感叹。没过多久，小车穿越隧道，上了平坦的高速公路，昔日的大盘岭盘山路已被隧道和高速公路所替代。仅仅过了二十分钟，群山怀抱之中的小盘岭便映入眼帘。看见这熟悉的山村，我不由想起当年到小盘岭大队插队落户的情景。1969 年 3 月 6 日那天，春寒料峭，我们十七名上海知青戴着棉帽，穿着棉大衣，乘坐解放牌汽车到达小盘岭大队。我们的到来打破了山村的寂静，村民们在山寨前搭起了彩楼，全村父老乡亲穿着节日的盛装，敲着朝鲜族长鼓，载歌载舞，夹道欢迎我们知青的到来。这欢乐场面竟惊动了野生动物狍子，连它也跑下山来，加入了欢迎的行列。如今时过境迁，这一切仍历历在目，令人终生难忘。我们乘坐的车刚在高速公路停下，就听见有人兴奋地说：“你们看，这是当年我们集体户种过的水稻试验田。”大家走过去一看，果然是这块水稻田。当时，小盘岭大队山坡地的石头多，祖祖辈辈种玉米，从未种过水稻。然而，我们上海知青打破了这个惯例。我们敢于战天斗地，首次引水上山并改良土壤，在这块地种上了水稻并一举成功。眼下，这块稻田虽荒废了，但是以前开挖的排水沟还清晰可见，这些是我们上海知青改天换地的见证和敢为人先的写照。

大家在高速公路两侧寻找当年集体户的遗址，尽管由于高速公路的兴建和拓宽，当初我们居住的集体户房屋已荡然无存，但是，仔细寻找的同学还是发现了蛛丝马迹。她们推测，高速公路旁边不远的地方就是我们集体户的旧址。巧合的是，在高速公路旁边的一片乱草丛中竖立着一块石碑，上面刻着“小盘岭大队”五个大字，知青们如同发现新大陆一般兴奋，纷纷在此拍照留念。当时有位知青错过了，第二天又特地赶来补拍。在小盘岭山脚下，有一条清澈的小溪顺流而下，这是当年我们上海知青劳动归来后洗漱的地方，也是我们的小憩之处。看到这条小溪还在，我们小心翼翼地踩着木头搭起的栈桥过河，并在岸边用双手捧起溪水一饮而尽。走过小盘岭村庄时，陪同我们的郑胜七对着山坡下的一座朝鲜族式房屋说：“我家当时就住这里。”这句话勾起了上海知青陈伟国的回忆。当初，他到小盘岭大队插队落户后，不幸患上肝炎，幸亏到郑胜七家养病才得以及时康复。这段友情他铭记于心。此刻，郑胜七指着离他家不远处山坡上隐约可见的羊肠小道告诉我：“这就是当年你每天清晨爬山锻炼的小道。”此情此景，使我触景生情，感慨万千。

在小盘岭山村穿行时，不时会见到熟悉的老乡，我们向他们转达了集体户全体知青的亲切问候，老乡们也向我们问起了自己认识的上海知青。八十三岁的阿妈妮郑顺玉还用流利的汉语说：“代我向王绮媛问好！随时欢迎她到小盘岭来！”朝鲜族人民纯朴善良、热情好客的美德如同一束温暖的光，照亮了我们的心灵。

虽然我们到小盘岭停留的时间短暂，但是此行给我们留下了深刻印象。我们熟悉这里的父老乡亲，熟悉这里的一山一水、一草一木，可谓一枝一叶总关情，一生一世忘不了。这次我们了却心愿，开启第二故乡珲春之行，重返小盘岭，寻觅了人生的轨迹和成长的足迹。然而，离开后我们仍深深眷恋着这块故土和这里的父老乡亲，我们与小盘岭之间的这份情结永远也无法割舍。

白河之缘

刘建初

20 世纪 70 年代，我因参与白河林业局的建设，在美丽的二道白河工作生活了近五年，虽然距今已经四十多年了，但至今仍经常在梦里回到那令我魂牵梦绕的地方。二道白河镇是深藏在突兀蜿蜒的长白山区的一座小镇，它犹如镶嵌在茫茫森林中的一颗明珠。二道白河是发源于长白山天池的河流之一，也是松花江的上游，除此以外还有头道白河、三道白河，水烟袅袅、终年不冻的奶头河等等。二道白河镇是因为清流激湍的白河流经小镇而得名，它是离长白山主峰白头峰最近的一座小镇。原来二道白河的人口并不多，由于白河林业局的建设，周边各林业系统的建设队伍进驻这里，后来又因为旅游业的发展人口增加，这座小镇也随之热闹起来了。这里的森林资源是本区的优势资源之一，森林覆盖率94%，林区有120余种植物，其中包括30多种经济价值较高的树种。

二道白河生长着一种非常著名、珍贵且稀少的松树——美人松。美人松，学名长白松，因形若美女而得名，是长白山独有的美丽的自然景观。美人松被誉为长白山“第一奇松”：她秀美颀长，婀娜多姿，像一个个亭亭玉立、淡妆浓抹的美女，在招手欢迎远来的游客。从北坡登长白山，一进入山脚下的安图县二道白河，美人松就闯入人们的眼帘。当年我们住的活动板房就坐落在这片松树林间，白天工作时我们看着它高大挺拔充满生机的英姿，晚上则在阵阵松涛中入眠。每到周六傍晚，附近单位的年轻人就来到我们简易搭建的灯光球场举行篮球友谊赛。我们曾经在树影婆娑下留过影，可惜那时只有135型黑白照相机，照片本身不能充分展示美人松的娇美身姿，现在照片已经泛黄了，真想再次回到白河补拍一些美人松的照片让朋友们欣赏啊。

这里的居民除了一部分是朝鲜族外，大多是早年从山东、安徽、河南迁移过来的农民，再就是和我一样的上海知青。我所在的施工队曾先后有十名上海知青，我们为白河林业局乃至长白山奉献了自己的青春。

二道白河有着广袤的原始森林，一切都是原生态的，森林资源和物种资源极为丰富，森林里生存着很多珍稀野生动物。白河林业局是我国重要的木材生产基地之一，为国家建设作出过很多贡献。那里主要生长着落叶松、黄花松和其他耐寒针叶松，还有椴树、水曲柳、黄菠萝、柞木、刺榆和核桃楸等珍贵阔叶树种。白桦树是我们那里的特色树种，在向阳的山坡上和沟壑中随处都可以看见她婀娜多姿的身影。每当我听到歌唱家蒋大为唱起《北国之春》时就会产生共鸣，犹如身临其境，让我回想起那段岁月和经历。

20 世纪 70 年代以前白河没有铁路，只有一条蜿蜒曲折的公路在逶迤山岭中通向 160 公里外的明月镇或者更远的延吉市，直到那里才有一条长春至图们的长图铁路。从火车站到白河每天只有一两班长途客车，由于路况不好，客车需要经过近六个小时的颠簸，才能把被颠得昏沉沉的乘客送到白河，就这样每天的汽车票还是很难买到。我们建设白河林业局所需的大量物资包括生活用品，全部要依靠客车运输进来。我那时是一名汽车驾驶员，仗着年轻身体好，每天和我们车队里的其他师傅一起，驾驶着解放牌大卡车起早贪黑地在这条公路上往返奔波，粗略计算每天都能开 300 多公里，有时候连热饭都吃不上，说披星戴月一点也不夸张，真的很辛苦。虽说现在 300 公里的路程对一个驾驶员来说不算什么，可那时候没有高速公路，我们每天都要行驶在蜿蜒曲折、坎坷不平且险象环生的山区公路上，有时候还要冒着漫天大雪行驶在冰雪路面上。1974 年初冬的一个雨雪交加的夜晚，我们汽车班班长和施工队队长在小沙河公社狭窄陡峭的下山坡公路上行驶时发生翻车事故，不幸遇难。后来，沿途公路和桥梁都逐步得到了加宽和修整。改革开放后，许多线路都重新设计了走向，部分路段被改建为水泥路了，现在的交通变得方便安全多了。1975 年，通化到白河的铁路终于修通了，我们减少了对这条公路的依赖，可我对这条公路依然怀有深厚的感情。这条公路沿线有七个公社并散落着无数的

我在吉林省林建公司招待所门前

村庄，那儿有很多和我年龄相仿的上海知青，他们都在以不同的方式奉献自己的青春，为开发长白山而努力地工作着。至今，我们还保持着联系，他们和我一样都对美丽的长白山区有着浓厚的情感，都想再回去看看曾经走过的路。

为开发建设白河，我参加了从三道白河水电站到二道白河数十公里高压电线路的架设工程、奶头河到白河的引水铺设工程、铁路清水河特大桥头土方回填工程，以及铁路职工宿舍和白河医院、厂房等的建设。1976 年夏天，当白河林业局初具雏形并具备生产能力时，我奉调离开了白河。在那之后，我因工作需要会经常路过白河。我最后一次去白河时已经是 1997 年春天了，那里已经变成了一座集旅游度假功能及木材深加工、森林种植等产业于一体的初具现代化规模的林区小城，城市环境整洁优美，水泥路笔直平坦，路边各种野花灿烂盛开，随处可见清溪潺流，而且那里的空气沁人心脾，是天然的森林氧吧，非常适合旅游度假。白河在以它特有的魅力迎接中外游客。我们的汗水没有白流，白河的美好还在持续展现。一晃十多年又过去了，当年的上海知青都已离开白河，回到了上海，不知道那里的人们还记得我们吗？许多事因遥远而美丽，今日我又回想起在那里发生过的往事和曾经朝夕相处的同事们，不知道他们都过得好吗？我怀念那里的人们，我怀念那一方土地，我与白河有着不解之缘。

我想，当年白河的建设者和所有热爱白河的朋友们的共同心愿就是：白河，你好！

珲春巨变

王宝发

珲春变了，让我这个曾经在珲春工作和生活了十多年的上海知青也感到陌生。我尽力回想着珲春原来的模样，拼凑着脑子里的记忆碎片，但已无法复原了，这不是夸大其词，而是实实在在的感受。

离开珲春的几十年里，这里发生了天翻地覆的变化。

首先是交通便利了。过去，珲春交通闭塞，到图们市仅有一条盘山公路，山高路险，曲折难行。在珲春开通高铁曾被认为是遥不可及的事，然而，如今这一梦想已变成现实。改革开放后，中国铁路事业发展突飞猛进，高铁延伸至祖国边疆地区。我们回到第二故乡珲春的那天，除去从上海坐飞机到延吉的时间，从延吉乘高铁仅用短短四十分钟就到达珲春，交通十分便利。新建的珲春火车站、珲春国际客运站也蔚为壮观，相当气派，这里成为珲春市的交通枢纽。这里车辆云集，公交车、出租车、自驾车随处可见，旅客南来北往，川流不息。交通的便捷缩短了时空的距离，让远在上海的知青与第二故乡珲春及家乡的父老乡亲更加亲近了。

其次是街道变化了。以前，珲春县城只有一条街，还是一条土路。从县城开出的班车经过这条街时，晴天路上尘土飞扬，行人纷纷掩鼻而过，雨天又泥泞不堪，行人难走，被人称为“晴天灰尘路，雨天泥水路”。街上大多是破旧的平房，稍微像样的就是坐落在十字街头的百货大楼和珲春镇政府大楼。夜晚，街上路灯昏暗，行人稀少，十分冷清。如今，这条街早已被拆除，取而代之的是四通八达的宽阔公路，纵横交错的大街小巷，尤其是新建的平坦宽阔的迎宾大道，仿佛在张开双手欢迎远道而来的五湖四海的贵宾。

再次是街景亮丽了。昔日名不见经传的县城迅速崛起，成为一座现代化、多功能、开放型城市。珲春城市建设初具规模，登上坐落在繁华闹市中的盛博国际大厦十九楼，凭栏远眺，整个城市尽收眼底，大街小巷纵横交错，高楼鳞次栉比，商铺超市比比皆是。珲春绿化成效显著，全市四周被森林覆盖，犹如置身于绿色的仙境。新建的龙源公园恰似镶嵌在珲春大地上的绿色翡翠，熠熠生辉。珲春的夜晚也变得更加明亮了，边城的夜晚灯光璀璨，夜市兴旺。新建的欧式街别具一格，颇有特色。街区内，欧式建筑风格独具魅力，金黄色的墙面，红色的尖顶，椭圆形的门楣，建筑前还矗立着女神雕像。街头雕塑更是美丽迷人，耸立的仙鹤、八匹马、三口之家等雕塑形态逼真，栩栩如生。构思新颖、造型别致的公交车站引人注目，不仅为人们提供了便利的候车场所，更丰富了街景，成为城市中一道靓丽的风景线，为珲春增添了别样的光彩。

四是经济搞活了。随着中国的改革开放，珲春市对外开放了长岭、圈河等边境口岸，开展了中俄和中朝的边境贸易。这些边境口岸每天人来人往，热闹非凡，进出口的集装箱汽车排起了长龙，边境贸易红红火火。无论是在图们江商务酒店还是在珲春街头，我们不时能够见到前来洽谈生意的俄罗斯商人和前来旅游的帅哥美女，还有不少俄罗斯人到珲春买房居住呢。市政府还进一步放宽政策，鼓励农民买断山林和鱼塘。马滴达乡五道沟村的几户农民买断山林和池塘，把它们当作自己的绿色银行进行经营守护。如今的珲春，满山碧绿，层林尽染。

最重要的是生活条件改善了。过去的珲春人每年过冬都要在自家菜窖储存“老三样”，即土豆、白菜、萝卜，如今这一习惯已经被淘汰，因为在超市、菜场随时可以买到新鲜蔬菜。过去的珲春市民和农民大多烧柴热炕，现在不同了，大多数人烧煤热炕或在家里安装了地暖，人们生活理念和消费方式都发生了巨大变化。过去农民往往是一辈子待在山沟里，从前他们是离土不离乡，现在则是离乡不离土，农民大多把土地转包给专业的种植户，自己则进城经商或养老，过着逍遥清闲的日子。随着城乡变革以及生活水平的改善和提高，农民不再是原来意义上的农民，而是被赋予了新的内涵，他们是改革开放后的新生代农民，展现了一代农民的崭新面貌。

总之一句话，珲春变样了。珲春从内到外，从表到里，彻头彻尾地变了，我们熟悉的珲春变得陌生了。在珲春新城漫步，很难找到珲春旧城遗址或痕迹，珲春的城市面貌日新月异，焕然一新。那天，幸亏有耿玉林当向导，这位仍旧留在珲春的上海知青，带领我们沿着当年县委机关大院门前的小路寻找县城旧址，结果仅仅发现了珲春宾馆和县第二招待所两处遗址，而且它们也即将被拆除。

尽管此次珲春之行短暂而匆忙，但是作为见证人和经历者，我们真切地目睹了珲春的巨变。

后 记

赴吉林插队落户的知青生涯是我们生命中难以忘怀的时光，是我们生命的一个重要组成部分。那段刻骨铭心的经历成为我们的精神财富，一直伴随着我们，走过岁月更迭，走向天涯海角。知青一代人是历史的亲历者、见证者，他们见证了中国社会的这场巨变，并为此作出了奉献和牺牲。但愿岁月不要淹没这段影响了一代人的历史和他们的故事。

历史告诉我们，每个人的前途与命运都与国家和民族的前途命运紧密相连。一代知青更要高举前人的精神火炬，厚植家国情怀，把历史写在祖国大地上，续写崭新篇章，奔赴星辰大海。